Scherz Krimi
Spannung mit Niveau

GARDNER, E. Stanley

Der Blutsauger
Die einsame Erbin
Die falschen Würfel
Frühstück für eine Million
Das Geheimnis des Kanarienvogels
Geschäftsmann mit Vergangenheit
Der goldene Köder
Guter Ruf ist teuer
Handel mit dem Schicksal
Der heulende Hund
Die kalte Spur
Katzen haben scharfe Krallen
Das Mädchen vom Golfplatz
Der Mann im Smoking
Motten im Nerz
Der nervöse Komplice
Party der Unschuldsengel
Die Pfotenspur
Rache in bar
Roter Drache, weiße Weste
Roulette mit dem Teufel
Schlafwandlers Nichte
Die schönsten Beine von Cloverdale
Schuß nach Mitternacht
Die schwarze Limousine
Die seltsame Braut
Die seltsame Nixe
Der unerwünschte Nachbar
Der vertauschte Casanova
Das vertauschte Gesicht
Was wußte Diana?
Wohin fuhr die Tote?
Zu treuen Händen

Erle Stanley Gardner

Die einsame Erbin

Scherz
Bern - München - Wien

Einzig berechtigte Übertragung aus dem Amerikanischen
Titel des Originals: »The Case of the Lonely Heiress«
Schutzumschlag von Heinz Looser
Foto: Warner Bros. »All the President's Men«

3. Auflage 1980, ISBN 3-502-50643-4

Gesamtherstellung: Ebner Ulm

1

Perry Mason griff nach der länglichen Visitenkarte, die Della Street in der Hand hielt, als sie das Privatbüro des Rechtsanwaltes betrat. »Wer ist das, Della?«
»Robert Caddo.«
Perry Mason blickte auf die Karte und lachte. »Verlag Einsame Herzen«, las er. »Und was hat Mr. Caddo wohl für Sorgen, Della?«
»Er hat, wie er sagt, Schwierigkeiten mit einer Anzeige, die er veröffentlicht hat.«
Sie gab Mason ein schlecht gedrucktes Magazin mit dem Namen *Einsame Herzen*.
»Es sieht aus wie die billige Ausgabe eines Warenkatalogs«, meinte Mason.
»Das ist es auch.« Mason blickte auf. »Auf jeden Fall ist es *fast* so etwas«, schränkte Della ein. »Hier, sehen Sie, der erste Teil enthält Kurzgeschichten, weiter hinten stehen Anzeigen, und auf der hinteren Umschlagseite ist Platz für eine Nachricht. Diese Umschlagseite ist perforiert. Man kann sie herausreißen und daraus einen Briefumschlag machen. Mr. Caddo hat mir gesagt, daß all diese Briefe, die richtig adressiert in seinem Büro ankommen, demjenigen zugeschickt werden, an dessen Fach sie gerichtet sind.«
»Sehr interessant«, sagte Mason.
Della schlug aufs Geratewohl das Magazin auf. »Hier ist zum Beispiel Fach zweihundertsechsundfünfzig. Möchten Sie eventuell mit Nr. zweihundertsechsundfünfzig in Verbindung treten, Mr. Mason? Sie brauchen nur die Umschlagseite abzureißen, Ihre Mitteilung zu schreiben, den Bogen zu falten, zu verschließen und irgendwie dem Verlag Einsame Herzen zuzustellen.«
»Erzählen Sie mir mehr über Fach zweihundertsechsundfünfzig«, bat Mason lachend. »Ich glaube, wir werden an Mr. Caddo unser Vergnügen haben.«
Della Street las die Anzeige vor:
»Elegante Vierzigerin vom Lande möchte Herrn kennenlernen, der Tiere liebt.«
Mason warf den Kopf in den Nacken und lachte. Dann wurde er ernst.
»Was ist los, Chef?«
»Eigentlich«, sagte Mason, »ist das nicht nur lustig, sondern

gleichzeitig auch tragisch. Eine ledige Vierzigerin vom Lande erkennt, daß sie in der Stadt keinen Kontakt findet. Vielleicht hat sie eine oder zwei Katzen, und sie . . . Wie sieht Caddo aus?«
»Er ist etwa achtunddreißig, hat vorstehende Wangenknochen, große Ohren, blaue Augen, einen mächtigen Adamsapfel und große Füße. Er ist ziemlich groß, beinahe kahl und sitzt kerzengerade auf seinem Stuhl.«
»Und was will er?«
»Er verriet mir lediglich, er käme auf Grund ungewöhnlicher Umstände, die er nur Ihnen persönlich erklären könne.«
»Dann will ich ihn mir mal ansehen«, meinte Mason.
»Werfen Sie das Magazin nicht fort«, schlug Della Street vor. »Unsere Gertie hat ein weiches Herz und will allen Einsamen schreiben und ihnen Mut machen.«
In Gedanken versunken blätterte Mason im Magazin. »Es scheint großer Kitsch zu sein«, murmelte er geringschätzig. »Sehen Sie hier die erste Geschichte *Ein Kuß im Dunkeln* von Arthur Ansell Ashland, oder hier: *Nie zu spät für Amor* von George Cartright Dawson . . . Na, sehen wir uns Freund Caddo mal an, Della.«
Della Street verschwand ins Vorzimmer und kam mit einem Mann zurück, der auf schlaksige Weise groß war und ein gleichmäßiges, leeres Lächeln zur Schau trug, das den Versuch anzudeuten schien, eine Welt zu besänftigen und zu versöhnen, die ihn irgendwie in die Rolle der Verteidigung trieb.
»Guten Morgen, Mr. Caddo!« sagte Mason.
»Sie sind Rechtsanwalt Perry Mason?« Mason nickte. Mit seinen dicken, sehnigen Fingern drückte Caddo die Hand des Anwalts. »Freut mich sehr, Sie kennenzulernen, Mr. Mason.«
»Nehmen Sie Platz«, lud Mason ein. »Meine Sekretärin sagte, Sie seien der Herausgeber dieses Magazins.« Er zeigte auf das Heft, das auf dem Tisch lag.
Caddo nickte eifrig. »Richtig, Mr. Mason, richtig.«
Das Licht vom Fenster spiegelte sich auf der hohen, kahlen Stirn, als er sich vorbeugte. Die großen Ohren schienen das Gesicht zu beherrschen.
»Und wozu dient nun das Magazin?« fragte Mason.
»Es dient dem Gedankenaustausch; es ist ein Mittler, um einsame Herzen zusammenzuführen, Mr. Mason.«
»Kann man das Heft nur am Zeitungsstand kaufen?«
»Nicht nur. Es gelangt auf verschiedene Weise zum Verkauf.

Und außerdem habe ich eine kleine Abonnentenliste. Sie müssen bedenken, Mr. Mason, nichts ist so unerträglich wie die Einsamkeit in der Großstadt.«
»Ich glaube, dies ist bereits Gegenstand poetischer Ergüsse gewesen«, sagte Mason trocken.
»Ja, sehen Sie, die Geschichten darin wenden sich an Menschen, die Bekanntschaft mit anderen suchen, die allein in der Stadt, allein im Leben sind. Unsere Kunden sind meistens Frauen in einem Alter, da die Angst beginnt, die Liebe könnte für immer an ihnen vorübergehen, das Alter der Angst und der Panik.«
Mason schlug das Magazin auf und sagte: »Ihre Geschichten scheinen ziemlich romantisch zu sein, zumindest die Überschriften.«
»Den Kitsch lesen Sie besser nicht«, sagte Caddo.
»Ich wollte nur mal sehen, was für Geschichten Sie herausgeben. Wer ist Arthur Ansell Ashland? Ich kann mich nicht entsinnen, jemals von ihm gehört zu haben.«
»Oh, Sie werden nie von einem dieser Autoren gehört haben.«
»Warum nicht?«
Caddo räusperte sich mißbilligend. »Von Zeit zu Zeit merkt man, daß es nötig, ja sogar unerläßlich ist, die wichtige Kleinarbeit selbst zu tun, um sicher zu sein, daß in unseren Geschichten das Hauptthema des Magazins nicht zu kurz kommt.«
»Sie wollen damit sagen, Sie schreiben sie selbst?«
»Arthur Ansell Ashland ist ein Hausname«, gab Caddo bescheiden zu.
»Was meinen Sie damit?«
»Der Name gehört dem Magazin. Wir können alles, was wir wollen, unter dem Namen dieses Autors herausgeben. Der Name ist für uns nur ein Etikett.«
»Wer hat diese Geschichte geschrieben?«
»Ich«, sagte Caddo und zeigte die Zähne.
»Und was ist mit der nächsten, der von George Cartright Dawson?«
Caddo nickte.
»Soll das heißen, Sie hätten auch diese geschrieben?«
»Ganz richtig, Mr. Mason.«
»Und die nächste Geschichte?«
Das Nicken ging weiter.
»Ja, du liebe Zeit«, sagte Mason, »schreiben Sie denn das *ganze* Magazin?«

»Gewöhnlich. Manchmal finde ich allerdings eine Geschichte, die ich zu meinem üblichen Honorar von einem Viertelcent pro Wort kaufen kann.«

»Nun gut«, sagte Mason kühl. »Was haben Sie für Sorgen?«

»Sorgen!« rief Caddo aus. »Sorgen habe ich massenhaft! Ich ... Ach, Sie meinen, weshalb ich zu Ihnen komme?«

»Genau das.«

Caddo schlug das Magazin auf, das Della Street auf Masons Schreibtisch gelegt hatte. Mit geübter Hand blätterte er es durch und hielt bei Anzeige sechsundneunzig inne. »Hier ist mein Sorgenkind«, sagte er.

Er schob Mason die Anzeige hin.

Mason las:

»Ich bin ein Mädchen von dreiundzwanzig Jahren mit hübschem Gesicht und guter Figur. Kenner meinen, mein Typ sei in Hollywood gefragt, aber Hollywood scheint es nicht zu wissen. Als Erbin sehe ich einer glänzenden Zukunft entgegen. Ich habe die Leute satt, die wissen, wer ich bin und deren Liebe sichtlich nicht mir, sondern meinem Geld gilt. Ich möchte mir einen neuen Bekanntenkreis suchen. Wenn Sie der nette, junge Mann zwischen dreiundzwanzig und vierzig sind, der mich versteht, teilen Sie mir bitte mit, wer und was Sie sind. Schreiben Sie an Fach sechsundneunzig dieses Magazins.«

Mason runzelte die Stirn. »Ein offensichtlicher Schwindel«, meinte er scharf. »Intelligente Erbinnen lesen kein solches Magazin. Es fällt ihnen gar nicht ein zu inserieren, jedenfalls nicht in diesem Blatt. Ich halte das für eine primitive Methode von Ausbeutung.«

»Das bedaure ich sehr!« sagte Caddo.

»Dazu haben Sie auch allen Grund.«

»Ich meine, ich bedaure sehr, daß Sie mich nicht verstanden haben.«

»Ich glaube, ich verstehe schon richtig. Ich würde sagen, diese Anzeige ist das Ergebnis einer Zusammenarbeit zwischen Arthur Ansell Ashland und George Cartright Dawson.«

»Nein, nein, nein! Mr. Mason, wo denken Sie hin?« sagte Caddo und warf verzweifelt die Hände in die Höhe.

»Wollen Sie sagen, Sie hätten sie nicht selbst geschrieben?«

»Nein, bestimmt nicht.«

»Dann haben Sie jemanden gehabt, der es für Sie tat«, meinte Mason.

»Aber wirklich nicht, Mr. Mason. Deshalb komme ich ja zu Ihnen.«

»Nun gut, dann sagen Sie mir, wie es sich damit verhält.«

»Sie müssen wissen, bei diesem Geschäft gibt es wie überall Leute, die auf dem gleichen Wege den gleichen Erfolg suchen, mit anderen Worten, ich habe Nachahmer gefunden, und das sind meine schärfsten Konkurrenten.«

»Weiter!«

»Einer von diesen Leuten hat sich bei den Behörden darüber beschwert, daß ich die Auflage meines Magazins durch falsche Inserate erhöhe.«

»Und was sagen die Behörden dazu?«

»Man hat mir geraten, diese Nummer aus dem Handel zu ziehen oder die Echtheit der Anzeige zu beweisen. Und ich kann keines von beiden tun.«

»Warum denn nicht?«

»Erstens ist dies kein Magazin im üblichen Sinne. Es ist eine Art Broschüre. Wir drucken eine große Auflage und bringen sie in Umlauf, bis sie entweder ausverkauft oder aber so alt ist, daß die Anzeigen nichts mehr einbringen. Alle Hefte einzuziehen und neue zu drucken, ist völlig unmöglich. Das heißt, es wäre wohl möglich, aber es wäre kostspielig und ärgerlich und würde eine Menge Arbeit erfordern.«

»Wenn die Anzeige echt ist, warum können Sie dann ihre Echtheit nicht nachweisen?«

»Das ist ja gerade der Haken«, sagte Caddo, der sich das Kinn rieb, »vielleicht erläutere ich Ihnen am besten unsere Arbeitsmethode, Mr. Mason.«

»Schießen Sie los!«

»Für die Leser gibt es nur eine Möglichkeit, mit einem Inserenten meines Magazins in Verbindung zu treten. Sie müssen für fünfundzwanzig Cent eine Nummer des Magazins erwerben, ihre Antwort auf die letzte Seite schreiben und dafür sorgen, daß diese Seite zur Redaktion des Magazins kommt. Das Blatt muß vorschriftsmäßig mit der Nummer des Fachs adressiert sein, mit dessen Inhaber sie in Verbindung treten wollen. Unsere Aufgabe ist lediglich, den Brief in das richtige Fach zu legen. Kommt die Antwort mit der Post, geschieht das auf Gefahr des Absenders. Wir empfehlen stets, sie persönlich abzugeben.

Aber entfernt wohnende Interessenten müssen im allgemeinen ihre Briefe mit der Post schicken.«

»Und weiter?«

»Nun, wer einen Briefpartner sucht, ist gewöhnlich bereit, mit Menschen verschiedener Art in Verbindung zu treten. Mit anderen Worten, es geschieht nicht selten, daß ein einziger Interessent zehn oder fünfzehn Briefe schreibt.«

»Und er ist gezwungen, für jeden Brief ein Magazin zu fünfundzwanzig Cent zu kaufen?«

»Natürlich!«

»Und was geschieht dann?«

»Wahrscheinlich bekommt er auf jeden Brief, den er schreibt, eine Antwort.«

»So daß er aufhört, einsam zu sein, und deshalb auch nicht mehr Ihr Magazin liest.«

Caddo lächelte. »So weit kommt es selten.«

»Nicht?«

»Nein, wer wirklich einsam ist«, sagte Caddo, »ist es im allgemeinen wegen seines Charakters, nicht wegen seiner Umgebung. Bei meinen Inserenten handelt es sich größtenteils um ältere Leute, die irgendwas an sich haben, das sie hindert, Freundschaften zu schließen. Ein normales Mädchen ist mit dreißig verheiratet. Eine Frau über dreißig, die weder verheiratet noch verlobt ist, hat gewöhnlich einen Charakter, der sie zu einem einsamen Leben verurteilt. Mit anderen Worten, sie hat zwischen sich und ihren Empfindungen eine Schranke aufgerichtet, eine Schranke, die sie von der Welt absperrt. Jetzt sehnt sie sich nach jemandem, der diese Schranke niederreißt. Ihr selbst fehlt dazu die Kraft.

Tatsache ist jedenfalls, daß mein Bezieherkreis, soweit ich das überblicke, mehr oder weniger der gleiche bleibt. Nehmen wir einmal eine Miss X an. Miss X ist vielleicht eine ledige Frau von zweiundvierzig oder dreiundvierzig Jahren. Sie ist ein versonnener Typ, einsam und gelegentlich romantisch. Sie hat gewisse Hemmungen, sich zu geben, wie sie gern möchte, so daß sie den romantischen Gedanken an Zweisamkeit tief in ihrem Herzen vergräbt.

Irgendwer erzählt unserer Miss X von meinem Magazin. Sie veröffentlicht darin eine Anzeige, eine sehr schüchterne Anzeige, wobei sie sich der abgedroschenen Redewendung von einer unverheirateten Dreißigerin mit Herzensbildung bedient, die die

Bekanntschaft eines sympathischen Herrn machen möchte. Nun, der Herr, den sie im Sinn hat, ist ein Ideal, das nur in ihrer Phantasie existiert. Er ist bestimmt keiner von denen, die die Anzeigen in meinem Magazin beantworten.«

»Und was für Männer sind das, die die Anzeigen beantworten?«

»Es sind weniger die Männer als die Frauen, die schreiben. Es reicht nirgends, um die Nachfrage nach Männern zu befriedigen. Natürlich erhalten wir auch von Männern eine Menge Antworten, aber ein Teil davon kommt leider von Spaßvögeln. Sie nehmen den Briefwechsel mit einer dieser Frauen einfach deshalb auf, um sich einen handfesten Ulk zu machen. Das ist natürlich grausam.«

»Aber jeder Brief bringt Ihnen fünfundzwanzig Cent.«

Caddo nickte ohne Begeisterung. »Ich würde jedoch auf diese Kunden gern verzichten. Sie sind grausam, und ihre Methode verdirbt mir das Geschäft. Doch was kann ich dagegen tun?«

»Erzählen Sie mir von den andern Männern, die keine Witzbolde sind«, schlug Mason vor.

»Es sind zumeist mürrische alte Junggesellen, die in das Bild einer Jugendliebe vernarrt sind, die entweder tot oder mit einem anderen verheiratet ist. Dann gibt es natürlich ein paar zungengewandte Abenteurer, die sich nur für das bißchen Spargeld interessieren, das die Frauen sich für schlechtere Zeiten zurückgelegt haben. Kurz und gut, Mr. Mason, ein großer Teil der männlichen Einsender sind leider Gauner. Eine Sorte jedoch gibt es, auf die ist Verlaß. Es sind die grasgrünen jungen Burschen vom Lande, unbeholfen, mißtrauisch und scheu. Sie möchten gern Bekanntschaften machen, wissen aber nicht, wie sie das anstellen sollen.«

»Und alle diese Leute sorgen dafür, daß Robert Caddos Magazin reißenden Absatz findet.«

»Sie tragen alle dazu bei.«

»Und eines Tages wird Ihre Miss X darauf kommen, weitere Anzeigen in Ihrem Magazin erscheinen zu lassen?«

»Stimmt. Ich mache sie zum Dauerkunden durch die Geschichten, die ich schreibe, Geschichten, die von unverstandenen Frauen handeln, die endlich einen Mann finden und heiraten, der das Zeug hätte, selbst eine Filmdiva zu erobern.«

»Und diese Anzeigen lassen Sie sich bezahlen?«

»Ja, natürlich.«

»Wieviel?«
»Zehn Cent pro Wort, einschließlich Gebühr für das Fach.«
»Sie scheinen eine ganze Menge solcher Anzeigen zu haben.«
»Das Geschäft geht gut; es ist wirklich einträglich, ganz einträglich.«
»Die Hefte kommen in unregelmäßiger Folge heraus, haben Sie gesagt?«
»Ja, das hängt von der Zahl der Anzeigen, von den Antworten auf die Anzeigen und von unserem Geld ab.«
»Warum können Sie denn nicht herausfinden, wer diese Erbin ist, wenn sie echt ist?«
»Jeder Kunde bekommt ein Fach mit einer Nummer, in das die Antworten gelegt werden. Es ist ähnlich wie ein Postschließfach und wird mit einem Schlüssel geöffnet. Wer eine Anzeige aufgibt, erhält das Fach für dreißig Tage. Bei Zahlung einer weiteren Gebühr verlängert sich die Frist auf sechzig oder neunzig Tage. Der Inhaber des Schlüssels hat Zugang zu dem Fach während dieser Zeit. Ist sie abgelaufen, wird das Fach verschlossen und der Interessent kann entweder mit dem Büro eine neue Vereinbarung treffen oder das Fach aufgeben. Briefe nach auswärts werden natürlich mit der Post geschickt. In dem Fall mit der mysteriösen Inserentin ist die Sache irgendwie kompliziert. Als mir klar wurde, daß es nötig war, mit ihr in Verbindung zu treten, schickte ich ihr einen Brief, in dem ich ihr den Fall darlegte und sie bat, mir irgendwie nachzuweisen, wer sie sei und daß es mit der Anzeige seine Richtigkeit habe.«
Caddo griff in die Tasche: »Ich habe einen ziemlich ungehaltenen Brief zur Antwort bekommen.« Er reichte Mason das Schreiben.

Sehr geehrter Herr!
Ich habe bei Ihnen in gutem Glauben eine Anzeige veröffentlicht. Ich habe sie bezahlt und für dreißig Tage ein Fach erhalten. Ich bekomme Antworten. Diesen Weg, Bekanntschaften anzubahnen, habe ich gewählt, weil ich ungenannt bleiben wollte. Es ist kein Grund ersichtlich, weshalb ich meine Anonymität preisgeben sollte. Ich kann Ihnen versichern, daß jede Behauptung in der Anzeige wahr ist; Sie brauchen sich also keine Sorgen zu machen.
Der Brief war einfach »Miss Fach sechsundneunzig« unterzeichnet.

»Aber sie kommt doch wegen der Antworten zum Fach?« fragte Mason.

»Sie kommt nicht. Sie schickt eine verschwiegene Frau mit scharfgeschnittenen Zügen, die ihre Aufgabe kennt.«

»Sind Sie sicher, daß es nicht die Erbin selbst ist?«

»Ich glaube nicht. Ich versuchte zweimal, ihr zu folgen. Ich nehme an, ich verhielt mich ziemlich stümperhaft. Sie jedenfalls hat mir das gesagt. Beide Male blieb sie stehen, so daß mir nichts anderes übrig blieb, als bis in ihre unmittelbare Nähe weiterzuschlendern. Dann stellte sie mich und sagte mir, ich stolpere über meine eigenen Füße. Sie sei früher von Fachleuten beschattet worden, und ich sei hoffnungslos unfähig.«

»Wie wär's, wenn Sie selbst ihre Anzeige beantworten würden?«

»Das habe ich versucht. Die Frau scheint ungeheuer tüchtig darin zu sein, einen unechten Brief herauszufinden. Ich habe ihr ein Dutzend verschiedener Briefe geschrieben, in denen ich ihr erzählte, ich wolle eine junge Frau ihrer Art kennenlernen und die Tatsache, daß sie erbe, bedeute mir nichts. Ich interessiere mich nur für ihre bezaubernde Persönlichkeit.«

»Und was geschah?«

»Ich habe keine Antwort bekommen.«

»Ich nehme an, diese junge Frau bekommt eine ganze Menge Briefe?«

»Eine Menge«, rief Caddo aus und machte eine wegwerfende Geste. »Das Fach ist geradezu vollgestopft mit Briefen. Die Antworten strömen nur so herein.«

»Und soweit Sie wissen, behandelt sie sie alle gleich?«

»Ja. Wenn ich nach meinen persönlichen Erfahrungen urteile, beantwortet sie keinen Brief.«

»Warum setzt sie dann die Anzeige in das Magazin?«

»Das kann ich mir auch nicht erklären. Aber sie beantwortet die Briefe bestimmt nicht. Ich habe ihr mehr als ein Dutzend geschickt.«

»Und was soll ich jetzt für Sie tun?« fragte Mason.

»Schaffen Sie mir die Behörden vom Hals, die verlangen, daß ich entweder die Frau herbeibringe oder das Magazin zurückziehe.«

Mason dachte eine Minute nach und sagte: »Es wäre wahrscheinlich billiger für Sie, das Magazin zurückzuziehen.«

»Das möchte ich aber nur dann tun, wenn ich muß. Es ist teuer und . . .«

»Es wäre billiger, als wenn Sie zu mir kommen.«
»Es wäre aber auch das Eingeständnis einer Schuld«, entgegnete Caddo. »Und dann ist da noch ein Haken. Angenommen, diese Frau ist wirklich eine Erbin? Ich habe ihr vertraglich zugesichert, ihre Anzeige zu veröffentlichen. Sie verklagt mich. Was dann?«
»Bringen Sie mir ein Dutzend Exemplare Ihres Magazins und einen Scheck über fünfhundert Dollar«, sagte Mason. »Ich will sehen, was ich tun kann. Es wird ein wenig Detektivarbeit nötig sein.«
»Ich hätte gern eine Garantie«, entgegnete Caddo und kniff die Augen zusammen.
»Was wollen Sie damit sagen?«
»Sie sollen mir garantieren, daß ich auch etwas für meine fünfhundert Dollar bekomme.«
»In Ordnung«, sagte Mason lachend. »Ich verspreche Ihnen eine Quittung und eine genaue Abrechnung über das Geld, das für Ermittlungen ausgegeben wird. Und wenn Sie mich, wie ich fast vermute, nach einem vorgefaßten Plan dazu benutzen, Ihre Auflage zu erhöhen, werde ich Ihnen eine Rechnung über fünftausend Dollar schicken und dafür sorgen, daß Sie sie bezahlen!«
Caddo rieb sich das Kinn. »Das klingt ziemlich roh!«
»Das soll es auch.«
»Bitte glauben Sie mir, Mr. Mason! Ich bin ehrlich ... Wozu brauchen Sie die Hefte?«
»Ich wollte sie nur mal durchsehen.«
Caddo lächelte. »Sie haben ein Magazin«, sagte er, »und für den Fall, daß Sie vorhatten, diese Erbin aufzuspüren, indem Sie Briefe schreiben, habe ich hier eine ganze Anzahl Umschlagseiten, die Sie nach Belieben verwenden können.« Damit öffnete er seine Aktentasche und nahm etwa zwei Dutzend Umschlagseiten heraus.
»Geben Sie Miss Street Ihren Scheck über fünfhundert Dollar«, sagte Mason. »Ich will sehen, was ich tun kann.«
Caddo seufzte und nahm sein Scheckheft heraus. »Sie haben recht«, sagte er, »es fängt an, teuer zu werden.«
Als er gegangen war, griff Mason nach dem Magazin und blätterte darin. »Hören Sie sich das mal an«, sagte er zu Della Street und las laut etwas aus der Geschichte von Arthur Ansell Ashland vor: »Dorothy stand wieder vor dem Spiegel, in dem

sie sich so oft betrachtet hatte. Jetzt hatte eine eigentümliche Veränderung stattgefunden. Das Gesicht, das ihr entgegensah, war nicht mehr blaß, grau, mit Sorgenfalten. Die Liebe hatte ihren Zauberstab erhoben, und das Gesicht, das ihr aus dem Spiegel entgegensah, war das einer veränderten Frau, reif und selbstsicher, strahlend, fraulich und in jeder Weise begehrenswert.

Ein zweites Bild zeigte sich hinter dem Gesicht im Spiegel, das Gesicht von George Crisholm, der leise ins Zimmer getreten war und jetzt hinter ihr stand.

›Liebling‹, rief er, ›verschwende deine süße Schönheit nicht an dieses kalte Glas! Dreh dich um und sieh mich an!‹ Sie drehte sich um, und mit starken Armen zog er sie an sich. Heiße, gierige Lippen suchten die verborgenen Winkel ihrer Seele aufzuspüren und riefen eine ungeheure Begierde hervor, die um so stärker war, weil sie so lange unerfüllt geblieben war.«

Della Street pfiff durch die Zähne.

»Einerseits«, sagte Mason, »ist so was ein Verbrechen. Andererseits bringt es wahrscheinlich einsamen Herzen Trost. Wenn unser Freund Caddo ehrlich ist, habe ich nichts gegen das Spiel. Wenn nicht, dann gnade ihm Gott!«

2

Perry Mason blätterte weiter in dem Magazin und hörte bisweilen damit auf, um Della Street etwas vorzulesen. Plötzlich klappte er das Heft zu und knallte es auf den Tisch.

»Della«, rief er, »wir müssen jetzt einen Liebesbrief verfassen. Wir werden ihn auf der Schreibmaschine entwerfen. Dann schreibe ich ihn mit Tinte auf die Umschlagseite des Magazins und schicke ihn an ihr Fach.«

Della lächelte. »Man sollte meinen, die Umstände sind einem leidenschaftlichen Brief nicht sehr förderlich.«

»Ich bin keineswegs überzeugt, daß sie einen leidenschaftlichen Brief haben will«, entgegnete Mason.

»Was will sie denn?«

»Das wollen wir uns mal überlegen, Della. Es ist sehr wichtig. Sie hat in einem Magazin für einsame Herzen annonciert. Sie schreibt, sie sei eine Erbin. Sie sagt, sie sei ihres alten Freundeskreises überdrüssig. Bedenken Sie, Della, daß die Frau bestimmt *nicht einsam* ist. Sie möchte nur jemand anders kennenlernen.«

»Meinen Sie nicht auch, daß das inzwischen schon geschehen ist?«

»Das ist möglich, und wir müssen es in Kauf nehmen«, sagte Mason. »Aber trotz allem ist auch sie nur ein Mensch und liest die an sie gerichteten Briefe. Wenn uns etwas einfällt, was sie anspricht, wird sie uns schon antworten.«

»Robert Caddo hat nie eine Antwort auf seine Briefe bekommen.«

»Von seinen Fehlern können wir lernen«, sagte Mason.

»Seine Antwort schien mir durchaus richtig zu sein.«

Mason schüttelte den Kopf. »Denken Sie daran, daß er in jeder Antwort betont hat, er sei nicht wegen des Geldes hinter ihr her.«

»Und was ist dabei falsch?« fragte Della. »Ein Mädchen würde wohl kaum von einem Mann entzückt sein, der schreibt: Liebe Miss Fach sechsundneunzig! Ich interessiere mich für Sie, weil Sie etwas erben.«

»Davon bin ich nicht so überzeugt.«

»Wieso, Chef, was meinen Sie? Bestimmt ist sie . . .«

»Sie hat sich mehrfach die Mühe gemacht, zu erwähnen, daß sie eine Erbin ist«, unterbrach Mason. »Wenn sie nicht jemand haben wollte, der das in Betracht zieht, warum hat sie es dann geschrieben?«

Della Street runzelte die Stirn und sagte nachdenklich: »Ja, sie *hat* es erwähnt, aber nur, um Neugierde zu erregen.«

»So gab sich jeder, der ihr schrieb, er interessiere sich nicht deshalb für sie, weil sie eine Erbin sei, sofort als offenkundiger Heuchler zu erkennen.«

»Ja, das nehme ich an.«

»Also wollen wir es mal mit zwei Briefen versuchen. Fangen wir mit diesem an: Liebe Miss Fach sechsundneunzig! Ich bin ein armer, junger Mann, und da Sie eine Erbin sind, glaube ich kaum, daß Sie sich für mich interessieren könnten. Trotzdem schreibe ich Ihnen, um Ihnen zu sagen, daß ich Sie gern kennenlernen möchte und daß ich alles tun würde, Ihre Freundschaft zu erringen. Ich glaube, wir haben manches gemeinsam.«

»Das ist alles?« fragte Della.

»Das ist alles.«

»Nun, das ist ein sehr unklarer Brief!«
»Richtig«, sagte Mason. »Das soll er auch sein. Ich glaube, Caddos Briefe sind nicht angekommen, weil er zu sehr ins einzelne ging. Nehmen wir mal an, Della, diese Erbin hat irgendwas Hinterlistiges vor. Vielleicht ist sie keineswegs einsam. Vielleicht möchte sie gerade mit jemand zusammenkommen, den sie für ein bestimmtes Vorhaben braucht.«
»Was für ein Vorhaben?«
»Ich weiß es nicht. Das müssen wir herausfinden.«
»Warum macht sie es dann nicht auf einfachere Weise?«
»Weil sie keine Leute haben will, die sie auf normale Art und Weise bekommen kann. Denken Sie daran, Caddo hat gesagt, ein Teil seiner Leser wären junge Männer, die meist vom Lande kämen.«
»Junge Männer vom Lande sind heute auch keine Dummköpfe mehr.«
»Die meisten nicht«, gab Mason zu. »Aber einige gibt es, die sich noch beeindrucken lassen und die noch nicht zu viel herumgekommen sind. Nehmen wir einmal an, unsere Erbin versucht wirklich, jemanden an sich zu fesseln, der noch so grün wie Gras ist. Dazu folgender Brief: Liebe Miss Fach sechsundneunzig! Ich habe immer schon eine Erbin kennenlernen wollen. Ich bin noch nicht lange in der Stadt, und Grund, Ihnen zu schreiben, habe ich eigentlich auch nicht. Aber ich möchte mich gern einmal mit einer richtigen, echten Erbin verabreden, nur um mal zu sehen, wie sie aussieht. Ich bin tüchtig, stark und habe Muskeln und werde wohl mit jeder Art von Landarbeit fertig.
Ich verstehe was von Vieh, und ich fürchte mich nicht davor, mal richtig zuzupacken. Wenn Sie einen Mann wie mich kennenlernen möchten, könnten Sie mir vielleicht eine Chance geben.«
»Sie sagen ihr nicht, wie Sie aussehen, wie alt Sie sind oder sonst etwas über Sie selbst«, sagte Della Street.
»Stimmt«, unterbrach Mason.
»Eine Frau, die sich nach einem Liebhaber umsieht, möchte so was zu allererst hören«, meinte Della.
Mason nickte. »Ich nehme ja auch an, daß sie sich nicht nach einem Liebhaber, sondern nach jemand anderem umsieht.«
»Nach wem denn?«
»Wenn ich das wüßte, wäre ich weiter.«
»Was für Namen sollen wir für diese beiden Briefe nehmen?«

»Der zweite ist leicht«, sagte Mason. »Ich werde als Irvin B. Green unterschreiben. Die Anfangsbuchstaben I. B. zusammen mit dem Familiennamen könnten den Sinn haben: Ich bin Grün.«
»Und der erste?«
Mason lachte. »Den ersten hat ein Mann namens Schwarz geschrieben. Dann werden wir ja sehen, welche Farbe sie vorzieht, Schwarz oder Grün. Ich sag' Ihnen, was Sie tun, Della. Wir brauchen zwei verschiedene Handschriften. Gehen Sie zu Paul Drake ins Büro und lassen Sie Paul den Brief schreiben, der mit Mr. Schwarz unterzeichnet wird. Paul Drake hat mehrere Postschließfächer, die er benutzt, wenn er bei einer Postsendung keine Anschrift angeben will. Geben Sie eine solche Schließfachnummer Mr. Schwarz und eine andere Mr. Green. Dann bringen Sie die Briefe in Caddos Büro.«
»Soll Caddo wissen, daß das Ihre Briefe sind?«
Mason schüttelte den Kopf. »Lassen Sie sie auf normale Weise übergeben. Je weniger Caddo weiß, desto besser. Wir berichten ihm über das Ergebnis und nicht über das Verfahren, das wir anwenden, um zu diesem Ergebnis zu gelangen.«

3

Paul Drake klopfte an die Tür von Masons Privatbüro; ein starker Schlag, vier schnelle, sanfte Klopfer und wieder zwei lautere.
»Das ist Drakes Zeichen«, rief Mason.
Della Street öffnete die Flurtür. Der große Detektiv lachte sie brüderlich an. »Na, Della, was gibt's Neues?«
»Das«, sagte Della Street und deutete lächelnd auf den Brief, den Drake in der Hand hielt.
Drake trat ein und nickte dem Anwalt zu. »Hallo, Perry, wir haben Antwort bekommen.«
»Antwort worauf?« fragte Mason und blickte von dem Schriftstück auf, das vor ihm lag.
»Hast du die Briefe vergessen, die ich vorgestern für dich abschickte?«
»Ach die! Wer hat die Antwort bekommen?«
»Mr. Green«, sagte Drake. »Mr. Schwarz nicht.«

Mason kniff nachdenklich die Augen zusammen. »Na, das ist doch wenigstens etwas!« meinte er. »Sie sucht also jemand, der noch feucht hinter den Ohren ist, einen leichtgläubigen Burschen, der schnell zu beeindrucken ist.«
Mason nahm den Brief, den Paul Drake ihm reichte, öffnete den Umschlag und schüttelte einen Bogen mit den eingedruckten Initialen M. M. heraus. Dann las er laut vor: »Lieber Mr. Green! Ich war sehr aufgeregt, als ich Ihren Brief erhielt. Ich wünschte nur, ich könnte Ihnen sagen, wieviel es für mich bedeutet, von einem Mann wie Ihnen zu hören. Ich habe die eingebildeten Kerle so satt, mit denen ich oft meine Zeit verbringen muß, daß ein Brief wie der Ihre wie ein Hauch frischer Landluft in einem muffigen Raum ist.
Ich stelle mir vor, daß Sie groß und stark und jung sind und vom Lande kommen, daß Sie noch nicht lange in der Stadt sind und daß Sie nur wenige Freunde haben. Habe ich recht?
Wenn Sie zum Union-Bahnhof gingen und an dem Schalter mit dem Schild Auskunft stünden, heute abend zwischen sechs und Viertel nach sechs, dann könnte ich es vielleicht möglich machen, Sie zu treffen.
Sie könnten eine weiße Nelke rechts im Jackettaufschlag tragen, damit ich Sie erkenne.
Wenn ich es eben möglich machen kann, komme ich und spreche mit Ihnen. Seien Sie nicht zu überrascht, ein Mädchen zu sehen, das ganz normal aussieht. Erbinnen unterscheiden sich von anderen Leuten nur dadurch, daß sie Geld haben.
Bis heute abend dann! Ihre M. M.«
»Was, zum Teufel, soll das alles bedeuten?« fragte Paul Drake.
Mason lachte. »Das ist ein Job für dich, Paul. Ich brauche einen Detektiv, etwa zwanzig oder fünfundzwanzig Jahre alt, einen starken, großen Burschen, der aber gleichzeitig ein wenig linkisch und schüchtern erscheint. Ich möchte, daß er einen seiner älteren Anzüge anzieht, einen, der vielleicht ein wenig eng oder ein wenig kurz in Armen und Beinen ist. Er braucht sich nach keinem Modell zu richten, weil wir aus ihm etwas machen wollen, was es nicht mehr gibt, einen schrecklich grünen Jüngling vom Lande.«
Drake ging im Geist die Angestellten durch, die für eine solche Arbeit geeignet waren, und sagte endlich: »Ja, ich glaube, es geht. Ich habe einen Burschen, der der Beschreibung entspricht. Er stammt vom Land. Er hat mal auf einer Farm gearbeitet.«

»Das ist gut«, sagte Mason. »M. M. könnte versuchen, ihn reinzulegen, indem sie Fragen über Ackerbau und Viehzucht stellt, aber ich glaube kaum, daß es ihr auf die Antworten ankommt. Jetzt brauche ich noch drei oder vier weitere Leute, Paul.«
»Wozu?«
»Vielleicht geht sie nicht zu unserem Mann, aber ansehen wird sie sich ihn. Sie wird glauben, er ist zu unerfahren, um sie zu erkennen, aber ich möchte, daß Leute in der Nähe sind, die das sehr wohl können und die sie verfolgen, falls sie mit unserem Freund nicht anbändelt.«
»Okay«, sagte Drake, »das dürfte leicht sein. Wenn sie nicht an meinen Mann herangeht und mit ihm spricht, wird sie zumindest auf und ab gehen, um ihn ungestört betrachten zu können. Meine Leute werden sie schon erkennen.«
»Ist gut«, meinte Mason. Er wandte sich an Della Street. »Rufen Sie bei Robert Caddo an und sagen Sie ihm, morgen im Laufe des Tages könnten wir ihm seine Frage beantworten. Bestellen Sie ihn für morgen zehn Uhr her, Della.«
Sie nickte und notierte die Zeit auf dem Terminkalender.
Paul Drake wog den Brief gedankenschwer in der Hand. »Glaubst du, wir haben Aussicht, damit weiterzukommen?«
»Die Aussicht besteht natürlich«, sagte Mason langsam.
»Und wie groß ist die Chance?«
Mason lächelte. »Ich würde sagen, eins zu einer Million, Paul.«

4

Mason und Della Street betraten den großen Bahnhof, Mason mit einem leeren Handkoffer und einer kleinen Reisetasche, Della Street ausgerüstet mit einer Nachttasche und mit einem Mantel über dem Arm. Es war fünf Minuten vor sechs.
Mason folgte Della Street hinüber zu zwei leeren Plätzen, stellte die Taschen vor seine Füße und schlug prahlerisch einen Fahrplan auf, den er stirnrunzelnd studierte. Della Street, die Reisefieber vortäuschte, hielt Mason auf dem laufenden.
»Wenn Paul Drake hier Leute stehen hat«, meinte sie, »wundere ich mich, daß ich keinen davon sehe.«
»Natürlich nicht«, sagte Mason, ohne von seinem Fahrplan aufzublicken. »Ein Detektiv, den man als solchen erkennt, wäre

Paul Drake keinen Cent wert.«
»Nun, da kommt der Köder!« rief Della. »Du liebe Zeit, sieht der gut aus!«
Mason blickte von seinem Fahrplan auf.
Ein großer, linkischer Bursche, vierundzwanzig oder fünfundzwanzig Jahre alt, mit dem Ausdruck wachsamer Leichtgläubigkeit auf dem Gesicht, ging zaghaft auf den Auskunftschalter zu. Er hatte einen Anzug an, der ihm ein bißchen zu klein zu sein schien. In seinem rechten Aufschlag steckte eine weiße Nelke.
»Du meine Güte«, flüsterte Della Street. »Er ist vollkommen.«
»Das werden wir sehen, wenn die Erbin anbeißt«, sagte Mason.
»Haben Sie sie bereits gefunden?«
»Nein, ich gucke mir schon die Augen aus.«
»Zeigen Sie nur nicht zuviel Interesse.«
Mason schlug den Fahrplan zu, stand auf und brachte eine seiner Taschen zum Gepäckschließfach, stellte sie hinein, warf ein Zehncentstück ein und zog den Schlüssel ab. Dann ging er zu seinem Platz neben Della Street. Er faltete eine Abendzeitung auseinander und sagte: »Halten Sie mich bitte auf dem laufenden«, und schon wurde er offensichtlich nur noch von den Berichten über die Pferderennen in Anspruch genommen.
Das Leben des großen Bahnhofes flutete in einem unablässigen Strom an ihnen vorüber. Leute schlenderten ziellos auf die Bahnsteige zu, nur um sich wieder umzudrehen und genauso ziellos zurückzugehen, während sie auf Ankommende oder Abreisende warteten. Andere stapften schwer bepackt zu den Sitzplätzen; sie warteten offensichtlich auf einen Anschlußzug. Dann gab es wieder andere, die gespannt Züge zu erwarten schienen, mit denen Freunde oder Verwandte kommen würden. Hier und da lief ein Geschäftsmann herum, und Leute, die Reisen gewohnt waren, hetzten vorbei, gaben Telegramme auf, riefen in letzter Minute noch von den Telefonzellen aus an oder gaben ihr Gepäck in die Obhut eines Trägers.
»Einen Augenblick!« flüsterte Della Street plötzlich. »Ich glaube, ich habe sie gefunden. Die Brünette in dem Schottenrock. Sehen Sie mal hin, Chef!«
»Moment«, sagte Mason. »Blicken Sie wieder fort, damit ich wie zufällig über die Zeitung wegsehen kann. Sie könnte mißtrauisch sein.«
»Das Mädchen steht genau in Richtung Gepäckschalter«, erklärte Della Street.

Mason senkte die Zeitung ein wenig und öffnete den Mund zu einem ungeheuren Gähnen. Dabei warf er den Kopf zurück, und als er gähnte, betrachtete er das Mädchen, das Della Street ihm beschrieben hatte.
Während Mason sie ansah, faßte sie einen Entschluß, ging plötzlich auf den Mann am Auskunftschalter zu, berührte ihn am Arm und lächelte ihn freundlich an.
Paul Drakes Angestellter fuhr mit der großen, linkischen Hand an seinen Hut, nahm ihn ab und lachte verlegen. Die beiden sprachen einen Augenblick miteinander; dann blickte das Mädchen kurz umher, sagte etwas zu dem Mann, und sie verließen den Bahnhof.
Della Street, die ihnen erregt nachsah, rief: »Chef, sie verschwinden!«
»Na und?«
»Aber niemand folgt ihnen!«
»Woran sehen Sie das?«
»Niemand beachtet sie auch nur im geringsten. Drakes Leute müssen versagt haben.«
»Keine Sorge«, beruhigte Mason. »Sie werden schon auf dem Posten sein, ganz bestimmt!«
»Sollten wir nicht versuchen, zu sehen, wohin . . .«
»Auf keinen Fall«, wehrte Mason ab und gähnte. Dann widmete er sich wieder seiner Zeitung.
»Manchmal sind Sie der schrecklichste Mensch von der Welt!« schimpfte Della Street. »Wir wissen kein bißchen mehr als vorher, wer sie ist.«
»Wir haben einen Blick auf sie geworfen«, sagte Mason, »und darum ging's mir vor allem.«
»Einen ganz kurzen Blick nur«, murrte sie. »Ich könnte unmöglich etwas über sie sagen.«
»Ich kann Folgerungen ziehen«, meinte Mason lächelnd.
»Welche zum Beispiel?«
»Erstens«, fuhr Mason fort, »glaube ich nicht, daß sie eine Abenteurerin ist. Ich habe so das Gefühl, sie ist in Ordnung. Zweitens fürchtet sie sich vor irgend etwas. Dieses Treffen hat ihr viel mehr bedeutet, als man hätte annehmen sollen. Die Erleichterung stand ihr auf dem Gesicht geschrieben, als sie feststellte, daß der Mann gerade von der Art war, die sie suchte.«
Della Street dachte darüber nach, dann meinte sie: »Ja, ich glaube, so war's. Kommen Sie, wir überlegen mal . . . Ich kann Ih-

nen ungefähr sagen, was für Kleider sie trug, einfach, aber teuer. Ich frage mich, was für einen Wagen sie fährt.«
»Ich wette neun zu eins, daß es ein Taxi ist«, behauptete Mason. »Sie würde bestimmt niemandem die Möglichkeit geben, an ihre Autonummer zu kommen, bevor sie nicht Gelegenheit gehabt hat, mit ihm zu sprechen und sich ein Urteil über ihn zu bilden. Na, Della, ich glaube, die Vorstellung ist zu Ende. Wie wär's, wenn wir jetzt essen gingen?«
»Endlich ein vernünftiges Wort.«
Eine reisemüde Frau, die Della Street sofort sympathisch war, schob geduldig den vierjährigen Jungen zurück, der sich an ihre Knie geschmiegt hatte. Ihr Mann, der bei ihr saß, sagte: »Ich glaube, der Zug hat Verspätung. Ich hole dem Jungen ein Eis.« Er schlenderte von dannen und kam bald darauf mit einem Eis zurück. Dann wandte er sich plötzlich an Perry Mason und Della Street.
»Ich soll meinen Bericht sofort an Paul Drake geben«, sagte er, »aber sie sind in einem Taxi weggefahren. Da der Kontaktmann bei ihr ist, machten wir weisungsgemäß keinen Versuch, sie zu verfolgen. Ich glaube, das war's, was Sie wissen wollten, nicht wahr?«
Mason lächelte Della Street zu.
»Gerade das wollte insbesondere Miss Street wissen«, entgegnete er.

5

»Kommen Sie herein und nehmen Sie Platz, Mr. Caddo!« bat Mason. Caddo schien nervös zu sein. »Sie haben einen Bericht für mich?« fragte er.
»Ganz richtig. Ich glaube, Sie entsinnen sich der Angelegenheit, wegen der Sie mich konsultierten.«
»So schnell ging das?« Caddo setzte sich.
»Ihre einsame Erbin in Fach 96«, berichtete Mason, »heißt Miss Marilyn Marlow. Sie hat unter ziemlich merkwürdigen Umständen annähernd dreihundertfünfzigtausend Dollar von ihrer Mutter geerbt. Ihre Mutter war eine Art Krankenschwester, die einen gewissen George P. Endicott während seiner letzten Krankheit gepflegt hat. Endicott machte ein Testament und hin-

terließ ein altmodisches, weiträumiges Wohnhaus, das er mit seinen beiden Brüdern und einer Schwester bewohnt hatte. Er vermachte jedem von ihnen zehntausend Dollar. Den ganzen Rest, insbesondere Grundbesitz, hinterließ er Eleanore Marlow, Marilyns Mutter. Außerdem enthielt das Testament die Bestimmung, daß jeder Erbe, der die Gültigkeit von Schenkungen in Zweifel ziehen sollte, die er Eleanore Marlow zu Lebzeiten gemacht hatte – etwas Geld und eine Kollektion Edelsteine, die Familienerbstücke waren –, daß also ein solcher Erbe seiner Rechte am Nachlaß verlustig gehen sollte.

Eleanore Marlow starb bei einem Autounfall kurz nach Endicotts Tod. Marilyn ist ihre einzige Tochter. Sie ist jetzt etwa dreihunderttausend Dollar wert – vielleicht auch noch mehr. Sie fällt bestimmt unter den Begriff Erbin. Tatsächlich ist die Vermögensbilanz ihrer Mutter bis jetzt noch nicht abgeschlossen und die der Endicotts gleichfalls noch nicht. Einige Besitztümer in Oklahoma sind dabei, die möglicherweise Ölvorkommen bergen.

Das Testament wurde zur amtlichen Bestätigung zugelassen, aber die Brüder und die Schwester wollen es anfechten. Zeugen bei Endicotts Testament waren zwei Krankenschwestern, Rose Keeling und Ethel Furlong. Bei dem Streit scheint es hoch her zu gehen. Als das Testament verfaßt wurde, war Endicott teilweise gelähmt. Er hat es mit der linken Hand unterschrieben.«

Caddo seufzte erleichtert. »Mr. Mason, ich kann Ihnen kaum sagen, wie dankbar ich bin, und was für eine Last Sie mir von der Seele genommen haben.«

Mason nickte.

»Aber warum, in aller Welt«, fuhr Caddo fort, »bedient sich eine Frau wie diese – jung, schön und reich – meines Magazins, um neue Freunde kennenzulernen?«

»Ich glaube, in der Anzeige heißt es, sie habe die Männer satt, mit denen sie gemeinhin in Berührung komme«, erwiderte Mason trocken. »Glücksjäger und ähnliches Gesindel.«

»Aber wenn ich Sie recht verstehe«, beharrte Caddo, »muß sie alte Freunde haben, Freunde, die sie schon kannte, bevor sie das Geld erbte. Ihr Reichtum ist doch immerhin ziemlich neu, nicht wahr, Mr. Mason?«

Mason nickte.

»Dann *muß* sie alte Freunde haben ... Wie lange wohnt sie schon hier, Mr. Mason?«

»Anscheinend etwa fünf Jahre.«
»Das verstehe ich nicht!« meinte Caddo.
»Müssen Sie das denn?«
»Wie meinen Sie das?«
»Wenn ich Sie recht verstehe, wirft man Ihnen vor, Sie versuchten, durch eine falsche Anzeige den Verkauf Ihres Magazins zu fördern.«
»Das stimmt.«
»Was ist denn falsch an der Anzeige?«
Caddo rieb sich das Kinn. »Ich glaube, nichts.«
»Genau das«, bestätigte Mason.
Langsam begann Caddo zu grinsen. »Vielen Dank, Mr. Mason, ich nehme an, mir kann keiner etwas anhaben.«
Mason nickte wieder.
»Und neue Antworten laufen immer noch ein«, fuhr Caddo fort. »Du liebe Zeit! Die Post, die das Mädchen bekommt! Ich hatte genug Magazine für zwei Monate drucken lassen, und der Vorrat geht schon zur Neige.«
»Müssen Sie dann eine neue Nummer des Magazins herausgeben?« fragte Mason.
»So verrückt bin ich nicht«, wehrte Caddo ab. »Ich werde das alte einfach neu drucken lassen. Solange diese Anzeige noch zieht, verkaufe ich das Magazin, bis zum bitteren Ende. Junge, Junge, das sind Aussichten! Zur Zeit bekommt sie hundert Antworten am Tag.« Er erhob sich. »Mit uns ist jetzt alles klar, Mr. Mason?«
»Alles klar«, sagte Mason. »Ich habe einige Auslagen gehabt, aber ich werde sie von den fünfhundert Dollar bezahlen, und dann habe ich immer noch genug als Honorar.«
»Das ist ja glänzend!« Caddo schüttelte Mason die Hand, strahlte Della Street an, und dann, schon halb in der Tür, sagte er: »Bei der Gelegenheit könnten Sie mir eigentlich gleich alles über Marilyn Marlow sagen. Wie ist ihre Adresse?«
Mason sah auf einer Karte nach. »Sie wohnt siebenhundertachtundneunzig Nestler Avenue, in den *Rapahoe Apartments.* Falls Sie Einzelheiten über den Rest brauchen, können Sie die im Büro des Testamentsvollstreckers erfahren in Sachen Nachlaß des verstorbenen George P. Endicott.«
Caddo nahm einen Füller aus der Tasche, kritzelte etwas auf die Rückseite eines Briefumschlages, lächelte noch einmal strahlend und ging.

Um 15 Uhr rief Paul Drake an.
»Perry«, fragte der Detektiv, »möchtest du mit Kenneth Barstow sprechen?«
»Wer ist denn Barstow, Paul?«
»Der Angestellte, der am Fall Marilyn Marlow mitgearbeitet hat.«
»Nein, nicht mehr nötig, der Fall ist abgeschlossen.«
»Ich dachte, du solltest Barstows Bericht hören. Irgend etwas ist da nicht ganz in Ordnung. Er glaubt, sie hatte ein Anliegen.«
»Ja, und?«
»Ich meine, sie wollte ihn vielleicht haben, damit er irgendwas Bestimmtes tun sollte, etwas, das ein klein wenig anrüchig ist.«
»Wo ist er?«
»Hier im Büro. Er hat mit mir gesprochen, und ich dachte, du wolltest ihm die eine oder andere Frage stellen, um deine Akten zu vervollständigen, falls du sie wieder brauchst.«
Mason sah auf seine Uhr, dann sagte er: »Ja, bring ihn her, Paul; wir wollen uns die Geschichte mal anhören.«
»Wir sind gleich da«, antwortete Drake.
Mason nickte Della Street zu. »Öffnen Sie Paul die Tür, Della! Er bringt den Mann, der das Rendezvous mit Marilyn Marlow hatte.«
»Du liebe Zeit«, meinte Della Street, »und Sie wollten nichts mehr von ihm wissen, nicht wahr?«
Mason lachte. »Ich weiß nicht, warum wir darauf noch Zeit verschwenden. Der Klient ist zufriedengestellt, und wir haben das Honorar. Aber hören wir uns die Geschichte mal an. Ich bin neugierig.«
Della Street öffnete die Tür, und einen Augenblick später traten Drake und sein Angestellter ein. »Dies ist Kenneth Barstow«, stellte Drake vor. »Setzen Sie sich, Kenneth. Perry Mason kennen Sie schon, glaube ich. Dies ist Della Street, seine Sekretärin. Erzählen Sie Ihre Geschichte!«
Barstow war nicht mehr der linkische junge Mann vom Land. Er trug einen zweireihigen Anzug, der gut zu seiner schlanken Figur paßte. Sein dichtes, welliges schwarzes Haar war aus der Stirn gekämmt. Die blauen Augen verweilten einen Augenblick anerkennend auf Della Street, dann blickte er wieder Perry Mason an.
»Um sieben Minuten nach sechs sprach mich die Frau an«, berichtete er. »Wir fuhren mit dem Taxi zu einem Restaurant. Sie

bezahlte das Essen und bestritt fast allein die Unterhaltung. Ich tat weiter so, als wäre ich schüchtern und stumm. Sie stellte ein kleines Kreuzverhör über das Leben auf dem Lande an. Allzuviel verstand sie nicht davon, im Gegensatz zu mir, und daher war es eine Kleinigkeit.
Vom Restaurant gingen wir hinüber zu einem Parkhochhaus, wo sie ihren Wagen hatte. So erfuhr ich ihre Autonummer und wußte, daß ich in die engere Wahl kam. Sie fuhr in der Stadt umher, kam in den Park und hielt an, um mir die Lichter zu zeigen. Dann flirteten wir ein wenig.«
»Wieviel?« fragte Drake.
Wie um sich zu rechtfertigen, blickte Barstow auf Della Street und sagte: »Das ganze Vorgeplänkel.«
»Und was war dann?«
»Dann bin ich mit ihr nach Hause gefahren. Sie holte mir was zu trinken, und dann war der Abend zu Ende.«
»Kein weiteres Flirten mehr?« fragte Drake.
»Als wir in ihrer Wohnung waren, nicht mehr. Da war sie geschäftsmäßig. Sie sagte, sie hätte vielleicht einen Job für mich. Ich sollte sie heute kurz nach Mittag noch mal besuchen. Ich erzählte ihr, ich wäre zur Zeit ohne Arbeit. Ich dachte, es sei besser so, als ihr zu sagen, ich hätte Arbeit, und wenn sie nachforschte, stimmte es nicht.«
Mason nickte.
»Um halb zwei ging ich wieder zu ihr, wie sie es vorgeschlagen hatte. Wir wollten Tennis spielen. Ich sagte ihr zwar, ich könnte es nicht allzu gut, aber sie wollte ein paar Sätze spielen. Sie sagte, sie müßte auf ihre Figur achten.«
»Haben Sie gespielt?«
»Nein.«
»Und was geschah dann?«
»Ich fiel in Ungnade.«
»Wie denn?«
»Das ist es ja gerade, was ich nicht verstehe. Ich ging mit ihr in die Wohnung, sie holte was zu trinken, und wir plauderten eine Weile; dann ging sie ins Schlafzimmer, um sich umzuziehen. Das Telefon läutete mehrere Male, und sie ging an den Apparat.«
»Dann haben Sie wieder geschäkert?« fragte Drake.
»Ja, ein wenig«, erwiderte Barstow. »Um die Wahrheit zu sagen, ich war gespannt, wie's weitergehen sollte. Nach dem

zweiten Anruf machte ich etwas kühnere Annäherungsversuche und erhielt eine kräftige Ohrfeige. Als ich wieder klar war, saß ich auf der Straße. Junge, bin ich angeschrien worden! Sie sagte, ich wäre genau wie jeder andere; ich dächte auch nur daran, wie ich's am besten schaffte. Sie hätte mich für einen netten, unverdorbenen Jungen vom Land gehalten, und jetzt zeigte ich, daß ich ein Casanova wäre, und ich sollte wissen, daß ich dabei arg amateurhaft gewesen wäre.«

»Vielleicht sind Sie zu schnell vorgegangen«, vermutete Mason.

»Oder zu langsam und nicht weit genug«, fügte Della Street hinzu.

Barstow lächelte Della zu, dann runzelte er die Stirn. »Danach, wie ich die Sache gestern abend anfing, weiß ich jetzt, daß ich nicht zu weit gegangen bin. Ich kam gut weiter. Dann geschah irgendwas. Ich könnte schwören, daß sie mich absichtlich so weit brachte, um mir die Ohrfeige geben und mich hinauswerfen zu können. Ich glaube, sie hat herausbekommen, daß ich Detektiv bin, und das tut mir leid. So schlecht dürfte meine Technik nicht sein.«

»Nun, als Sie anriefen und mir Autonummer und Adresse durchgaben«, sagte Drake, »haben wir sie doppelt überwacht, und so haben wir alles, was wir brauchen. Weiß sie, wie sie Sie erreichen kann?«

»Ja, ich habe ihr die Telefonnummer eines Freundes gegeben. Sie könnte mich dort erreichen.«

»Glauben Sie, daß sie anruft?«

»Ich wette hundert zu eins, daß sie es nicht tut. Sie war ehrlich wütend, als sie mich hinauswarf.«

»Das hört sich an«, meinte Drake, »als ob sie Ihnen zunächst eine Chance gab und als ob Sie versucht hätten, sich eine weitere Chance zu erschleichen.«

Mason sagte etwas ungeduldig: »Nun langt's aber. Die Sache ist ausgestanden. Vergessen Sie's.«

»Ich hasse den Gedanken, ich hätte einen Fall verpatzt.«

»Wir machen alle mal einen Fehler«, beruhigte Drake.

Die beiden verließen das Büro, und Della Street fragte Perry Mason: »Was machen Sie jetzt damit?«

Mason blickte von dem Aktenstück auf, das schon wieder seine Aufmerksamkeit in Anspruch nahm. »Womit?«

»Mit dem Zwischenfall von Barstow.«

»Keine Ahnung«, sagte Mason. »Der Junge hat wahrscheinlich

bei dem Mädchen nicht richtig geschaltet.«
»Ich glaube nicht, daß es an ihm lag«, meinte Della Street. »Ich rufe mir gerade ins Gedächtnis zurück, welchen Eindruck ich von Marilyn Marlow hatte; ich werde Ihnen die Sache vom weiblichen Standpunkt aus klarmachen. Bedenken Sie, daß diese Marlow eine Anzeige in einem Magazin für einsame Herzen benutzt hat. Sie lernte den jungen Mann kennen, und es ging zunächst alles wie am Schnürchen. Sie sah ihn sich genauer an im Restaurant, und dann ermutigte sie ihn zu weiteren Attacken.«
Mason schob das Schriftstück auf die Seite. »Na, Della, woran denken Sie?«
»Ich glaube, es war der Anruf«, sagte sie.
Mason runzelte die Stirn, dann pfiff er und meinte: »Vielleicht haben Sie da nicht ganz unrecht.«
»Ein Anruf«, fuhr Della überzeugt fort, »der Marilyn Marlow darüber aufklärte, daß sie mit Dynamit spielte.«
Mason kniff die Augen zusammen und grübelte. »Einen Augenblick«, sagte er, »wir wollen mal sehen, wie spät es genau war.« Er wies auf das Telefon und bat: »Rufen Sie in Drakes Büro an und sehen Sie, ob Barstow schon fort ist. Fragen Sie ihn, um wieviel Uhr er vor die Tür gesetzt wurde.«
Della Street rief an. »Etwa um zehn vor zwei«, gab sie dann zur Antwort. Der Rechtsanwalt trommelte mit den Fingern auf der Tischkante herum.
»Wissen Sie mehr als ich?« fragte Della Street.
»Ich zähle nur zwei und zwei zusammen«, antwortete Mason.
»Und was kommt raus?« forschte Della Street.
»Wenn ich gewußt hätte, daß er so was plant, hätte ich ihm tausend mehr aufgebrummt.«
»Du lieber Himmel! Sie glauben, es war Caddo? Aus welchem Grunde wohl?«
»Unser Freund will auch ein Stück von dem Kuchen haben. Und anscheinend will er sichergehen, das richtige Stück zu bekommen – mit viel Zuckerguß.«

6

Um fünf Uhr gingen Gertie, das Empfangsfräulein, und die beiden Stenotypistinnen nach Hause. Um zehn nach fünf steckte Jackson, der Angestellte, den Kopf in Masons Privatbüro.
»Wenn sonst nichts mehr vorliegt, Mr. Mason, kann ich heute abend sicher früh weggehen«, sagte er bittend.
Mason lächelte, blickte auf seine Uhr und erwiderte: »Es ist schon zehn Minuten über die Zeit.«
»Früh für mich«, meinte Jackson. »Ich werde eben nie fertig.«
Um zwanzig nach fünf schob Mason die Gesetzbücher und das Schriftstück auf seinem Schreibtisch zurück.
»Lassen wir's genug sein, Della«, sagte er. »Genehmigen wir uns einen Cocktail. Ich fahre Sie zu Ihrer Wohnung, und wenn Sie keine Verabredung haben, spendiere ich zum Cocktail ein Abendessen.«
»Das täte gut«, meinte Della Street. »Ich muß mich bei Kräften halten, bei diesen Erbinnen, mit denen wir dauernd zu tun haben . . .«
»Gehabt *haben*, meinen Sie«, verbesserte Mason.
Sie schlossen das Büro ab, fuhren mit Masons Wagen ins spanische Viertel und tranken einen Bacardi.
»Sie haben Ihren Wagen hier, und der Bahnhof ist nur ein paar Häuserblocks weiter. Fahren wir doch mal hin und holen die Tasche ab, die Sie gestern abend im Schließfach gelassen haben. Wir waren so mit der Erbin beschäftigt, daß wir weggefahren sind, ohne sie mitzunehmen.«
»Gute Idee«, lobte Mason. »Ich glaube, wir brauchen die Requisiten nicht mehr. Zum Teufel, ich hasse es, wenn mich Klienten übers Ohr hauen!«
»Sie wissen nicht sicher, daß es Caddo war.«
»Es gibt nur einen Menschen«, fuhr Mason fort, »der wußte, daß Barstow Detektiv war und der auch Marilyn Marlows Adresse kannte. Und das ist unser ehrenwerter Robert Caddo. Es ist ganz klar. Er erhielt Marilyn Marlows Namen und Adresse. Dann verließ er das Büro, brauchte eine gewisse Zeit, um Einzelheiten zu erfahren. Darauf faßte er einen Plan, rief sie an und sagte dem Mädchen, daß ihr ein Detektiv auf der Spur sei.«
»Aber der Detektiv war doch indirekt von ihm beschäftigt!«
»Das hat er natürlich nicht gesagt«, erklärte Mason. »Er spielt sich als selbstloser Freund auf, der sich väterlich für sie interes-

siert, weil die Anzeige in seinem Magazin erschienen war.«
»Ich glaube, es muß Caddo gewesen sein«, sagte Della Street.
»Caddo ist so einer«, fuhr Mason fort. »Das ganze Geschäft mit dem Magazin ist nicht ganz sauber, ich könnte mich ohrfeigen, daß ich das nicht sofort gemerkt habe. Aber mit seiner traurigen Geschichte hatte er meine Teilnahme gewonnen. Ich falle immer auf die Wehklagen meiner Klienten herein ... Wie spät ist es, Della?«
»Sechs Uhr.«
»Na, ein wenig früh zum Essen – aber gehen wir mal rüber zum Gepäck. Dann essen wir chinesisch zu Abend, und dabei finden wir wahrscheinlich einen Film, den wir noch nicht gesehen haben.«
Mason legte zwei Silberdollar auf den Tisch und geleitete Della Street aus der Cocktailbar zum Auto. Sie fuhren zum Bahnhof, wo Mason den Wagen parkte.
»Ich beobachte gern die Leute am Bahnhof«, sagte er. »Das ist fesselnd. Man lernt dabei die Menschen kennen. Die Leute ... He ... Della, sehen Sie, was ich sehe?«
»Was denn?«
»Da drüben am Auskunftsschalter«, sagte Mason.
»Ich sehe nichts. Ich ... Ah! ... Er hat eine weiße Nelke!«
»Im Rockaufschlag«, fuhr Mason fort.
»Glauben Sie ... ein weiterer Kandidat?«
»Offensichtlich«, meinte Mason. »Sie scheint das öfter zu tun, und warum auch nicht? Wir holen das Gepäck und setzen uns dort drüben hin. Da können wir beobachten, was sich tut.«
Sie fanden ein paar Plätze im Hintergrund, die aber eine gute Sicht auf den Auskunftsschalter zuließen.
Della Street betrachtete den jungen Mann, der ziemlich selbstsicher vor der Sperre des Schalters stand. »Er sieht lange nicht so gut aus wie Kenneth Barstow«, meinte sie.
»Scheint ein netter junger Mann zu sein«, vermutete Mason.
»Aber er sieht nicht so gut aus wie Barstow. Sagen Sie mal, Chef, haben Sie Barstow schon vorher gekannt?«
Mason schüttelte den Kopf. »Nein. Der Junge ist erst seit etwa sechs Monaten bei Drake. Ich hatte bisher noch nicht mit ihm zu tun, also kann ich Ihre Frage nicht beantworten.«
»Was für eine Frage?«
»Ob er verheiratet ist.«
Sie lächelte. »Danach habe ich nicht gefragt.«

Einen Augenblick lang blieben sie ruhig sitzen, dann sagte Mason: »Ich frage mich, ob sie diesen Kandidaten übergeht. Sie beobachtet ihn wahrscheinlich von einem anderen Teil des Bahnhofes aus, aber ich möchte nicht umherblicken. Das macht uns zu verdächtig. Augenblick, da ist sie ja; sie kommt aus der Telefonzelle dort drüben. Alle Achtung, ein gutes Versteck. Sie kann darin sitzen, solange sie will, und ihrem Opfer auflauern.«

»Sicher hat sie es schwer, den richtigen Freund zu finden«, sagte Della Street.

»Ich fürchte, sie sucht nicht nach einem Freund«, meinte Mason nachdenklich.

»Wonach denn?«

Mason zuckte die Schultern. »Nach jemandem, der einen Mord begehen soll, wenn ich mich nicht täusche.«

Marilyn blickte sich im Bahnhof um und ging dann auf den Auskunftsschalter zu.

»Sie hat eine großartige Figur«, sagte Mason anerkennend.

»Und wie gut sie das weiß«, fügte Della Street hinzu.

»Sie kleidet sich bestimmt danach, und . . . Na bitte!«

Marilyn schritt auf den jungen Mann zu. Er war gerade in Gedanken versunken, und sie mußte erst seinen Arm berühren, ehe er sich erschrocken umdrehte und sie anlächelte, wobei er mit einer leichten Handbewegung schnell den Hut abnahm.

»Der kommt aber nicht vom Land«, bemerkte Della Street. »Der Junge kennt sich aus. Ich möchte mal wissen, was er ihr in seinem Brief geschrieben hat.«

»Offenbar das richtige«, antwortete Mason. »Und soviel wir wissen, ist das gar nicht so leicht. Hundert Kandidaten am Tag! Das ist ja fast aussichtslos: einer von hundert!«

Das Mädchen schien einen Augenblick zu zögern. Mit ihren großen dunklen Augen schätzte sie ihn kritisch von Kopf bis Fuß ab. Dann kam sie offensichtlich zu einem Entschluß; sie schien ihn aufzufordern, sie zu begleiten, und die beiden verließen den Bahnhof.

»Ich nehme an, jetzt kommt wieder ein Taxi und . . .«, sagte Della Street.

Ganz geschäftsmäßig warf Mason ein: »Davon wollen wir uns lieber überzeugen, Della.«

»Soll ich mitkommen?«

»Es ist besser. Dann sieht es nicht so verdächtig aus. Am Ausgang bleiben Sie zurück und reden auf mich ein, bei Tante Myrtle vorbeizugehen.«

Sie nickte und ging an Masons Seite zum Portal.

Dort standen Marilyn Marlow und der junge Mann. Sie sprachen gerade nicht miteinander.

»Nun komm schon!« hörte man Della Streets laute Stimme. »Du mußt Tante Myrtle besuchen! Sie würde es uns nie verzeihen, wenn sie erfährt, daß wir hier waren, ohne sie zu besuchen.«

»Auf keinen Fall«, wehrte Mason ab. »Dann müssen wir die ganze Zeit zwischen den Zügen in einem muffigen Wohnzimmer sitzen und Familienklatsch erzählen. Da sehen wir uns lieber die Stadt an.«

»Hier können sie kein Taxi bekommen«, flüsterte Della Street. »Worauf warten sie eigentlich? Die Taxis stehen an der anderen Seite und . . .«

Auf einmal unterbrach sie Mason: »Ist gut, rufen wir mal Tante Myrtle an, sonst hast du ja keine Ruhe«, und er legte den Arm um Della Street und zog sie zurück in den Bahnhof.

»Was ist los?« fragte Della schnell.

»Sie könnten mal versuchen, über Ihre Schulter zu sehen.«

Della Street sah hin. Ein Auto war vorgefahren und hatte am Bordstein gehalten. Marilyn Marlow eilte darauf zu, und der junge Mann, der schnell hinter ihr herkam, öffnete die Tür und half ihr hinein. Dann setzte er sich neben sie. Die Tür schlug zu, und der Wagen fuhr ab.

»Haben Sie den Fahrer gesehen?« fragte Mason.

»Um Gottes willen, ja!« rief Della Street aus. »Das war ja Robert Caddo! Und er hatte eine Chauffeursmütze auf und eine Livree an!«

7

Mason sah auf Della Streets Teller. »Keinen Appetit, Della?«

Sie schüttelte den Kopf. »Ich nehme an, Sie denken an dasselbe wie ich«, sagte er.

Sie nickte.

»Ich hasse es, von einem Klienten an der Nase herumgeführt zu werden«, fuhr Mason fort, »aber wir wollen versuchen, während des Essens an etwas anderes zu denken. Wie wär's mit einem Tanz?«

Sie nickte, und er führte sie auf die Tanzfläche. Aber beide hatten keine Freude am Tanzen.

»Uns hat es natürlich nicht zu interessieren, wozu sie die Leute braucht«, sagte Mason endlich. »Aber es sieht ganz so aus, als ob sie grasgrüne Burschen sucht, die sie um den Finger wickeln kann. Ich möchte wissen, ob mit dem Testament etwas nicht stimmt.«

Della Street lachte: »Sie lesen nicht nur meine Gedanken, sondern sorgen gleichzeitig dafür, daß sie wieder durcheinandergeraten.«

»Ist gut«, meinte Mason, »gehen wir und sehen wir uns noch mal Drakes Bericht an!«

Mason rief den Kellner, bezahlte die Rechnung, holte den Wagen vom Parkplatz und fuhr zu seinem Bürohaus.

Der Nachtportier, der den Aufzug bediente, lachte Mason an, als er sich in das Nachtverzeichnis eintrug. »Haben Sie Paul Drake getroffen, Mr. Mason? Er suchte Sie. Er sagte, wenn Sie kämen, sollten Sie ihn auf jeden Fall anrufen.«

»In Ordnung, ich werde bei ihm vorbeigehen.«

Der Fahrstuhl schoß aufwärts.

»Was haben Sie eben gesagt?« fragte Della Street unterwegs den Concierge.

»Mr. Mason sollte ihn sofort anrufen.«

»Mr. Drake ist also zu Hause?«

»Nein«, sagte der Concierge, »er ist in seinem Büro.«

Della Street und Mason sahen sich an.

»Die perfekte Sekretärin«, sagte Mason. »Daran hatte ich nicht gedacht, Della.«

Die beiden gingen den langen Flur entlang, an den erleuchteten Büros mit der Aufschrift »Drake Detektiv-Agentur«, vorbei, bogen um die Ecke, und Mason öffnete die Tür zu seinem Privatbüro.

Della Street ging sofort zum Telefon und wählte Drakes Nummer. Nach kurzem Gespräch legte sie auf und sagte: »Paul kommt sofort herüber.«

»Da muß etwas Wichtiges vorliegen; sonst würde Paul nicht so handeln. Irgendwer muß in seinem Büro warten und . . .«

Durch die nächtliche Stille des Bürogebäudes dröhnten die Schritte Paul Drakes. Della Street öffnete die Tür des Privatbüros.

»Tag, Leute!«
»Tag, Paul! Warum sollte ich dich sofort anrufen? Ist jemand in deinem Büro?«
»Stimmt«, sagte Drake und nahm in dem tiefen, ledernen Klientensessel Platz, wobei er sich so drehte, daß er sich mit dem Rücken gegen die eine Armlehne stützte und über die andere seine langen Beine hängen ließ. »Was war das eigentlich für ein Klient in dem Fall, bei dem ich Kenneth Barstow eingesetzt habe?«
»Das frage ich mich auch«, meinte Mason. »Ich vermute, er hat versucht, ein Stück von dem Kuchen abzubekommen.«
»Auf betrügerische Weise«, bestätigte Drake.
»Woher weißt du das?« fragte Mason.
»Die Erbin ist in meinem Büro.«
Mason pfiff. »Was will sie denn?«
»Was sie *wollte,* weiß ich nicht. Wahrscheinlich wollte sie zu Kenneth Barstow, aber *jetzt* möchte sie zu dir.«
»Ist es wichtig?«
»Ich glaube«, sagte Drake. »Wenn ich recht verstehe, ist das eine ziemlich lange Geschichte. Möchtest du mit ihr sprechen, Perry?«
Mason nickte.
»Das komische dabei ist«, fuhr Drake fort, »daß du dich damit vielleicht gegen deinen Klienten stellen mußt.«
»Was für einen Klienten?«
»Der versucht hat, etwas über sie zu erfahren.«
»Das Verhältnis zum Klienten hat in diesem Falle nichts zu bedeuten, und außerdem ist die Sache abgeschlossen. Ich sollte für ihn etwas erledigen, und das habe ich getan. Ich habe ihm eine Rechnung gemacht, und er hat bezahlt. Damit ist die Sache erledigt, soweit es mich angeht. Ich mag es nicht leiden, wenn mir ein Klient einen Streich spielt, und Betrüger kann ich auch nicht ausstehen.«
»Ist gut«, unterbrach Drake. »Ich bringe sie her.«
Della Streets Augen glänzten. »Ich hab's doch gewußt! Sie hat sich in Kenneth Barstow verliebt. Der, mit dem sie sich heute abend getroffen hat, kann Barstow nicht das Wasser reichen. Und ich sage Ihnen noch was. Der Junge ist gerissen. Ich würde ihm nicht über den Weg trauen.«
Mason setzte sich an seinen Schreibtisch, nahm eine Zigarette aus dem Etui und knurrte: »Dieser Caddo fängt an, mir auf die

Nerven zu gehen.«
Einige Augenblicke rauchte er still vor sich hin. Dann hörte man auf dem Flur wieder Schritte.
Drake hielt Marilyn Marlow die Tür auf, ließ sie eintreten und stellte vor: »Mr. Mason und Miss Street, seine Sekretärin. Miss Marlow, treten Sie bitte ein!«
Nach ihr betrat auch Drake das Büro.
Marilyn Marlow nickte als Dank für die Vorstellung mit dem Kopf. Kein bißchen Herzlichkeit war in ihren schwarzen Augen zu entdecken.
»Sie haben mich da in eine schöne Situation gebracht!« sagte sie zu Perry Mason. »Ich schlage vor, Sie versuchen mich wieder herauszuholen.«
Mason lächelte. »Und ich schlage vor, Sie setzen sich und ruhen sich aus, während Sie mir davon berichten.«
Sie nahm in einem Sessel mit gerader Lehne Patz, der vor Masons Schreibtisch stand, während Paul Drake sich wieder in seiner Lieblingsstellung in den Klientensessel warf.
»Nun, was ist los?« fragte Mason.
»Sie haben mir einen gewissen Brief geschrieben, ich habe ihn verrückterweise beantwortet, und dann haben Sie mir einen Detektiv auf den Hals geschickt.«
»Das sagen Sie so«, bemerkte Mason.
»Sie haben bei mir alles durcheinander gebracht!«
»Und warum besuchen Sie mich jetzt?«
Sie lächelte. »Sie sollen alles wieder in Ordnung bringen.«
»Wenn Sie zu mir als Anwalt kommen, halte ich es für meine Pflicht, Sie zu warnen. Ich bin vielleicht nicht in der Lage, Sie als Klientin zu betrachten. Wir brauchen jedoch nicht erst um den heißen Brei herumzulaufen, wir können ebensogut sofort zur Sache kommen.
Ihre Mutter war Pflegerin bei George P. Endicott während seiner letzten Krankheit. Endicott war lange Zeit sehr krank, und Ihre Mutter hatte viel Arbeit mit ihm. Offensichtlich hat sie ihre Sache gut gemacht. Als Endicott starb, hinterließ er ein Testament, in dem er Ihrer Mutter den Hauptteil seines Vermögens vermachte. Seine Brüder, Ralph und Palmer E. Endicott, sowie seine Schwester, Lorraine Endicott Parsons, bekamen das Haus und ein verhältnismäßig kleines Vermächtnis. Das Testament ist rechtskräftig. Das Vermögen wird auf annähernd dreihundertfünfundsiebzigtausend Dollar geschätzt, und wie man hört,

planen die Geschwister einen Prozeß, wobei sie sich auf Erbschleicherei und ähnliches berufen. Ihre Mutter kam bei einem Verkehrsunfall ums Leben, und Sie erben alles, was sie besaß. Jetzt haben Sie ...«

»Haben Sie mit einem der Endicotts gesprochen?« unterbrach sie ihn.

»Nein.«

»Mit irgend jemand, der Rose Keeling kennt?«

»Rose Keeling?« Mason wiederholte den Namen, dann schüttelte er den Kopf. »Ich weiß nicht, wo ich sie unterbringen ... Ach ja, Rose Keeling gehörte zu den Zeugen, die Endicotts Testament unterschrieben haben.«

»Sie kennen sie nicht? Sie haben sie noch nie gesehen?«

»Nein.«

»Und die Endicotts auch nicht?«

»Nein.«

Marilyn Marlow schien mit sich zu kämpfen. Dann fragte sie plötzlich leidenschaftlich: »Wollen Sie mir helfen?«

»Wir wollen lieber noch allgemein sprechen«, antwortete Mason. »Vielleicht bin ich gar nicht in der Lage, Ihnen zu helfen. Es kann sein, daß ich das gar nicht darf. Um was geht es also?«

»Ich halte es für ziemlich sicher, daß die Endicotts Rose Keeling mit einer großen Summe bestechen wollen, damit sie falsch aussagt. Ich nehme an, sie zieht das Angebot in Erwägung. Ich habe alles versucht, darauf Einfluß zu nehmen, aber es ist mir nicht gelungen. Wenn sie falsch aussagt, bin ich erledigt und besiegt.«

»Und warum haben Sie in dem Magazin annonciert?«

»Ich brauchte einen ganz bestimmten Mann.«

»Wozu?«

»Rose Keeling ist romantisch und leicht entflammbar. Ich brauchte einen Mann, der tat, was ich wollte, einen, von dem ich alles erfahren konnte – der mich nicht täuschte. Er sollte sich mit Rose Keeling anfreunden, mir aber alles berichten.«

»Haben Sie geglaubt, Sie könnten einen Mann finden, in den sich Rose Keeling so verlieben könnte, daß sie ihm vertraut und ihm ...«

»So einen kann ich bestimmt finden. Ich kenne sie und weiß, wie ihr Typ aussehen muß. Sie ist mißtrauisch gegenüber jedem Städter. Aber von einem gutgebauten Mann vom Land, schüchtern und solide, läßt sie sich leicht betören.«

»Sie sind mit ihr befreundet?«
»O ja, aber sie hat sich zurückgezogen. Sie hat einmal erwähnt, Mutter hätte ihr versprochen, nach der Verteilung des Vermögens könne sie auf so etwas wie eine Belohnung rechnen.«
»Glauben Sie, daß Ihre Mutter das gesagt hat?«
»Ich weiß, daß sie es nicht gesagt hat«, fuhr Marilyn Marlow auf. »Mutter war rechtschaffen und hat immer fleißig gearbeitet. Sie hat die beiden anderen Krankenschwestern nur als Zeugen hereingerufen. Genausogut hätte sie unter einem halben Dutzend, das draußen im Gang war, andere wählen können. Dieses Verhalten von Rose Keeling erweckt den Eindruck, als wäre die Sache nicht in Ordnung. Und das war nicht der Fall. Es war alles korrekt!«
»Woher wissen Sie das?«
»Ich . . . Nun, ich weiß es eben!«
»Aber Sie müssen es beweisen.«
»Wir haben den Beweis doch gehabt! Rose Keeling beschwor, was geschehen war.«
»Und jetzt möchte sie gern etwas anderes aussagen?«
»Wenn sie wüßte, es gelänge ihr, dafür Geld zu erhalten, würde sie es bestimmt tun. Wie ich hörte, soll sie aussagen, sie hätte den Raum kurz vor der Unterzeichnung des Testaments verlassen.«
»Aber als sie wieder hereinkam, bestätigte Endicott, er habe das Testament unterschrieben?«
Ungeduldig antwortete Marilyn Marlow: »Sie sind Rechtsanwalt. Muß ich Ihnen erst eine Zeichnung machen? Die Frau ändert ihre Aussage nur soviel, daß das Testament ungültig wird. Dafür wird sie bezahlt. Natürlich würden ihr die Endicotts keinen Cent bezahlen, wenn das Testament gültig bleibt.«
»Und glauben Sie, die Endicotts würden sie zu einem Meineid verleiten?«
Marilyn Marlow zögerte einen Augenblick. Dann sagte sie: »Die Endicotts sind davon überzeugt, daß meine Mutter eine Abenteurerin war, die ihren Bruder ausgenutzt hat. Sie würden fast alles tun, um das Testament endgültig zu machen, weil sie schließlich glauben, es wäre nicht mehr als recht, es umzustoßen.«
»Ich schlage vor, Miss Marlow«, sagte Mason, »Sie berichten mir ein wenig mehr von Ihren Plänen, was Sie zur Zeit unternehmen und warum sie die Anzeige veröffentlicht haben.«

»Ganz recht. Ich werde die Karten auf den Tisch legen. Ich wußte, daß Rose Keeling Geld haben wollte. Eine Zeitlang habe ich gedacht, *ich* könnte ihr etwas anbieten. Aber dann fiel mir ein, daß ich nur gegen die Endicotts bieten würde; bei diesem Testament gibt es ja zwei Zeuginnen. Wenn ich die eine bezahle, will die andere auch was haben. Ich brauche zwei Zeuginnen, um es aufrechtzuhalten, die Endicotts nur eine, es umzustoßen. Ich war dagegen, etwas Unrechtes zu tun. Mutter war immer redlich gewesen. Sie hätte niemandem einen Cent bezahlt, und ich wollte ihr Andenken nicht beschmutzen.«
»Weiter, bitte.«
»Deshalb habe ich versucht, mit Rose Keeling zusammenzukommen. Ich dachte, vielleicht würde sie mir vertrauen und mir genau sagen, worum es ging und daß die Endicotts ihr Geld angeboten hatten. Dazu war sie jedoch zu gerissen. Sie deutete es an, und das war alles.«
»Deshalb brauchten Sie einen Mann?«
»Ganz richtig. Ich brauchte einen ganz bestimmen Typ von Mann. Rose Keeling ist ziemlich sonderbar. Sie ist mißtrauisch gegenüber allen alten Freundinnen. Aber wenn sie sich in einen Mann verliebt, verliert sie den Kopf und erzählt ihm alles. Ich wußte genau, in was für einen sie sich verlieben würde. Ich weiß zufällig, daß ihr jetzt gerade das Herz schwer ist und daß sie beim richtigen Mann sofort umfallen würde.
Aber zuerst mußte ich natürlich meines Mannes gewiß sein. Ich brauchte einen, der sich in mich verliebte, der aber Rose Keeling etwas vorspielen und sie dazu bringen sollte, ihm zu vertrauen; das alles sollte er mir zuliebe tun. Ich konnte keinen gebrauchen, der sich vielleicht in Rose Keeling verliebte und mich dann sitzen ließ. Bevor ich ihn Rose vorstellte, mußte ich ihn . . . nun, mußte ich ihn in mich verliebt machen. Haben Sie verstanden?«
Mason nickte.
»Da habe ich die Anzeige veröffentlicht. In ihr habe ich ganz offen gesagt, daß ich eine Erbin bin . . . Ich wußte, daß ich daraufhin viele Antworten bekommen würde und daß jeder, der schrieb, er interessiere sich nicht für mein Geld, ein Heuchler oder Lügner war. Ich wollte einen Mann, der offen und ehrlich war.«
»Haben Sie viele Antworten bekommen?«
»Hunderte. In der vergangenen Woche habe ich jeden Abend Männer getroffen. Der Mann von gestern abend war, was ich

brauchte, und dann stellte sich heraus, daß er Detektiv ist.«

»Woher wußten Sie, daß er Detektiv ist?«

»Der Herausgeber des Magazins rief mich an und sagte es mir. Er meinte, es tue ihm leid, daß die Anzeige die Aufmerksamkeit unerwünschter Kreise erregt habe, aber er halte es für seine Pflicht als Herausgeber des Magazins, mir das mitzuteilen.«

»Woher hatte er Ihren Namen und Ihre Adresse?«

»Ich weiß nicht. Er sagte, das Magazin hätte eine Möglichkeit, so etwas herauszubekommen. Ich verstehe das nicht, denn die Frau, die für mich die Antworten im Büro des Magazins abholte, war schlau. Sie trug die Antworten eine Weile mit sich herum; dann brachte sie sie in ein kleines Postamt. Sie packte immer alle Briefe in ein Päckchen, das mir mit Eilpost zugestellt wurde. Ich erhielt es etwa zwei Stunden nachdem sie es bei der Post aufgegeben hatte. So war es niemandem möglich, ihr zu folgen oder mich durch sie ausfindig zu machen.«

Mason nickte.

»Doch da rief mich der Herausgeber an und warnte mich vor diesem Mann. Ich mochte ihn gut leiden. Er hatte den Brief mit Irvin B. Green unterschrieben, aber dieser Herausgeber sagte, er sei Detektiv und bei *Ihnen* beschäftigt.«

Mason warf Della Street einen bedeutsamen Blick zu. »Und was hat er dann getan?«

»Er bot sich an, alles zu tun, um mir zu helfen. Ich sollte ihm nur vertrauen. Ich war nicht sofort damit einverstanden. Zunächst wollte ich ihn sehen. Er bot mir seinen Wagen an, falls ich meinen nicht benutzen wollte, weil man jetzt meine Autonummer kannte. Er sagte, er würde seinen Wagen als Chauffeur fahren, und er lieh sich wirklich eine Chauffeuruniform, um echt auszusehen.«

»Wie war es denn mit dem Jungen, den Sie heute abend getroffen haben?« fragte Mason.

Sie verzog das Gesicht vor Widerwillen und sagte: »Er war schrecklich. Ich konnte ihn von Anfang an nicht leiden. Sein Brief war ganz nett, aber als ich ihn in Augenschein nahm, sah er nicht so aus, wie ich ihn brauchte. Beinahe hätte ich ihn gar nicht angesprochen, aber dann tat ich's doch, und wir gingen essen. Ich habe ihn fast sofort wieder weggeschickt. Er hatte zwei Gesichter. Er hätte mich bestimmt an Rose Keeling verraten und . . .«

»Den von gestern abend mochten Sie?«

»Ja.«
»Und deshalb sind Sie hier?«
Sie blickte ihm in die Augen und sagte: »Freilich, Mr. Mason, deshalb bin ich hier. Der Mann, der sich Green nannte, war genau der Typ, in den sich Rose Keeling verlieben würde, und ich hatte so das Gefühl, daß er ... nun, daß er mir treu bliebe. Dann rief der Herausgeber an und sagte mir, das sei ein Detektiv, der etwas über mich herausbekommen sollte. Ich war wütend. Ich brachte ihn in eine Lage, die mir gestattete, ohne Verdacht zu erregen, die Verbindung abzubrechen. Und das habe ich dann auch getan.«
»Was geschah danach?«
»Danach habe ich alles nochmals überlegt. Wenn man es recht bedenkt, Mr. Mason, spricht die Tatsache, daß der Mann Detektiv ist, gar nicht gegen ihn. Sie könnte sogar für ihn sprechen. Je mehr ich darüber nachdachte, desto klarer wurde mir, wie dumm ich war, als ich versuchte, Detektiv zu spielen. Es wäre viel besser für mich, wenn ich meine Angelegenheit in die Hände eines Menschen gelegt hätte, der alle Kniffe auf diesem Gebiet kennt.«
»Und da haben Sie gedacht, ich beschäftige den Mann, den Sie als Green kennen, und Sie müßten, wenn Sie ihn haben wollen, zu mir kommen?«
»Ja, so ähnlich.«
»Und was haben Sie als nächstes getan?«
»Dann habe ich Mr. Caddo weggeschickt und bin zu Ihrem Büro gekommen. Ich fragte den Portier, der nachts den Aufzug bedient, ob Sie in Ihrem Büro seien. Er sagte, ein Mr. Drake sei oft unterrichtet, wo Sie sind, Drake hätte ein Detektivbüro auf derselben Etage. Und da war es nicht schwer, mir zusammenzureimen, daß Mr. Green Drakes Angestellter war. Als ich mit Mr. Drake sprach, sagte er, er könne nichts tun, ehe er mit Ihnen gesprochen hätte, aber er würde versuchen, Sie zu erreichen.«
»Haben Sie einen Rechtsanwalt, der Sie vertritt?«
»Nein, nur einen, der Mutters Vermögen verwaltet, das ist alles. Er vertritt mich nicht, er ist nur für das Vermögen zuständig.«
»Und was soll ich für Sie tun?«
»Ich möchte Ihnen gern die ganze Angelegenheit überlassen. Sie sollen weitermachen und alles tun, was notwendig ist. Ich hatte

das Gefühl, daß der Detektiv von gestern abend gerade der richtige Typ war. Ich dachte mir, ich könnte offen mit ihm sprechen und ihm sagen, was ich wollte und daß er mir gegenüber loyal sein sollte. Er wäre der richtige für Rose Keeling.«
»Und wie haben Sie es sich gedacht, die beiden zusammenzubringen?«
»Rose spielt gern Tennis«, antwortete sie. »Ich würde ein Doppel festsetzen und sie dazu einladen. Sie ist so etwas wie ein - Pirat. Sie stiehlt gern anderen Mädchen – nein, so will ich es nicht sagen. Aber wenn sie sieht, daß mir jemand besonders ergeben ist, dann schmeichelt es ihrer Eitelkeit, wenn sie ihn mir wegschnappen kann.«
»Eine Art Liebespirat?«
»Nicht ganz, obwohl ich das sagen wollte. Sie hat einen richtigen Komplex. Sie flirtet zu gern mit meinen Freunden. Wenn sie nichts erreicht, wird sie wütend. Aber wenn sie deren Interesse auf sich lenken kann, fühlt sie sich viel wohler, weil sie glaubte, sie . . . jedenfalls gibt es ihr Auftrieb.«
»Und Caddo weiß nicht, daß Sie zu mir gekommen sind?«
»Nein, nein! Ich habe ihn nur gebraucht, um aus der Sache herauszukommen. Ihm habe ich davon überhaupt nichts gesagt.«
»Schon gut«, meinte Mason. »Und ich rate Ihnen, erzählen Sie ihm gar nichts mehr; nehmen Sie sich vor diesem Mann in acht.«
»Er bemüht sich sehr, mir zu helfen; er sagt, er werde alles tun, mich zu unterstützen, weil er fühlt, ich hab's verdient. Er fühlt, daß . . . oh, ich weiß nicht, ich glaube, er . . . na, Sie wissen schon.«
»Er macht Ihnen den Hof?« fragte Mason.
»Er ist einer von denen, die einem keine Ruhe lassen«, antwortete sie. »Er legt einem die Hand auf die Schulter, und dann läßt er sie den Arm hinunterrutschen und so ähnlich.«
Mason nickte.
»Können Sie die Sache übernehmen?« fragte sie.
»Sie bekommen morgen Bescheid«, erwiderte Mason. »Geben Sie mir die Nummer, unter der ich Sie erreichen kann. Ich werde es mir überlegen. Ich glaube nicht, daß ich wegen früherer Klienten absagen müßte. Offen gesagt, ich habe mich bisher nur für Sie interessiert, um etwas über Ihre Anzeige herauszubekommen.«
»Für wen haben Sie gearbeitet? Wer war Ihr Klient?«

Mason lächelte und schüttelte den Kopf. »Ich darf es Ihnen nicht sagen.«
»Ich kann mir nicht vorstellen, wer sich dafür interessiert.«
»Ich darf es Ihnen wirklich nicht sagen.«
Plötzlich sagte sie: »Ich glaube nicht, daß ich mir zuviel aus Mr. Caddo mache.«
»Aber er macht sich etwas aus Ihnen?«
»Er möchte . . . ich weiß nicht mal, was er möchte. Er möchte mit mir schäkern, aber er hat noch etwas im Sinn, etwas anderes.«
»Er weiß von Ihrer Erbschaft?«
»Ja. Ich habe ihm viel erzählt, als ich ihn das erstemal sah.«
»Er möchte Ihnen beim Einkassieren helfen?«
»So deutlich hat er das gerade nicht gesagt.«
»Falls ich für Sie als Rechtsanwalt auftreten sollte, sorgen Sie dafür, daß Mr. Caddo zu mir kommt, wenn er etwas von Ihnen will«, bemerkte Mason.
Sie nickte.
»Caddo ist jedoch im Augenblick für uns am unwichtigsten«, fuhr Mason fort. »Sie halten es also für sicher, daß Rose Keeling bereit ist, falsch auszusagen?«
»Ja.«
»Es gibt natürlich zwei Wege«, sagte Mason. »Der eine ist, sie davon abzuhalten, falsch auszusagen. Der andere ist, den Beweis zu beschaffen, daß sie falsch ausgesagt hat, und ihr damit zur richtigen Zeit entgegenzutreten.«
»Ja. An das letztere hatte ich nicht gedacht.«
»Ich weiß noch nicht, ob ich mit ihr sprechen werde«, sagte Mason. »Sie hat immerhin schon damals ausgesagt, als das Testament zur Erblegitimation zugelassen wurde.«
»Das hat mir auch Mr. Caddo erklärt«, warf Marilyn ein. »Er meinte, da sie das getan hat, würde sie schwerlich ihre Aussage ändern können. Er sagte, es sei das beste für mich, dafür zu sorten, daß sie das Land verläßt oder etwas Ähnliches. Und wenn dann über das Testament verhandelt wird, könnte ihre Aussage gleich ins Protokoll diktiert werden; ich meine ihre Aussage bei der Zulassung des Testaments.«
»Das hat Ihnen Caddo gesagt?«
»Ja. Er sagte, da die Parteien dieselben seien, brauche ich nur ihre Aussage mit dem Hinweis zu verlesen, sie sei im Ausland und nicht erreichbar. Er glaubte anscheinend, ich könne sie ins Ausland schicken.«

»Ich verstehe«, bemerkte Mason.
»Mr. Caddo fragt dauernd nach Rose Keeling«, sagte sie. »Ich weiß nicht, wie er in das Bild paßt.«
»Vielleicht möchte er der Rahmen sein«, deutete Mason an.
Sie runzelte die Stirn. »Was wollen Sie damit sagen?«
»Wenn es um das Bild geht, hat der Rahmen immer eine sehr günstige Position. Lassen Sie mich aber mal darüber nachdenken. Ich rufe Sie morgen vormittag an.«
»Könnte vielleicht dieser Green für mich arbeiten?«
Lächelnd antwortete Mason: »Daran dachte ich gerade, junge Frau. Ich glaube, es wäre vielleicht besser für Sie, zu Drake zu gehen und Green für Sie als Detektiv arbeiten zu lassen, als sich mit meinem Rat herumzuquälen.«
»Aber Mr. Mason, ich hätte gern *Sie!* Ich habe eine Menge von Ihnen gehört, und ich glaube, Sie wissen viel von dem Fall, und wenn Sie mir offen versichern, daß Sie niemand anders vertreten ...«
»Ich vertrete niemand, der mit diesem Fall zu tun hat«, unterbrach Mason sie, »niemand, der sich für den Nachlaß oder einen Nachlaßgegenstand interessiert. Die Person, die ich vertreten habe, wollte etwas über die Anzeige in Erfahrung bringen.«
»Aber warum sollte jemand einen Rechtsanwalt beschäftigen, der ... mein Gott!«
»Was ist los?« fragte Mason, als sie plötzlich abbrach.
»Nun, es gibt daher nur einen, der es gewesen sein könnte«, sagte sie. »Daher wußte er also, daß der Mann, mit dem ich sprach, Detektiv war! Mr. Mason, soll das heißen, daß Mr. Caddo Sie in Anspruch nahm und mich hinterher warnte?«
Mason antwortete trocken: »Ich will nicht nur nichts über Mr. Caddo sagen, ich sage wirklich nichts über ihn.«
In ihren dunklen Augen zeigte sich überraschtes Verstehen.

8

Als Mason am nächsten Morgen kurz nach zehn Uhr sein Büro betrat, wartete Della Street bereits auf ihn in seinem Privatbüro, den Finger auf den Lippen.
»Na, Della, was gibt's?« fragte er leise.
»Draußen in Ihrem Büro ist jemand, den Sie lieber nicht sehen

möchten. Mrs. Robert Caddo.«
Mason warf den Kopf zurück und lachte. »Warum will ich sie denn nicht sehen, Della?«
»Sie ist wütend.«
»Worüber?«
»Das wollte sie mir nicht sagen.«
»Die Familie Caddo regt mich allmählich auf!«
»Ich habe ihr erklärt, Sie kämen nicht jeden Tag her, Sie empfingen Besuch nur nach Vereinbarung und überhaupt nur, wenn ich Ihnen einen allgemeinen Bericht über die Art des Falles machen könnte.«
»Und da?«
»Und da warf sie sich in einen Sessel, kniff die Lippen zusammen und sagte: Ich spreche mit ihm, und wenn ich eine ganze Woche warten muß!«
»Wie lange ist sie schon da?«
»Über eine Stunde. Sie wartete bereits auf dem Korridor, als Gertie das Büro öffnete, und als ich kam, ging ich gleich hinaus und sprach mit ihr.«
Mason lächelte gutgelaunt. »Was für eine Frau ist sie überhaupt, Della?«
»Sie ist jünger als er und sieht nicht schlecht aus. Aber im Augenblick strömt sie keinerlei Charme aus und kümmert sich nicht um Sex-Appeal.«
Mason setzte sich auf eine Ecke seines großen Schreibtisches. »Was, zum Teufel, will sie hier?«
»Ich nehme an, Caddo versucht, Sie als Alibi zu gebrauchen.«
»Genau«, stimmte Mason zu. »Das Alibi wird wohl für seinen Verkehr mit Marilyn Marlow nötig sein. Verdammt, Della, ich spreche mit ihr!«
»Ich warne Sie. Sie ist wütend.«
»Zornige Frauen gehören auch zum Leben eines Rechtsanwaltes. Also wollen wir uns mit ihr beschäftigen, Della!«
»Gut, setzen Sie sich wieder in Ihren Sessel«, bat Della. »Fahren Sie sich durchs Haar und legen Sie sich einige Bücher hier hin. Setzen Sie eine geschäftige und zurückhaltende Miene auf. Wenn Sie nämlich versuchen, diese Frau ohne Förmlichkeit zu empfangen, muß ich nachher den Arzt rufen, damit er Ihnen die Giftpfeile aus dem Körper zieht.«
Mason lachte, setzte sich an den Schreibtisch, schlug einige Gesetzbücher auf und nahm einen Füller zur Hand.

Della verließ Masons Privatbüro und kam einige Augenblicke später mit Mrs. Caddo zurück.
Mason blickte auf und sagte wie geistesabwesend: »Caddo ... Caddo? Sie sind Mrs. Caddo? Della, wo habe ich den Namen schon mal gehört?«
»Sie wissen selbst, wo Sie ihn gehört haben!« zeterte Mrs. Caddo. »Sie haben meinen Mann beraten. Sie haben ihm aufgetragen, sich mit diesem Weib abzugeben, und dann sagt er mir: Mein Rechtsanwalt möchte alles darüber wissen! Eine Geschäftsangelegenheit, sagt er. Er hat wohl nicht geglaubt, daß ich jemals herausbekomme, wer sein Anwalt ist, aber ich habe ihm einen Streich gespielt. Ich habe sein Scheckbuch gesehen, und da stand dick und fett auf dem Abschnitt, daß Perry Mason das Familienkonto um fünfhundert Dollar erleichtert hat. Wofür? Dafür, daß er meinen Mann losschickt, sich mit einer aalglatten Brünetten herumzutreiben, dafür war's!«
»Ach ja, Robert Caddo, der Herausgeber des Heiratsmagazins«, unterbrach Mason sie. »Nehmen Sie Platz, Mrs. Caddo, und erzählen Sie mir, was Sie bedrückt!«
»Sie wissen ganz genau, was los ist! Herausgeber! Robert Caddo ist ein Betrüger.«
»Wirklich?« fragte Mason und zog die Augenbrauen hoch.
»Und ich will Ihnen noch was sagen«, fuhr sie fort und ging aufgebracht auf Mason zu. »So wie er ist, gehört er mir! Ich bin an ihn gebunden, und ich habe nicht vor, ihn loszulassen. Ich mußte schon genug ausstehen, daß mein Haar grau wurde. Verstehen Sie mich?«
»Voll und ganz«, nickte Mason.
»Wenn ich das alles nochmals mitmachen sollte, ich würde ihn auch für eine Million Dollar nicht wieder heiraten; aber er versteht zu flirten, und nachdem er mich überredet hatte, blieb ich bei ihm. Ich dachte, es würde schon irgendwie gehen.«
»Wie lange sind Sie schon verheiratet?«
»Sieben Jahre. Und das kommt einem nicht mal mehr lang vor, wenn man zurückblickt – nicht mehr als hundertfünfzig oder zweihundert Jahre.«
Mason warf den Kopf zurück und lachte.
»Lachen Sie ruhig«, sagte sie heftig. »Sie finden das also spaßig.«
»Sie sind noch jung, Mrs. Caddo, und sehen gut aus«, meinte Mason. »Wenn Sie glauben, Ihr Leben sei zerstört ...«

»Das habe ich nicht gesagt. Ich gehöre nicht zu den Frauen, die dauernd jammern, sie hätten einem Mann die besten Jahre ihres Lebens geopfert. Die besten Jahre meines Lebens hat Bob Caddo nie gekannt, obwohl er das vielleicht glaubt. Aber es ärgert mich, daß ich ihn hinter dieser Brünetten herlaufen lassen muß und daß er behauptet, er befolge nur den Rat seines Anwaltes.«
»Darüber würde ich mich auch ärgern«, gab Mason zu. »Ich schlage vor, Sie nehmen Platz und erzählen mir etwas darüber.«
»Wer ist Marilyn Marlow?« fragte sie.
»Was ist mit ihr?«
»Bob ist ihr verfallen, Hals über Kopf, sie hat Vermögen. Bob wittert fette Beute und will mich loswerden.«
»Sind Sie dessen sicher?«
»Ja, restlos. Er ist in letzter Zeit viel aus gewesen, und ich bin nicht von gestern. Ich habe ihm nachspioniert und herausbekommen, wo er war. Dann habe ich ihm die Meinung gesagt, als er mit der alten Geschichte nach Hause kam, er sei geschäftlich fort gewesen. Er versuchte das zu bekräftigen, es sei wirklich geschäftlich gewesen, dieses Mädchen habe sein Magazin benutzt, und es hätten sich daraus Schwierigkeiten mit den Gesetzen ergeben. Er behauptete, er habe einen bekannten Rechtsanwalt befragt. Dieser habe ihm gesagt, es sei das beste, nicht locker zu lassen und eine Vereinbarung mit ihr zu treffen.«
»Das hat Ihr Gatte Ihnen gesagt?«
»Ganz recht.«
»Sind Sie sicher, daß kein Mißverständnis vorliegen kann?«
»Auf keinen Fall.«
Mason seufzte und sagte: »Mrs. Caddo, keiner von uns ist vollkommen. Wir haben alle unsere kleinen Fehler. Dazu gehören Charakterschwächen, die vom Lächerlichen bis zum Ernsthaften reichen, und keiner von uns ist davon frei. Aber zu den anderen kleinen Schwächen Ihres Gatten kommt die: Er ist ein Lügner. Und es wäre mir lieb, wenn Sie ihm das sagten.«
»Nanu!« rief sie aus, ganz überrascht von Masons Offenheit.
»Es steht Ihnen frei, mich zu zitieren«, fuhr Mason fort. »Sagen Sie Ihrem Gatten, er könne zu mir kommen, wenn er sich beleidigt fühle.«
Sie betrachtete Mason spöttisch. »Na, ich glaube, Sie haben recht. Ich hatte mir vorgenommen, mit Tintenfässern zu werfen, aber Sie scheinen in Ordnung zu sein. Wer ist Rose Keeling?«
»Spielen zwei Frauen mit?«

»Ich komme nicht ganz dahinter«, gab sie zu. »Ich habe ein kleines rotes Notizbuch erwischt, das Bob in der Innentasche trägt. Wenn er merkt, daß es weg ist, bekommt er einen Wutanfall. Er hatte zwei Namen darin stehen, Marilyn Marlow und Rose Keeling. Es ist nicht das erstemal und wohl auch nicht das letztemal. Ich weiß, daß ich mir auf dem Gebiet einiges gefallen lassen muß, aber glauben Sie mir, Mr. Mason, wenn ich ihn einmal erwische, sorge ich dafür, daß er nicht mehr viel Vergnügen davon hat. Ich werde zur Wildkatze, wenn es sein muß.
Sehen Sie, Bob hat nun endlich doch ein wenig Geld zusammengebracht. Er bringt es sogar fertig, es da aufzubewahren, wo ich es nicht erreichen kann. Ich mache mir nicht viel daraus, wenn er ein wenig flirtet, aber ich will nicht, daß so eine kleine Sirene kommt und nachher mit meinem Anteil an dem Geld verschwindet. Deshalb mache ich Bob Szenen, wenn ich glaube, daß es ernst wird. Dann finde ich heraus, wer die Frau ist, und dieser Frau mache ich erst recht Szenen. Und glauben Sie mir, das kann ich.«
»Ganz bestimmt«, gab Mason zu.
»Ich möchte Sie nun nicht weiter aufhalten, Mr. Mason«, fuhr sie fort. »Es war nett von Ihnen, daß Sie mich angehört haben. Sie waren wirklich prächtig. Ich bin hergekommen, um eine Szene zu machen und Sie abzukanzeln, aber ich habe das Gefühl, das hätte Sie nicht allzusehr beeindruckt. Bei Bob ist das anders. Er weiß, wenn er fremde Blumen pflückt, komme ich hinterhergejagt wie ein Wirbelsturm. Ich wußte, daß diese Marilyn Marlow nichts mit dem Geschäft zu tun hatte, aber ein Liebesverhältnis ist es auch nicht. Es steckt was dahinter, das mir nicht gefällt. Ich glaube, Bob würde da gern einen guten Fischzug tun. Jetzt sage ich zunächst Marilyn Marlow meine Meinung, und dann rufe ich Rose Keeling an. Und wenn ich mit diesen beiden Frauen fertig bin, dann werden sie einsehen, daß Verbrechen sich nicht lohnt.«
»Ich glaube, Mrs. Caddo«, warf Mason ein, »diesmal wäre es besser, Ihren Gatten ein wenig zu bearbeiten . . .«
»Nein«, lehnte sie ab, »ich habe mein System, Mr. Mason. Ich möchte es nicht ändern. Das letztemal, als Bob flirtete, ging ich in die Wohnung der Frau und habe sie verwüstet. Ich habe Kleider zerrissen, Augen blau geschlagen, einen Spiegel zerbrochen, damit sie sieben Jahre Pech hat, und Porzellan umhergeworfen. Die Wirtin kam und drohte, sie würde die Polizei ru-

fen. Und ich habe gesagt, sie solle sie ruhig rufen und in die Zeitungen bringen, was für Zimmer sie vermiete, welche Mieterinnen sie habe und was für Zustände bei ihr herrschten. Glauben Sie mir, das hat sie zur Vernunft gebracht.
Bob ist ein komischer Kerl. Er spielt gern den starken Mann, aber haßt Szenen, und wenn ich ihn nur genug anschreie, ist er wie ein geprügeltes Kind: Er schüttelt sich jedesmal, wenn er an die Strafe denkt ... Sie sind wirklich großartig gewesen, Mr. Mason. Ich bin doch froh, daß ich nicht mit Tintenfässern geworfen habe.«
»Ich würde höflichst vorschlagen«, erwiderte Mason, »daß Sie in diesem besonderen Falle Ihren berechtigten Zorn besänftigen und davon absehen, mit diesen beiden Frauen zu sprechen, deren Namen Sie haben ...«
»Tut mir leid, Mr. Mason. Ich fürchte, Sie sind wie Bob. Ich glaube, Sie mögen auch keine Szenen.«
»Im Gegenteil«, wehrte Mason ab, »ganz im Gegenteil!«
Doch Mrs. Caddo fuhr fort: »Bei dieser hätte ich Sie gern dabei. Sie wird grandios. Na, dann auf Wiedersehn! Ich glaube, zu dieser Tür geht es raus ... Nein, bleiben Sie nur sitzen. Und tun Sie mir einen Gefallen, Mr. Mason. Wenn Bob fragt, ob ich hier war, sagen Sie ihm, ich hätte im Büro einen Wutanfall bekommen, und Sie erwarteten, daß er für den Schaden aufkomme. Wollen Sie das für mich tun? Nein, ich nehme an, Sie tun es nicht. Sie sind zu ehrlich. Und doch sind Sie nett, und Sie werden mein Vertrauen rechtfertigen. Guten Morgen!«
Hinter ihr schlug die Tür zu.
Mason sah Della Street an und sagte: »Die Freuden der Ehe!«
»Sie tut mir ein wenig leid«, antwortete Della Street. »Sie brauchen nur Bob Caddo anzusehen, dann wissen Sie, was er ist. Einer von diesen Schürzenjägern, die kleine Mädchen kneifen. Sie hat völlig recht. Nur so kann man ihn festhalten und ...«
»Rufen Sie Marilyn Marlow an«, bat Mason gelangweilt, »ich glaube, es ist das beste, wenn sie ihre Freundin Rose Keeling warnt. Sagen Sie, ich nähme an, ein Wirbelsturm sei unterwegs, und es wäre gut, wenn sie nicht erreichbar wären. Ich glaube, das sind wir einem Klienten schuldig.«
»Ist sie denn Klientin? Sie wollten ihr doch heute morgen erst Bescheid geben.«
»Ganz recht. Da treffen wir zwei Fliegen auf einen Schlag. Ich sage ihr, ich würde versuchen, mir Rose Keeling vorzuknöpfen,

außerdem sei eine erzürnte Frau zu ihr unterwegs. Ich ...«

Die Bürotür wurde aufgestoßen. Gertie, die Empfangsdame, stürzte mit bleichem Gesicht herein. »Mr. Mason, Mr. Caddo ist draußen und sieht ganz krank aus. Ein Glück, daß er nicht kam, als sie noch draußen saß! Sonst wäre ich mitten in eine fürchterliche Eheschlacht geraten.«

Mason lachte. »Weiß er, daß es ihm beinahe an den Kragen gegangen wäre, Gertie?«

»Offensichtlich nicht. Er wollte wissen, ob seine Frau hier war. Ich sagte ihm, er müsse Sie fragen, und jetzt rennt er auf dem Flur auf und ab wie ein eingesperrter Löwe.«

»Ich nehme an, der Gedanke, seine Frau könnte mit mir gesprochen haben, bringt ihn durcheinander«, sagte Mason.

»Durcheinander!« rief Gertie. »Oh, Mr. Mason, das ist ein milder Ausdruck. Ich sage Ihnen, der Mann sieht aus, als ob er Junge kriegte!«

Mason gab Della Street einen Wink. »Ich geh mal raus und spreche mit ihm. Geben Sie mir das Tintenfaß, Della!«

Während Gertie ihn fasziniert anstarrte, tauchte Mason den Finger ins Tintenfaß und zog einen Streifen quer über eine Backe. Dann sagte er: »Jetzt Ihren Lippenstift, Della, nur eine dünne Linie, die wie eine Schramme auf der Stirn aussieht, bis über die Nase – ja, so ist's gut. Ich glaube, Gertie, jetzt können wir Mr. Caddos Unbehagen steigern. Ich hasse betrügerische Klienten.«

Mason folgte Gertie ins äußere Büro. »Guten Morgen, Mr. Caddo«, sagte er finster.

»O Gott«, rief Caddo, »meine Frau war schon da! Glauben Sie mir, Mr. Mason, ich bin für meine Frau nicht verantwortlich. So ist das nun mal mit ihr. Sie ist das Opfer einer fast krankhaften Eifersucht. Es tut mir leid, daß es dazu gekommen ist, aber verantwortlich machen können Sie mich dafür nicht.«

»Warum nicht?« fragte Mason. »Haben Sie kein gemeinsames Vermögen?«

»Du liebe Zeit, Sie wollen doch wohl nicht eine Frau wegen eines kleinen Temperamentsausbruches verklagen!«

»Ein kleiner Temperamentsausbruch?« fragte Mason und zog die Augenbrauen hoch.

»Nun sehen Sie mal, Mason, ich mach's wieder gut. Ich will fair sein. Ich glaube, Sie haben sich bei der Rechnung geirrt, die Sie neulich ausgestellt haben. Ich wüßte nicht, warum wir uns dar-

über nicht einigen sollten. Ich will fair sein. Ich will tun, was recht ist.«
»Haben Sie deshalb Marilyn Marlow angerufen und ihr gesagt, der Mann, mit dem sie Tennis spielen wollte, sei ein Detektiv in meinen Diensten?«
»Aber Mr. Mason, ich bitte Sie!«
»Wieso *bitten?*«
»Das kann ich Ihnen erklären.«
»Na, dann fangen Sie mal an zu erklären!«
»Das möchte ich lieber nicht hier tun. Nicht, solange Sie in der augenblicklichen Verfassung sind. Ich ... ich besuche Sie gerne später noch mal, Mr. Mason, wenn Sie Gelegenheit gehabt haben, Ihre Fassung wiederzugewinnen und Ihr Büro in Ordnung zu bringen. Ich will ... es tut mir leid, daß es soweit gekommen ist, aber Dolores wirft nun mal Tintenfässer, wenn sie erregt ist. Sie haben ihr doch nichts über Marilyn Marlow gesagt, Mr. Mason? Nein, das können Sie ja nicht. Sie sind Rechtsanwalt. Sie haben Schweigepflicht.«
»Gewiß«, gab Mason zu. »Ich habe ihr nichts über Marilyn Marlow gesagt, und auch nichts über Rose Keeling. Das brauchte ich gar nicht.«
»Was wollen Sie damit sagen?«
»Ich will sagen, seit Sie deren Namen und Adressen vorsorglich in die kleine rote Agenda geschrieben haben, die Sie gewöhnlich in Ihrer Innentasche tragen, und seit Ihre Frau Ihnen dieses Buch fortgenommen hat, weiß sie ...«
Caddo fuhr mit der einen Hand an seine Jacke und mit der anderen in die Tasche. Der Ausdruck der Panik, der auf seinem Gesicht stand, reizte fast zum Lachen.
»Sie hat die Agenda?«
»Ja, sie hat sie«, bestätigte Mason.
»Mein Gott!« hauchte Caddo, drehte sich auf dem Absatz um und stürzte aus dem Büro.
Mason ging zurück in sein Privatbüro und wusch sich Tinte und Lippenstift aus dem Gesicht. Lächelnd sagte er zu Della Street: »Ich glaube, jetzt haben wir Rache an Mr. Robert Caddo genommen. Rose Keelings Adresse haben wir nicht, Della?«
Sie schüttelte den Kopf.
»Nun, dann versuchen Sie, Marilyn Marlow telefonisch zu erreichen, um sie vor den kommenden Ereignissen zu warnen.«
Della Street suchte die Nummer und rief ein halbes dutzendmal

vergeblich an. Dann endlich sagte sie: »Hier ist sie, Chef.«
»Guten Morgen, Miss Marlow«, begann Mason. »Ich fürchte, ich habe schlechte Nachrichten für Sie.«
»Schießen Sie los!«
»Ihr Freund, der ehrenwerte Geschäftsmann, der Ihnen auf so selbstlose Weise einen väterlichen Rat gegeben hat, ist verheiratet. Seine Frau heißt offensichtlich Dolores und wirft leidenschaftlich gern mit Tintenfässern. Ihr Mann hat anscheinend einen Flirt-Komplex, und seine Frau hat die garstige Angewohnheit, mit schlechter Laune und Tinte gegen die Objekte seiner Neigung vorzugehen und . . .«
»Mr. Mason, wollen Sie mich auf den Arm nehmen?«
»Ich nehme Sie nicht auf den Arm«, sagte Mason. »Mrs. Caddo hat mein Büro vor einer halben oder dreiviertel Stunde verlassen, und da war sie sehr wütend. Anscheinend hat Ihr Freund, der Herausgeber, sorglos einige Notizen in ein ledergebundenes Büchlein gemacht, in das er Namen und Adressen schreibt, doch nicht in alphabetischer, sondern in zeitlicher Reihenfolge. Als Mrs. Caddo darin nachsah, waren daher die letzten Namen in dem Buch die von Marilyn Marlow und Rose Keeling, in dieser Reihenfolge. Und ich glaube, Ihr geschätzter Freund hatte die Adressen neben die Namen geschrieben.«
»Du liebe Zeit!« rief Marilyn Marlow. »Sie darf auf keinen Fall mit Rose Keeling sprechen. Das wäre das Schlimmste.«
»Als sie hier wegging«, fuhr Mason fort, »sah sie aus, als wollte sie neue Welten erobern.«
»Und Rose Keelings Name war der letzte in dem Buch«, sagte Marilyn Marlow verzweifelt. »Das bedeutet, daß sie zuerst zu Rose geht.«
»Ich kenne Rose Keelings Adresse und Telefonnummer nicht. Ich dachte, es wäre vielleicht ratsam, daß Sie ihr Bescheid sagen.«
»Das kann ich nicht. So was kann ich ihr nicht sagen.«
»Dann sorgen Sie am besten dafür, daß sie eine Zeitlang verschwindet«, schlug Mason vor.
»Das werde ich wohl müssen. Ich gehe sofort zu ihr, und irgendwie bekomme ich sie schon weg. Vielleicht spielen wir Tennis.«
»Übrigens«, sagte Mason, »Sie haben mir bisher noch nicht Ihre Adresse gegeben. Ich werde sie wohl haben müssen, da ich direkt und indirekt in die Angelegenheit verwickelt bin. Ich habe

beschlossen, Sie zu vertreten, da Sie es fertigbringen, die Monotonie eines Anwaltsbüros so angenehm zu durchbrechen.«

»Soll das heißen, Sie wollen mir helfen?«

»Ja.«

»Oh, das ist nett!«

»Wenn der Ehestreit sich ein wenig gelegt hat«, sagte Mason, »gehe ich Rose Keeling besuchen und spreche mal eindringlich mit ihr. Wenn sie versucht, ihre Aussage an den Meistbietenden zu verkaufen, werde ich ihre Ausverkaufsstimmung dämpfen. Wie ist die Adresse?«

»Zweiundzwanzigvierzig Nantucket Drive. Die Telefonnummer ist Westland sechs-neununddreißigachtundzwanzig.«

»Wollen Sie mit ihr wegen Mrs. Caddo telefonieren?«

»Ich – ich glaube, es ist besser, ich gehe zu ihr. Ich lade sie ein, mit mir Tennis zu spielen.«

»Vielleicht ist es dazu schon zu spät«, meinte Perry Mason. »Machen Sie lieber per Telefon ein Treffen aus.«

»Ich . . . schon gut, ich werde irgend etwas tun. Vielen Dank für den Anruf, Mr. Mason.«

»Bedenken Sie«, warnte Mason, »daß Mrs. Caddos Wut Methode hat. Es ist nicht nur der Zorn einer betrogenen Ehefrau. Ihr System ist es, jedesmal, wenn sie ihren Mann bei einem Seitensprung erwischt, eine schreckliche Szene zu machen, so daß . . .«

»Aber dies war doch kein Seitensprung!«

»Ich glaube, daß Mrs. Caddo strenge Maßnahmen ergreift, um ihren Mann unter der Fuchtel zu halten«, erwiderte Mason. »Es geht nicht so sehr darum, was er gemacht hat; es ist vielmehr ein Mittel, ihn in Zukunft auf dem geraden und schmalen Pfad der Tugend zu halten.«

»Also gut, ich spreche mit Rose. Vielen Dank für Ihren Anruf, Mr. Mason. Auf Wiederhören.«

Mason sah auf seine Uhr, dann runzelte er die Stirn. »Schade, diese Ablenkungen sind so spannend, daß sie mich von der dringlichen Arbeit abhalten«, murrte er. »Wie war das noch mit den Akten im Fall Miller, Della?«

»Ich habe die Auszüge, die Sie mir gegeben haben, geordnet und die gewünschten Stellen herausgeschrieben.«

»Gut, ich werde es mir ansehen.«

Eine halbe Stunde lang beschäftigte er sich mit dem Schriftstück. Dann schob er plötzlich seinen Drehstuhl vom Schreibtisch weg und sagte gereizt: »Diese Frau geht mir doch nicht

aus dem Kopf!«
»Marilyn Marlow?« fragte Della Street.
Mason schüttelte den Kopf. »Nicht Marilyn Marlow, Dolores Caddo. Eine lebhafte Frau, die ihre Fäuste gebraucht. Sie ist mit einem Gauner verheiratet, aber sie will nicht, daß jemand ihre Investition in ihn gefährdet. Sie hat eigene und einzigartige Methoden, und irgendwas an ihr beeindruckt mich.«
»Sie hinterläßt bestimmt ihre Spuren, wo sie auch hingeht«, gab Della Street zu.
»Ja, Tintenkleckse«, kommentierte Mason trocken. »Versuchen wir mal, uns mit Rose Keeling telefonisch bekannt zu machen! Rufen Sie an und fragen Sie, ob Marilyn Marlow dort ist. Das können Sie machen. Sagen Sie nicht, wer Sie sind, geben Sie sich als Freundin von Marilyn aus.«
Della Street sah in ihrem Notizbuch nach und sagte: »Ach ja, hier ist die Nummer: Westland sechs-neununddreißigachtundzwanzig.«
Sie nahm den Hörer ab: »Verbinde mich mit dem Amt, Gertie.« Dann wählte sie die Nummer.
Sie setzte sich an ihren Tisch und wartete mit dem Hörer am Ohr.
»Meldet sich niemand?« fragte Mason.
»Anscheinend nicht«, sagte sie. »Ich kann hören, wie das Telefon schellt und . . . einen Augenblick mal.«
Sie war eine oder zwei Sekunden lang still, dann rief sie: »Hallo, hallo!«
Sie hielt die Hand über das Mikrophon, drehte sich zu Mason und bemerkte: »Das ist komisch. Ich habe das Schellen ganz genau gehört. Ich hätte schwören können, daß jemand den Hörer abgenommen hat, und ich hörte auch atmen. Aber als ich ›Hallo‹ rief, hat niemand geantwortet.«
»Vielleicht wurde die Verbindung unterbrochen«, meinte Mason, »und Sie haben sich das Atemgeräusch nur eingebildet.«
»Ich könnte schwören, daß jemand den Hörer abgenommen hat«, sagte Della Street.
»Wahrscheinlich Rose Keeling«, vermutete Mason. »Sie war schon gewarnt und dachte, Sie seien die kriegerische Dolores Caddo, die sich überzeugen wolle, ob sie zu Hause sei.«
»Na, wenn ich Dolores Caddo wäre, wäre ich jetzt schon längst unterwegs zu ihr«, sagte Della, »weil ich weiß, daß sie zu Hause ist. Irgend jemand hat den Hörer abgenommen.«

»Es ist jetzt zwanzig vor zwölf«, meinte Mason, »zu früh zum Essen. Da werde ich mich wohl wieder an dieses verwünschte Aktenstück setzen müssen.«
Er nahm eine maschinengeschriebene Liste zur Hand und sagte: »Ich glaube, ich kann jetzt das Schriftstück in seiner endgültigen Form diktieren, Della. Was glauben Sie, was hat eine Frau wie Dolores Caddo von einem Bluffer, wie ihr Mann es ist?«
»Wahrscheinlich eine gewisse finanzielle Sicherheit«, vermutete Della Street. »Caddo kann vielleicht einen Teil seiner Geschäfte vertuschen, aber sie ist durch die Gütergemeinschaft gedeckt. Früher oder später wird sie das zu Geld machen, und wahrscheinlich ist auch eine gewisse Neigung vorhanden. Sie hat ihn wirklich gern, aber sie kennt seine Schwächen und versucht ihr möglichstes, sie zu kontrollieren.«
Mason nickte und sagte: »Es kommt hinzu, daß sie Gewalttätigkeiten genießt. Es macht ihr Spaß, in das Zimmer einer Frau einzudringen, Dinge zu zerschlagen und umherzuwerfen und überhaupt zu toben. Dieses Vorrecht hat sie als Frau eines Gauners. Die Durchschnittsfrau, die sich mit einem verheirateten Mann eingelassen hat, kann der betrogenen Ehefrau einen wütenden Besuch kaum übelnehmen. Ich glaube, Mrs. Caddo würde ihren Gatten nicht freiwillig wechseln, obwohl sie vielleicht selbst ein romantisches Nebenleben führt, das ihren Mann interessieren könnte. Aber so wird unser Schriftsatz nicht fertig.«

Eine halbe Stunde später schellte das Telefon auf Della Streets Schreibtisch.
Della Street nahm den Hörer ab und sagte: »Gertie, du weißt doch, daß Mr. Mason nicht gestört werden will ... Wie war das? Gut, einen Augenblick.«
Della Street wandte sich an Mason: »Gertie sagt, Marilyn Marlow ist am Telefon, und sie ist fast hysterisch. Sie möchte mit Ihnen sprechen, es sei furchtbar wichtig.«
Gereizt sagte Mason: »Zum Teufel! Wo ich Dolores Caddo endlich vergessen hatte! Ich nehme an, Marilyn Marlow ist mit Tinte begossen und völlig zerknirscht und ...«
Della Street schob das Telefon auf Masons Tisch.
»Hallo, hier Perry Mason.«
Marilyn Marlows Stimme war wie abgeschnürt vor Erregung.
»Mr. Mason, etwas ... etwas Schreckliches ist geschehen ... Es ist grauenvoll!«

»Haben Sie Dolores Caddo getroffen?« fragte Mason.
»Nein, nein, ich habe sie nicht gesehen. Es ist etwas viel Schlimmeres, etwas Grauenvolles.«
»Was ist denn los?«
»Rose Keeling . . .«
»Was ist mit ihr?«
»Sie . . . sie ist tot.«
»Wie ist das geschehen?« fragte Mason.
»Sie liegt tot in ihrer Wohnung. Sie ist ermordet worden.«
»Wo sind Sie jetzt?«
»In Rose Keelings Wohnung. Es ist eine Mietswohnung in einem kleinen Haus, und . . .«
»Wer ist bei Ihnen?«
»Niemand.«
»Wann waren Sie dort?«
»Ich bin gerade angekommen.«
»Sind Sie wirklich im Hause?«
»Ja.«
»Sie ist ermordet worden?«
»Ja.«
»Berühren Sie nichts«, sagte Mason. »Haben Sie Handschuhe an?«
»Nein, ich . . .«
»Haben Sie welche bei sich?«
»Ja.«
»Dann ziehen Sie sie an«, befahl Mason. »Berühren Sie nichts. Setzen Sie sich in einen Sessel, und legen Sie die Hände in den Schoß. Bleiben Sie dort, bis ich komme. Die Adresse ist doch zweiundzwanzigvierzig Nantucket Drive?«
»Ganz recht.«
»Sitzen Sie still«, sagte Mason, »ich komme.«
Er warf den Hörer auf die Gabel, sprang zum Garderobenschrank, griff nach dem Hut und zog einen Mantel heraus.
»Was ist los?« fragte Della Street.
»Rose Keeling ist ermordet worden. Sie bleiben hier im Büro . . . nein, kommen Sie mit, Della. Nehmen Sie einen Notizblock mit. Vielleicht brauche ich eine Zeugin und todsicher ein Alibi.«

9

Perry Mason bremste scharf und brachte den Wagen vor dem Haus Nantucket Drive zweiundzwanzigvierzig zum Stehen.
Es war ein Gebäude mit vier Wohnungen. Mason sprang die Treppe hinauf. Rose Keelings Wohnung befand sich im zweiten Stock auf der Südseite.
Mason rüttelte an der Tür. Sie war verschlossen. Er drückte auf den Klingelknopf, und einen Augenblick später wurde ihm die Tür durch eine automatische Anlage geöffnet.
Della Street und Mason stürmten hinein, und da Mason immer zwei Stufen auf einmal nahm, war er schon eine Weile vor Della Street im oberen Korridor. Marilyn Marlow empfing sie oben. Sie war ganz weiß, und der erlittene Schock stand noch in ihrem Gesicht geschrieben.
»Beeilen wir uns!« bat Mason. »Was ist geschehen?«
»Ich kam, um Rose Keeling zu besuchen. Sie . . . sie liegt vor der Tür zum Badezimmer auf dem Boden.«
»Sie bleiben besser hier, Della«, schlug Mason vor.
Er eilte den Korridor entlang, blickte durch die geöffnete Tür ins Schlafzimmer und sah kurz auf den weißen Körper, der bewegungslos in einer drohend roten Blutlache lag.
Einen Augenblick überflog der Rechtsanwalt die Details der Tragödie, die gepackten Koffer, den nackten Körper, die Kleider auf dem Bett, die geöffnete Badezimmertür. Dann ging er den Korridor zurück zum Wohnzimmer.
»Wo ist das Telefon?«
Marilyn Marlow zeigte es ihm.
»Sie haben den Hörer abgenommen und meine Nummer gewählt. Haben Sie sonst noch jemand angerufen?«
»Nein.«
»Dieser Telefonanruf bringt uns in Verlegenheit.«
»Wie meinen Sie das?«
»Um zwanzig vor zwölf habe ich diese Nummer gewählt, da war irgend jemand hier. Offenbar jemand, der nicht wollte, daß das Telefon immer weiter schellte. Der Hörer wurde sanft von der Gabel genommen und . . .«
»Ja, das stimmt«, rief Marilyn Marlow dazwischen. »Als ich herkam, lag der Hörer neben dem Telefon. Er war von der Gabel genommen worden. Ich mußte ihn auflegen und warten, bis ich das Amt wieder bekam.«

Mason nickte und fuhr fort: »Die Person, die den Hörer abgenommen hat, war wahrscheinlich der Mörder. Wir störten ihn bei seiner Tat, und das fortwährende Schellen des Telefons machte ihn entweder nervös, oder er fürchtete, es würde die Aufmerksamkeit auf ihn lenken. Deshalb nahm er den Hörer ab. Seine Fingerabdrücke werden darauf zu finden sein. Und, zum Teufel noch mal, Ihre auch!«
»Ja, und was ist dabei? Ich erzähle der Polizei genau, was geschehen ist, und dann . . .«
»Da wir gerade darauf kommen«, unterbrach Mason sie, »vielleicht wollen wir der Polizei gar nicht genau sagen, was geschehen ist.«
»Warum nicht?«
»Sie haben es sich wahrscheinlich nicht überlegt, aber es wäre doch ein beträchtlicher Vorteil für Sie, wenn Rose Keeling aus dem Weg gewesen wäre.«
»Was wollen Sie damit sagen?«
»Rose Keeling war eine der Zeuginnen, die das Testament unterschrieben haben. Sie hatte vor, ihre Aussage zu ändern. Solange sie lebte, konnte sie das tun. Jetzt, da sie tot ist, kann sie es nicht mehr. Sie können die Aussage verwenden, die sie gemacht hat, als das Testament zugelassen wurde. Verstehen Sie das?«
»Ja.«
»Wann haben Sie das zum erstenmal eingesehen?«
»Nun, Mr. Caddo war der erste, der mir das klargemacht hat.«
»Soll das heißen, er hätte angedeutet, es sei Ihr Vorteil, wenn Rose Keeling aus dem Weg geschafft würde?«
»Du lieber Himmel, nein! Er hat nur gesagt, wenn man Rose Keeling dazu bringen könnte, eine Weile zu verschwinden, wäre viel gewonnen.«
Mason blickte Marilyn Marlow fest in die Augen. »Sie wußten, daß Rose sehr schwer zu behandeln wäre?«
»Ja, das wußte ich. Ich habe es Ihnen gesagt.«
»Und Caddo haben Sie es auch gesagt?«
»Ja.«
»Mit anderen Worten, Caddo hat Sie ziemlich ausgefragt. Sie haben über Ihre Angelegenheiten gesprochen.«
Ihr linker Zeigefinger spielte nervös mit ihrem Kleid. »Ich glaube, ich habe Caddo zuviel erzählt.«
»Wie kam es, daß Sie ihm so viel verraten haben?«

»Er brachte mich auf einschmeichelnde Weise dazu. Und gegen seine Art, alles als erwiesen anzunehmen, war ich einfach machtlos. Er stellte Vermutungen an, daß ich manchmal kaum mehr auseinanderhalten konnte, was ich ihm erzählt und was er sich selbst zurechtgelegt hatte. Allerdings hatte er, schon bevor er mit mir zusammentraf, eine Menge über mich herausgefunden.«
»Ich habe Sie angerufen und Ihnen gesagt, daß Mrs. Caddo sehr wütend war«, sagte Mason.
Sie nickte.
»Sie sollten Rose Keeling warnen.«
»Ja.«
»Und haben Sie das getan?«
»Nicht ganz.«
»Und warum nicht?«
»Es kam etwas dazwischen, das ... nun, die Lage wurde komplizierter.«
»Was änderte denn die Sachlage?«
»Ein Brief.«
»Von wem?«
»Von Rose.«
»Wo haben Sie ihn?«
Sie öffnete ihr Geldtäschchen, zog einen Briefumschlag heraus und reichte ihn Mason.
Dieser sah sich die entwertete Briefmarke an, die mit Tinte geschriebene Adresse und den Stempel mit dem Eindruck neunzehn Uhr dreißig vom Vortage.
»Wann haben Sie den bekommen?«
»Heute mit der Morgenpost.«
Mason zog den Bogen aus dem Umschlag und las den Brief durch, der von Rose Keeling unterschrieben war.
Als er damit zu Ende war, las er ihn Della Street laut vor: »Liebe Marilyn, ich schreibe diesen Brief nur ungern. Deine Mutter und ich waren eng befreundet. Ich würde alles für sie tun, aber ich kann nicht noch einen Meineid schwören! Die Wahrheit ist die, daß meine Aussage falsch war, als ich zum erstenmal im Zeugenstand war. Ich versuchte alles so darzulegen, daß ich Deiner Mutter helfen konnte. In Wirklichkeit war ich gar nicht im Zimmer, als das Testament unterzeichnet wurde, falls es überhaupt unterschrieben worden ist. Ich habe versucht, Dir dies auf nette Weise beizubringen, aber Du dachtest, ich hielte

meine Hand darauf und wollte Geld oder so was haben. An nichts habe ich weniger gedacht. Ich stand auf gutem Fuß mit Deiner Mutter, und wegen dieser Freundschaft habe ich im Zeugenstand eine falsche Aussage gemacht. Seither hat mich mein Gewissen gequält. Ich habe versucht, es Dir schonend beizubringen, aber ich kann es nicht; so muß ich es jetzt ohne Schonung tun. Rose.«

»Den Brief haben Sie heute morgen bekommen?« fragte Mason.

Sie nickte.

»Sie hatten ihn schon, als ich Sie anrief?«

»Ja.«

»Aber Sie haben mir nichts davon gesagt.«

»Nein.«

»Warum nicht?«

»Ich wußte genau, was los war«, sagte Marilyn Marlow. »Rose hatte vorher schon Andeutungen gemacht, und ich hatte daraufhin nichts unternommen. Jetzt versuchte sie mich dazu zu zwingen. Ich wußte, wenn ich Ihnen das sagte, würden Sie sehr moralisch sein und mir erzählen, ich dürfe keinen einzigen Cent zahlen.«

»Also Sie hatten vor, ihr Geld zu versprechen?«

»Ich wußte noch nicht genau, was ich tun würde. Sehen Sie, Mr. Mason, dieser Brief ist eine Lüge. Sie *war* im Zimmer, als das Testament unterzeichnet wurde. Die Aussage, die sie im Zeugenstand machte, war völlig richtig. Das hat meine Mutter gesagt und Ethel Furlong auch. Ethel ist ehrlich. Sie hat ein gutes Gedächtnis und erinnert sich an alles, was geschehen ist, als wäre es gestern gewesen. Mr. Endicott lag da im Bett und . . .«

»Darüber wollen wir uns unterhalten, wenn wir mehr Zeit haben«, unterbrach Mason. »Zunächst wüßte ich gern Ihren Zeitplan von heute morgen.«

»Nun, ich erhielt den Brief und wußte nicht, was ich damit anfangen sollte. Sehen Sie, es wäre anders gewesen, wenn auch nur die Möglichkeit bestanden hätte, daß der Brief die Wahrheit enthielt; aber ich wußte genau, daß es nicht so war. Dann riefen Sie mich wegen Mrs. Caddo an, und ich habe Ihnen nichts davon erzählt. Einen Augenblick dachte ich, es wäre wirklich gut, wenn Dolores Caddo hinüber zu Rose ginge und ihr eine Szene machte. Ich dachte, durch so was würde Rose auf andere Gedanken kommen.«

»Aber Sie hatten diesen Brief schon, als ich Sie anrief?«

»Ja.«
»Und was haben Sie nach meinem Anruf getan?«
»Ich habe eine Zeitlang nachgedacht. Dann entschloß ich mich, Rose anzurufen. Ich erreichte sie am Telefon und sagte ihr, ich wollte sie sprechen. Ich hatte vor, mit ihr am Telefon über Mrs. Caddo zu sprechen, aber sie benahm sich ganz anders, als nach dem Brief zu erwarten war. Sie hat laut gerufen: ›Marilyn, Liebes, ich bitte dich, komm doch mal rüber!‹«
»Und was haben Sie da gemacht?«
»Ich habe mich in meinen Wagen gesetzt und bin hingefahren.«
»Und was geschah dann?«
»Rose sagte: ›Marilyn, ich möchte mit dir sprechen, aber zuerst will ich meine Nerven beruhigen. Komm, wir fahren zum Tennisplatz. Dort spielen wir ein paar Sätze, und dann können wir uns immer noch unterhalten.‹ Nun, ich war einverstanden, aber ich sagte, ich müßte erst aus meiner Wohnung mein Tenniszeug holen. Ich dachte, ich könnte alles mitbringen und mich hier umziehen.«
»Und was geschah dann?«
»Sie gab mir einen Schlüssel und sagte, ich solle selber öffnen, wenn ich wiederkäme. Sie meinte, sie habe mir ja schwer zugesetzt, aber jetzt lägen die Dinge anders.
Nun, ich ging wieder, fuhr zu meiner Wohnung, kaufte unterwegs noch ein, holte meine Tennissachen und fuhr zurück. Als ich zurückkam, stand die Haustür einen Spalt offen, so daß ich den Schlüssel nicht brauchte. Dann kam ich herauf und fand dies vor. Ich habe Sie fast sofort angerufen.«
»Sind Sie von zu Hause aus auf dem schnellsten Wege hierhergefahren?«
»Nein, ich war zuerst bei meiner Bank.«
»Warum denn das?«
»Ich wußte nicht genau, was kommen würde, Mr. Mason«, antwortete sie. »Ich glaube, es war verrückt, aber ich dachte, wenn Rose etwas Geld haben wollte, dann würde ich . . . nun, dann hätte ich ihr welches gegeben.
Sie müssen wissen, daß Mr. Endicott meiner Mutter schon vor seinem Tod einige Schmuckstücke geschenkt hatte. Die meisten Stücke waren schon lange im Familienbesitz, aber es hatte auch moderne darunter gegeben. Einige davon hatte Mutter verkauft, um ein wenig Geld zum Leben zu haben, und bei ihrem Tod erbte ich das Geld. Es war auf einem gemeinsamen Konto, aber

viel ist davon nicht mehr da. Ich hatte finanzielle Hilfe nötig, um Rose Geld zu geben. Deshalb bin ich zur Bank gegangen und habe gefragt, ob ich Kredit haben könnte, wenn ich ihn brauchte.«

»Und was hat man Ihnen gesagt?«

»Die Leute waren sehr freundlich.«

»Haben Sie erklärt, wozu Sie das Geld brauchen?«

»Nicht direkt. Ich sagte, ich hätte Ausgaben wegen des Testaments, weil ich versuchen müsse, meine Erbschaft zu schützen. Die Bankbeamten erklärten mir, sie könnten sich nicht auf meine Erbschaft verlassen, da sie angefochten werde. Aber innerhalb vernünftiger Grenzen wollten sie mir Geld leihen, unter der Bedingung, daß ich ihnen den Schmuck als Pfand hinterlege, falls ich den Erbstreit verlöre.«

»Im voraus wollten sie keine Juwelen haben?«

»Nein.«

»Wieviel Schmuck haben Sie noch?«

»Die Bank sagt, es sei bestimmt fünfundsiebzigtausend Dollar wert – ich meine, was noch da ist.«

»Wieviel hat Ihre Mutter verkauft?«

»Nicht viel. Für etwa fünf- bis sechstausend Dollar.«

»Um wieviel Uhr haben Sie mit Rose Keeling telefoniert?«

»Etwa um zehn nach elf.«

»Und dann sind Sie hergekommen?«

»Ja.«

»Wie spät war es da?«

»Na, ich würde sagen, fünf vor halb zwölf.«

»Und wann sind Sie wieder hierher zurückgekommen?«

»Höchstens vier oder fünf Minuten, bevor ich Sie angerufen habe.«

»Was fanden Sie vor?«

»Wie ich schon sagte, stand die Tür ein wenig offen. Ich habe sie ganz aufgestoßen, bin hineingegangen und fand alles so, wie es jetzt ist.«

»Haben Sie sich umgesehen?«

»Nur im Schlafzimmer, und ... na, Sie wissen ja, was ich gesehen habe. Mir wurde schlecht. Ich bin also aus dem Zimmer gewankt und ... und dann zum Telefon, und da habe ich Sie angerufen.«

»Bleiben Sie mal hier. Rühren Sie sich nicht von der Stelle und fassen Sie nichts an! Lassen Sie Ihre Handschuhe ruhig an. Ich

will mich mal umsehen.«
»Brauchen Sie mich dabei?« fragte Della Street.
Mason schüttelte den Kopf und sagte: »Schön sieht es nicht aus, Della. Offenbar wurde sie mit einem Messer erstochen. Bleiben Sie hier sitzen. Sorgen Sie dafür, daß Sie nichts berühren, und passen Sie auf Marilyn auf, damit ihr nichts passiert.«
Aber Marilyn sagte: »Ich bin wieder ganz klar, Mr. Mason.«
Mason ging wieder den Korridor entlang ins Schlafzimmer, wobei er darauf achtete, daß er nichts berührte. Er ging um die Lache karminroten Blutes herum, das noch immer unter dem nackten weißen Körper hervorquoll. Dieser lag auf dem Fußboden, zum Teil auf der Seite, die Arme nach außen gestreckt, als ob Rose Keeling beim letzten Taumeln versucht hätte, die Gewalt des Sturzes abzufangen.
Zwei Koffer standen sorgfältig gepackt neben dem Kleiderschrank auf dem Boden. Einige Kleider lagen gefaltet auf dem Toilettentisch. Auf dem Bett lagen ordentlich Wäsche und Strümpfe. Auf dem Boden neben dem Bett war ein Straßenkleid zusammengeknäult, dessen unterer Teil jetzt mit Blut getränkt war. Zwischen der Leiche und dem Badezimmer lag ein Badetuch mit Blutflecken. Es war gleich neben der Badezimmertür auf den Boden gefallen.
Mason stieg über die Blutlache hinweg, um ins Badezimmer zu sehen.
Die Luft war voller Dampf und feucht. Die Spiegel waren noch ganz beschlagen. Das Badezimmer selbst enthielt ein Arzneischränkchen, Kleiderhaken, Zahnbürstenhalter und die übliche Badezimmereinrichtung. In diesem Raum war kein einziger Tropfen Blut zu sehen.
Mason wandte sich zurück, um das Schlafzimmer nochmals zu untersuchen. Ein Paar Tennisschuhe, ein Tennisschläger im Spanner und eine Büchse mit drei Tennisbällen standen neben der Schranktür. Der Tennisschläger war gegen die Wand gelehnt. Die Büchse mit den Bällen lag quer über den Tennisschuhen.
Mason entdeckte weiße Flecken und bückte sich, um sie genauer zu untersuchen.
Es schien Asche zu sein, die von einer Zigarre gefallen war. Gleich hinter der Schlafzimmertür war eine Stelle, wo eine etwa zu einem Drittel gerauchte Zigarette zu Boden gefallen und allmählich ausgebrannt war, wobei sie einen langen Aschenstrich

und eine verkohlte Stelle auf dem Fußboden hinterlassen hatte.
Auf den Zehenspitzen verließ Mason das Schlafzimmer und warf einen Blick in Küche und Eßzimmer. Von hier führte eine offene Tür in ein weiteres Schlafzimmer und Bad. Dieses Schlafzimmer war offenbar nicht benutzt worden. Die Luft war muffig und die weiße Schondecke auf dem Bett leicht angestaubt.
Mason ging ins Wohnzimmer zurück.
Della Street blickte kurz hoch, dann wies sie mit den Augen bedeutsam auf Marilyn Marlow.
Sie saß da, die behandschuhten Hände im Schoß gefaltet. Auf ihrem weißen Gesicht stachen die hellroten Puderflecken ab, die jetzt auf der Blässe ihrer Haut sichtbar waren.
Ganz ruhig fragte Mason: »Marilyn, sagen Sie mir die Wahrheit?«
»Ja.«
»Die volle Wahrheit?«
»Ja.«
»Rose Keeling hat Ihnen gesagt, sie wollte Tennis spielen?«
»Ja.«
»Spielte sie gut Tennis?«
»Ja.«
»Das ist eine ziemlich große Wohnung für eine Frau.«
»Bis vor zwei Wochen hatte sie eine Freundin bei sich wohnen. Sie teilten sich in die Kosten.«
»Auch dann ist es noch eine ziemlich große Wohnung.«
»Rose hatte den Mietvertrag schon einige Zeit. Es ist ein langfristiger Vertrag, und sie brauchte nur wenig Miete zu zahlen. Sie kann eine Frau bei sich aufnehmen und sie fast die ganze Miete zahlen lassen. Das weiß ich.«
»Sie vermietete möbliert?«
»Ja.«
»Sie hat Ihnen einen Schlüssel gegeben, mit dem Sie hereinkommen konnten?«
»Ja.«
»Haben Sie ihn gebraucht?«
»Nein, die Tür stand offen.«
»Wo ist der Schlüssel?«
»Himmel, ich weiß nicht, ich . . . ich glaube, ich habe ihn hier irgendwo auf den Tisch gelegt.«
Della Street zeigte auf einen kleinen Tisch mit einigen Illustrierten, ein paar Schallplatten und einem Radio. Neben dem

Radio glänzte der Schlüssel.
Mason nahm sorgsam den Schlüssel hoch und blies über den Tisch, um mögliche Abdrücke zu verwischen, falls eine dünne, kaum sichtbare Staubschicht den Tisch bedeckte. Dann ließ er den Schlüssel in seiner Westentasche verschwinden.
Marilyn starrte ihn verwundert an.
»Marilyn, wenn ich meinen Kopf hinhalte, um Ihnen zu helfen, können Sie sich dann mir gegenüber fair verhalten?« fragte Mason.
»Wie meinen Sie das?«
»Können Sie Della und mich decken, falls wir Ihnen helfen?«
»Ja, ich werde alles tun. Wieso?«
Leise und mit freundlicher Stimme erklärte Mason: »Ihr Einsatz ist hier zu hoch, Marilyn. Der Brief, den Sie heute morgen erhielten, wäre das Ende für Sie. Es ist unwahrscheinlich, daß Rose Keeling Ihnen einen solchen Brief schrieb, dann aber so handelte, wie Sie es erzählt haben.«
»Ich kann es nicht ändern, Mr. Mason, ich sage Ihnen die Wahrheit.«
»*Ich* glaube schon, daß Sie das tun. Der springende Punkt ist nur, daß Ihnen niemand anders das glaubt. Kein Gericht auf der Welt würde Ihnen glauben. Für die Polizei sähe es sehr danach aus, als hätten Sie den Brief erhalten und deshalb Rose Keeling besucht.
Sie hätten sie beim Packen angetroffen. Rose wäre verstockt gewesen und hätte sich geweigert, ihre Behauptungen zurückzunehmen. Sie wußten, wenn Rose abgehalten wurde, ihre Aussage zu ändern, kam das Testament in dieser Form zur Zulassung. Sie wußten ferner, daß Ihre ganze Erbschaft ins Wasser fiel, wenn sie ihre Aussage änderte. Sie waren also in der Zwickmühle. Deshalb besuchten Sie Rose und trafen sie an, wie sie fast mit Einpacken fertig war. Sie machte sich bereit zu verschwinden. Das wollten Sie nicht zulassen, und Sie töteten sie. Aber hinterher fiel Ihnen ein, die Tennissachen herzuholen. Sie wußten ja, wo sie waren.«
»Mr. Mason, das ist doch völliger Unsinn! So was hätte ich nie getan!«
»Ich spreche auch nicht davon, was Sie getan haben«, beruhigte Mason sie. »Ich sage nur, was die Polizei vermuten würde. Von dem Augenblick an, da dieser Brief bekannt wird, haben Sie keine Chance mehr, aus Endicotts Nachlaß zu erben.«

»Darüber bin ich mir im klaren.«
»Wenn auch Rose Keeling ihre Aussage nicht mehr ändern kann, wird doch der Inhalt dieses Briefes, falls er bekannt wird, die Öffentlichkeit gegen Sie einnehmen.«
»Ja, ich weiß.«
»Und Ihre Fingerabdrücke sind auf dem Telefonhörer. Die Abdrücke des Mörders sind natürlich auch darauf, weil er derjenige gewesen sein muß, der den Hörer abnahm, so daß es aufhörte zu läuten.«
Sie nickte, und Mason fuhr fort:
»Es gibt Augenblicke, in denen der Anwalt das Gesetz umgehen und anders fertig werden muß. Gewissen Umständen entnehme ich, daß in der Stunde zwischen Ihrem Telefongespräch mit Rose Keeling und Ihrer Rückkehr jemand anders hier war.«
»Können Sie mir sagen, welchen Umständen?«
»Es ist besser, Sie kennen sie nicht.«
Dann wandte Mason sich an Della Street. »Glauben Sie, Sie können was vertragen, Della?«
Sie nickte.
»Ich hätte gern, daß Sie einen Augenblick hersehen.«
Sie folgte Mason in den Flur und prallte unter der Tür zum Schlafzimmer zurück.
»Berühren Sie nichts! Bleiben Sie hier stehen!« warnte Mason. »Sehen Sie sich das an! Dort geradeaus. Ich vermute, das am Bett drüben ist Zigarrenasche. Da vorn sehen Sie das mehrere Zentimeter lange Loch, das eine Zigarette in den Parkettfußboden gebrannt hat. Beachten Sie die Kleidungsstücke, die gepackt im Koffer und die gefaltet auf dem Toilettentisch liegen.«
»Sie hat gepackt und wollte abreisen«, vermutete Della Street.
»Und gebadet hat sie auch«, setzte Mason hinzu. »Sehen Sie die Wäsche da auf dem Bett!«
Della Street nickte.
»*Bevor* sie zum Tennisspielen ging, hätte sie doch wohl kaum ein Bad genommen«, fuhr Mason fort. »Offenbar wurde sie ermordet, als sie das Badezimmer verließ.«
Della Street sah sich im Schlafzimmer um. »Was da auf dem Bett liegt, ist Reisegepäck. Sie hatte gar nicht vor, Tennis zu spielen. Sie wollte verreisen. Entweder hat sie Marilyn mit dem Tennisspielen angelogen oder Marilyn hat uns belogen.«
»Ich glaube, Marilyn sagt die Wahrheit«, meinte Mason, »aber ich sehe nicht ein, warum Rose ein heißes Bad genommen haben

sollte, ehe sie Tennis spielen ging.«
»Können wir uns umsehen? Schubladen öffnen?« fragte Della.
Er schüttelte den Kopf. »Wir sind ohnehin schon zu weit gegangen. Wir dürfen nichts berühren, nicht einmal einen Schubladengriff. Kommen Sie, gehen wir zurück und sehen, was Marilyn tut!«
Mason hielt den Finger vor den Mund und schlich den Korridor entlang. Hinter ihm folgte verwirrt Della Street.
Marilyn Marlow saß an dem kleinen Telefontischchen. Ihre Lippen waren ein schmaler Strich grimmiger Entschlossenheit, und sie war eifrig damit beschäftigt, den Telefonhörer mit einem Taschentuch abzureiben.
»Was machen Sie denn da, Marilyn?« fragte Mason.
Sie fuhr schuldbewußt auf und ließ den Hörer fallen. Dann, als sie einsah, daß sie ertappt worden war, nahm sie ihn herausfordernd wieder zur Hand und polierte weiter.
»Ich wische meine Fingerabdrücke ab.«
»Damit vernichten Sie wahrscheinlich auch die Fingerabdrücke des Mörders«, schimpfte Mason.
»Das läßt sich nicht ändern.«
»Was haben Sie mit dem Brief gemacht?« fragte Mason.
»Ich habe ihn noch in meiner Tasche.«
»Die Fingerabdrücke hätten Sie aber nicht von dem Hörer abwischen sollen!« sagte Mason.
»Ich möchte nicht in die Sache hineingezogen werden, Mr. Mason! Ich kann mir das nicht leisten.«
»Das ist so ein Fall, in dem ich für einen Klienten meinen Hals riskiere«, fuhr Mason müde fort. »Eigentlich sollte ich es gar nicht tun. Ich weiß verdammt gut, daß es mir schon leid tut, bevor der Fall zu Ende ist. Aber wenn so etwas geschieht, kann ich nicht anders. Verschiedene Umstände haben bewirkt, daß Sie in eine unmögliche Lage gerieten.«
»Und was wollen Sie jetzt tun?«
»Wir machen uns jetzt davon. Die Tür lassen wir angelehnt. Sie setzen sich in Ihren Wagen und fahren nach Hause. Della Street und ich kommen zurück, wenn Sie abgefahren sind. Wir finden die Tür angelehnt, kommen hier herauf und finden alles so vor, wie Sie es jetzt sehen. Dann rufen wir die Polizei an.«
»Die Polizei anrufen!« rief Marilyn Marlow verzweifelt.
Mason nickte.
»Warum denn? Dann bringen die Sie damit in Verbindung.«

»Das läßt sich nicht vermeiden, Marilyn«, beruhigte Mason sie und fuhr, da sie ihn weiter entsetzt anblickte, fort: »Ich kann wohl mal hier und da etwas verschweigen, aber die Polizei nicht herbeizuholen, wenn ich auf so was stoße, nein, das darf ich nicht wagen. Ich würde mich der Beihilfe nach der Tat schuldig machen. Wenn ich mit der Polizei spreche, werde ich jedoch nur von meinem zweiten Besuch in der Wohnung erzählen.
Ich sage, ich wäre hergekommen, um Rose Keeling zu besuchen, Della Street wäre in meiner Begleitung gewesen. Die Tür wäre wohl zugezogen gewesen, aber nicht so weit, daß das Türschloß einschnappte. Wir hätten geläutet und geglaubt, den Summer zu hören, dann hätten wir gegen die Tür gedrückt, die sich hierauf öffnen ließ, als ob jemand oben den elektrischen Türöffner betätigte. Darauf wären wir hinaufgegangen, und zu unserer Überraschung hätten wir niemand im Wohnzimmer vorgefunden. Wir hätten im Korridor nachgesehen und dann im Schlafzimmer, hätten festgestellt, was passiert war, und die Polizei angerufen.«
»Und mich wollen Sie gar nicht erwähnen?«
»Nicht, solange ich danach nicht gefragt werde«, sagte Mason. »Natürlich wird es der Polizei nicht einfallen, mich zu fragen, ob ich heute morgen das erstemal in der Wohnung war. Ich schildere, was geschehen ist, buchstäblich ist das die Wahrheit. Freiwillig sage ich bestimmt nicht, daß ich vorher schon mal hier war, und so wird man voraussichtlich auch nichts über Sie erfahren.«
»Und Sie wünschen, daß ich diesen Brief vernichte?«
»Der Brief würde Ihnen sehr schaden. Er ist nämlich ein Beweisstück gegen Sie. Als Rechtsanwalt dürfte ich Ihnen nur raten, diesen Brief der Polizei zu geben. Wenn Sie es jedoch vorziehen diesen Rat zu mißachten und den Brief zu vernichten, kann das nur gut sein. Verbrennen Sie ihn, wo Sie die Asche zu Staub verreiben können. Und verstreuen Sie die Asche irgendwo! Haben Sie mich verstanden?«
»Ich . . . glaube ja.«
»Dann kommen Sie!« bat Mason. »Jetzt gehen wir hinunter und verschwinden von hier. Wir lassen die Haustür angelehnt, damit wir sie aufstoßen können.«
»Das wollen Sie alles für mich tun?« fragte Marilyn Marlow.
»Ja, wenn Sie mir in die Augen sehen und sagen, Sie hätten mit Rose Keelings Tod absolut nichts zu tun«, erklärte Mason.

Sie trat auf ihn zu, legte ihm die Hände auf die Schultern und sah ihm in die Augen. »Mr. Mason, ich versichere Ihnen bei allem, was mir heilig ist, daß ich mit ihrem Tod nichts zu tun habe. Ich sage die Wahrheit und habe Ihnen genau geschildert, was sich zugetragen hat.«

Mason nickte. »Gut«, sagte er, »ich nehme Sie beim Wort. Gehen wir!«

Sie blickte zweifelnd zu Della Street.

Mason lachte. »Wegen Della brauchen Sie sich keine Sorgen zu machen. Die ist bereits erprobt.«

»Und was geschieht, wenn sie zwei und zwei addieren? Wenn sie herausfinden, was geschehen ist?«

»Wenn sie so gescheit sind, bekommen sie auch heraus, wer Rose Keeling wirklich ermordet hat«, meinte Mason.

»Ja, das glaube ich auch«, sagte sie in einem Ton, der alles andere als Begeisterung verriet.

»Die Frage ist nur«, sagte Mason, »ob Sie mir nicht in den Rükken fallen. Ich riskiere viel für Sie. Wollen Sie mir helfen?«

»Mr. Mason, ich werde niemals auch nur ein Sterbenswort davon sagen. Sie können sich auf mich hundertprozentig verlassen. Tausendprozentig sogar!«

»Hundert Prozent genügen mir. Gehen wir!«

10

Lieutenant Tragg kam aus dem Schlafzimmer und sprach Mason an:

»Sie haben nichts berührt?«

»Nur den Telefonhörer.«

»Wie kommt es, daß Sie hier sind?«

»Rose Keeling war Zeugin bei einem Testament.«

»Zu wessen Gunsten lautet das Testament?«

»Zugunsten einer Frau namens Marlow. Sie ist bereits tot.«

»Wann ist sie gestorben?«

»Vor ein paar Monaten.«

»Wen vertreten Sie?«

»Ihre Tochter.«

»Wie sind ihr Name und Adresse?«

Mason nannte ihm Marilyn Marlows Name und Adresse.

»Kennen Sie ihre Telefonnummer?«
»Natürlich. Ich habe sie angerufen.«
»Wie meinen Sie das, Sie haben sie angerufen?«
»Ich habe sie zur selben Zeit wie Sie angerufen.«
»Von hier aus?«
»Ja.«
»Sie haben Nerven!«
»Wenn ich meine Klientin von einer solchen Entwicklung unterrichte? Reden Sie keinen Unsinn!«
»Haben Sie sonst noch jemand angerufen?«
»Nein.«
»Nur diese beiden Telefongespräche?«
»Das war alles.«
»Wer ist hierhergekommen? Wie kamen Sie herein?«
»Die Haustür muß offen gewesen sein. Wir haben geläutet und warteten, bis der Türöffner summte und die Türsperre löste. Ich drückte gegen die Tür, und sie sprang auf. Ich dachte, das sei der Türöffner. Doch das muß ein Irrtum gewesen sein. Das Türschloß war wohl nicht eingeschnappt.«
»Und da sind Sie also hinaufgegangen?«
»Ganz recht.«
»Und sind durch die Wohnung dieser Frau gegangen?«
»Della Street war bei mir.«
»Wer hat die Leiche gefunden?«
»Ich.«
»Ist Miss Street im Schlafzimmer gewesen?«
»Nein, sie blieb hier in diesem Raum.«
»Was haben Sie gemacht?«
»Ich bin sofort wieder hinausgegangen.«
»Und dann haben Sie mich sofort angerufen?«
Bissig antwortete Mason: »Glauben Sie denn, wir hätten uns hier hergesetzt und eine Viertelstunde die Daumen gedreht, ehe wir Sie anriefen?«
Gedankenverloren sog Tragg an seiner Zigarre. »Haben Sie schon eine Vermutung?«
»Natürlich«, sagte Mason. »Sie hatte alles gepackt, um abzureisen. Sie hatte gebadet. Die Kleider, die sie anziehen wollte, lagen auf dem Bett.«
»Das liegt auf der Hand.«
»Sie hatte alles Nötige zum Aufbruch vorbereitet und alles gepackt. Baden war das letzte, was sie vor dem Ankleiden und

dem Verlassen der Wohnung tun wollte.«
»Das sieht sogar ein Polizist ein«, lachte Tragg.
»Deshalb«, fuhr Mason fort, »muß sie vorgehabt haben, sofort nach dem Baden zu verreisen. Wenn Sie den Flughafen anrufen, erfahren Sie vielleicht, daß für sie in einem Flugzeug irgendwohin ein Platz reserviert war. Außer natürlich, wenn sie eine Eisenbahnfahrkarte in ihrer Tasche hätte. Wenn nicht, könnte an einem der Fahrkartenschalter eine Fahrkarte für sie reserviert sein.«
»Sie glauben, sie wollte eine weite Reise unternehmen?«
»Ich brauche mir nur die beiden Koffer anzusehen und kann sagen, daß sie eine ganze Auswahl an Kleidern mitnehmen wollte.«
»Weiter vermuten Sie nichts?«
»Nein.«
»Was hat Marilyn Marlow gesagt, als Sie sie anriefen und ihr sagten, Rose Keeling sei ermordet worden?«
»Sie wollte mir eine Menge Fragen stellen. Ich hatte keine Zeit, sie zu beantworten, und deshalb habe ich eingehängt.«
»Wieso?«
»Weil ich Sie noch anrufen wollte.«
»Das heißt, Sie haben sie zuerst angerufen?«
»Allerdings.«
»Man erwartet von Ihnen, daß Sie sofort die Polizei anrufen.«
»Deshalb habe ich auch nur eine oder zwei Sekunden gebraucht, um ihr zu sagen, daß Rose Keeling ermordet wurde. Dann habe ich aufgehängt.«
»Es ist verdammt gut, daß Sie Della Street bei sich haben«, knurrte Tragg.
»Ja, nicht wahr?«
»Was wollten Sie von Rose Keeling?«
»Ich wollte sie wegen des Testaments besuchen. Ich brauchte eine Auskunft.«
»Worüber?«
»Ihre Aussage in bezug auf das Testament.«
»Was ist damit?«
»Ich wollte sie etwas fragen, das ist alles.«
»Haben Sie sie früher mal getroffen?«
»Nein.«
»Wieso war es dann plötzlich so eilig mit der Auskunft?«
»Es war keine plötzliche Eile. Ich wollte ihre Aussagen zu den

Akten nehmen.«
»Kennen Sie ihre Aussage?«
»Aber sicher! Sie hatte schon ausgesagt, als das Testament zur Legitimation zugelassen wurde. Und jetzt ist noch eine Kontroverse im Gang. Ich wollte nur routinemäßig prüfen, ob es neue Gesichtspunkte gebe, die in ihrer früheren Aussage übergangen worden waren. Ich brauchte die gesamte Vorgeschichte.«
Tragg strich mit den Fingerspitzen über seine Backenknochen. »Je mehr ich darüber nachdenke, Mason, desto nötiger erscheint es mir, Sie und Della Street eine Zeitlang festzuhalten.« Er wandte sich an einen der Zivilbeamten und sagte: »Nehmen Sie Mason und Della Street mit nach unten ins Polizeiauto. Dort halten Sie sie fest, bis ich sage, Sie können sie laufen lassen. Sorgen Sie dafür, daß sie mit niemandem telefonieren oder sonstwie in Verbindung treten, und lassen Sie nicht zu, daß sie miteinander flüstern. Wenn sie miteinander sprechen wollen, hören Sie zu, was sie zu sagen haben.«
»Das ist eine verdammte Beleidigung, Tragg«, wetterte Mason. »Ich habe viel zu tun.«
»Das weiß ich auch«, beruhigte ihn Tragg, »aber ich will dafür sorgen, daß Ihre Arbeit meine Arbeit nicht stört. Sie würden in meinem Fall wohl ebenso handeln.«
»Und wie lange sollen wir bewacht bleiben?« fragte Mason.
»Bis wir hier unsere Untersuchungen beendet haben.«
»Und wann wird das sein?«
»Wenn ich glaube, alles Wissenswerte gefunden zu haben.«

11

Mason und Della Street saßen auf den Rücksitzen des großen Polizeiwagens. Der untersetzte, uniformierte Polizeibeamte auf dem Vordersitz hatte breite Schultern, einen dicken Nacken, eine niedrige Stirn, kleine, tiefliegende Augen, ein gewaltiges Kinn und eine flache Nase, die offensichtlich platt geschlagen worden war und von selbst hatte heilen müssen.
Mason beugte sich hinüber zu Della Street und sagte mit gedämpfter Stimme: »Della, da gibt es eins . . .«
»Nicht flüstern!« knurrte der Polizist.
»Ich habe meiner Sekretärin nur einige Anweisungen gegeben.«

»Dann sprechen Sie ruhig laut. Ich soll zuhören.«
»Ich glaube kaum, daß irgendwer das Recht hat, mir vorzuschreiben, in welchem Ton ich spreche oder was für Anweisungen ich meiner Sekretärin gebe.«
Der Polizist öffnete die linke Wagentür, stieg aus, öffnete die hintere Tür, kletterte hinein, schob Mason auf die eine Seite des Wagens und sagte: »Machen Sie Platz, ich setze mich zwischen Sie und Ihre Sekretärin. Der Chef hat gesagt, Sie dürfen nicht flüstern, und wenn Tragg sagt, Sie dürfen nicht flüstern, dann sorge ich dafür, daß Sie es nicht tun.«
»Tragg hat kein Recht, so etwas anzuordnen.«
»Ist gut, machen Sie, was Sie wollen. Ich möchte Sie nicht daran hindern, etwas Erlaubtes zu tun, deshalb machen Sie ruhig weiter mit Flüstern. Sie können an mir vorbeiflüstern. Flüstern Sie alles, was Sie wollen.«
Einige Augenblicke blieben sie ruhig sitzen. Dann sagte Mason: »Das Wortpotential unseres estimierten Zeitgenossen von der administrativen Zwangsmacht scheint auf das Vitalminimum limitiert zu sein.«
»Na und?« fragte Della Street.
Mason beobachtete die ausdruckslose Miene des Polizisten und sagte, wieder in dem geschraubten, für einen Nichteingeweihten unverständlichen Stil: »Bedienen wir uns polysilbischer Umschreibung. Die Eliminierung eines der Subskribenten jedes formell attestierten Dokumentes erhöht die Bedeutung des verbleibenden Gliedes des Subskribenten-Trios.«
»Verdammt noch mal, was soll das?« protestierte der Polizist.
»Sind von unserer Seite irgendwelche heilsamen Maßnahmen erforderlich?« fragte Della Street, die ihn verstanden hatte.
»Keine heilsamen, sondern vorsorgliche Maßnahmen«, sagte Mason.
»In welcher Weise?«
»In Anbetracht des gestern übersandten Handschreibens könnte es empfehlenswert sein, genaue Einzelheiten über den Überlebenden derer zu beschaffen, die bei den Zeremonien dabei waren, betreffend die Legalisierung dessen, was heute der Grund der gewissen Kontroverse ist. Und gesetzt den Fall, daß ich unvermeidbar festgehalten würde, könnten Sie imstande sein, die Angelegenheit in der Richtung fortzuführen, bevor die Interrogationen beginnen . . .«
»Hören Sie auf, hören Sie auf!« unterbrach ihn der Polizist.

»Wollen Sie mich verrückt machen?«

»Sie können uns auf keinen Fall einen Knebel in den Mund stecken, nur weil Tragg uns eine Zeitlang als Zeugen bei sich behalten will.«

»Woher, zum Teufel, soll ich wissen, wozu er Sie hierbehält?« fragte der Polizist. »Ich kann Ihnen ganz sicher Handschellen anlegen, Mr. Mason, und Sie da vorne an die Stange anbinden. Und wenn Sie hier schnell weg wollen, geht das viel leichter, wenn ich dem Chef sage, Sie hätten nicht versucht zu reden. Wenn ich ihm erzähle, Sie hätten mich mit Wörterbuchgeschwätz geärgert, dann werden Sie lange hierbleiben.«

»Ja«, sagte Della Street, »ich vermute, das hat seinen Sinn, und in dieser einen Sache sehe ich auch keine Notwendigkeit für zusätzliche Klärung.«

»Mit wem reden Sie? Mit mir?« fragte der Polizist.

Della Street nickte.

»Nun, wenn Sie mir etwas vorsingen wollen, bitte ein klares Solo. Nicht zwitschern, nur singen.«

Della Street lachte. »Verzeihung, das hatte ich vergessen.«

»Was hatten Sie vergessen?«

»Nichts.«

Della Street wandte sich, wieder im geschraubten Stil, an Mason. »Möglicherweise könnte ein eventuell eintretender Notstand das denkbare Resultat hervorrufen, daß ein gewisser Teil der in Ihren Diensten stehenden Schreibmacht befreit wird, um . . .«

»Oh, verflucht!« sagte der Polizist. »Sie wollen's ja nicht anders. Ruhe jetzt! Wenn einer von Ihnen noch ein Wort spricht, setze ich Sie so, daß Sie nichts mehr zu reden haben.«

Er kletterte wieder auf den Vordersitz, drückte auf den Knopf für den Polizeifunk und sagte: »Wagen einundneunzig, Wagen einundneunzig! Rufen Sie Lieutenant Tragg. Sagen Sie ihm, die beiden Vögel, die ich festhalte, reden blödes Zeug. Was soll ich mit ihnen machen?«

»Wagen einundneunzig will etwas an Lieutenant Tragg melden?« fragte eine Stimme.

»Ganz recht. Sie wissen, wo er ist. Dort ist ein Telefon. Rufen Sie ihn an!«

Mason fing wieder an: »Schließlich war unsere Unterhaltung nur . . .«

»Maul halten!«

Mason zog die Schultern hoch. »Wenn Sie natürlich so . . .«
»Maul halten, habe ich gesagt!«
Mason blinzelte Della Street zu und verfiel in Schweigen. Der Polizist drehte sich in seinem Sitz um und betrachtete sie mürrisch abschätzend mit glasigen, tiefliegenden Augen. Einige Augenblicke später öffnete sich die Tür des Hauses, in dem Rose Keeling gewohnt hatte, und Lieutenant Tragg kam zum Wagen gelaufen. »Was ist los?« fragte er.
Der Polizist zeigte mit dem Daumen nach hinten. »Die beiden Vögel singen dauernd«, sagte er. »Das Flüstern habe ich unterbrochen, und da haben sie eine Menge blödes Zeug aus dem Wörterbuch geredet, er und sie, Zeug, das ich nicht verstanden habe.«
»Mason«, sagte Tragg, »ich hatte gedacht, Sie hätten mich verstanden. Ich sehe, Sie haben es nicht. Steigen Sie aus!«
»Aber Lieutenant, ich habe doch nur . . .«
»Steigen Sie aus!«
Der Polizist riß die Tür auf, griff in den Wagen, packte Mason bei den Jackenaufschlägen und sagte: »Wenn der Chef raus sagt, meint er auch raus. Also marsch!«
»Ich komme ja schon«, murrte Mason.
»Mitkommen!« befahl Tragg.
Mason folgte ihm hinauf in den Hausflur. Tragg blieb plötzlich stehen und sagte: »Warten Sie einen Augenblick! Ich muß dem Mann Anweisungen geben.«
Mason setzte sich auf das Flurgeländer, während Tragg den Zementweg entlangging, der zum Gehsteig führte.
Tragg und der Polizist sprachen eine Zeitlang mit gesenkter Stimme, dann ging der Polizist zurück zum Wagen, und Tragg kam wieder auf Mason zu. »Was haben Sie beide anstellen wollen, Mason?«
»Ich finde, ich bin mehr als genug belästigt worden, Lieutenant«, schimpfte Mason. »Schließlich habe ich Ihnen alles gesagt, was ich weiß, und ich habe zu tun.«
Tragg nickte.
»Obendrein gibt es im Büro vieles, um das sich Miss Street kümmern muß.«
Tragg spitzte die Lippen und wollte etwas sagen, schwieg aber doch.
»Einer von uns muß ins Büro gelassen werden«, beharrte Mason.

Tragg änderte offensichtlich sein Vorhaben. Plötzlich rief er dem Polizisten im Wagen zu: »Bringen Sie Miss Street zu Mr. Masons Büro, lassen Sie sie dort und warten Sie auf weitere Anweisungen!«

»Gut«, sagte der stämmige Polizist, und fast sofort schossen kleine Rauchwölkchen aus dem Auspuff des großen Polizeiwagens.

»Sie können mit mir raufkommen«, sagte Tragg zu Mason. »Ich möchte mich noch ein wenig mit Ihnen unterhalten.«

»Mit dem größten Vergnügen!« antwortete Mason.

»Zeigen Sie mir mal, wie diese Tür angelehnt stand, als Sie herkamen.«

»Na, ich bin dessen nicht so sicher, Tragg«, sagte Mason. »Ich dachte, ich hätte irgendwo einen Summer gehört und – Sie wissen doch, wie diese elektrischen Türöffner das Schloß freigeben.«

Tragg blickte Mason kurz an und nickte mit dem Kopf. »Weiter bitte!« sagte er kurz.

»Ich schellte, und dann glaubte ich ein Summen zu hören. Völlig sicher bin ich aber nicht. Ich stieß gegen die Tür, diese ging auf, und so dachte ich natürlich, man hätte oben auf den Türöffner gedrückt.«

»Sie wissen also nicht, ob die Tür angelehnt war oder nicht?«

»Ich habe ziemlich mechanisch gehandelt. Ich hörte etwas, was ich für einen Summer hielt, und stieß die Tür auf.«

»Jetzt glauben Sie aber nicht mehr, daß es ein Türöffner war?«

»Eine tote Frau kann wohl kaum auf einen Knopf drücken«, sagte Mason.

»Allerdings«, bestätigte Tragg, und einen Augenblick später fragte er weiter: »Sie hatten Della Street bei sich?«

»Ja.«

»Sie würden natürlich kein Beweismittel verheimlichen, Mr. Mason?«

»Wie meinen Sie das – Beweismittel?«

»Wie ich es gesagt habe.«

»Ich nehme an, Sie meinen damit Beweismittel im Zusammenhang mit dem Mord«, sagte Mason. »Was andere Beweismittel betrifft, so habe ich nicht nur ein Recht, sondern sogar die Pflicht, sie zu verheimlichen.«

»Wie stellen Sie sich das vor?«

»Man erwartet von mir, daß ich die Interessen meiner Klienten vertrete. Ich muß ihr Vertrauen rechtfertigen.«

»Das ja, aber das bedeutet nicht, daß Sie ein Beweismittel verheimlichen dürfen.«

»Ich kann alles verheimlichen, was mir gefällt«, sagte Mason, »solange es nicht auf ein Verbrechen hinweist.«

»Es könnten Meinungsverschiedenheiten darüber bestehen«, sagte Tragg, »welche Tatbestände auf ein Verbrechen hinweisen und welche nicht.«

»Das ist möglich.«

»Ich möchte nicht, daß Sie glauben, Sie hätten dabei die letzte Entscheidung.«

»Glauben Sie, ich verberge Ihnen etwas?«

»Ich möchte nur wissen, wie Sie hineingekommen sind, das ist alles«, beharrte Tragg.

»Das habe ich Ihnen schon geschildert.«

»Offensichtlich müssen Sie sich geirrt haben, wenn Sie sagen, Sie hätten den Summer gehört.«

»Das ist natürlich ein logischer Schluß.«

»Kennen Sie irgendein Motiv für den Mord?« fragte Tragg.

»Ich habe die Frau nie gesehen.«

»Krankenschwester, nicht wahr?«

»Soviel ich weiß, ja.«

»Gut, nehmen Sie hier Platz, Mason«, bat Tragg. »Ich bin in ein paar Minuten mit Ihnen fertig. Ich komme wieder, wenn ich hier noch einiges nachgesehen habe.«

Mason setzte sich in einen Sessel im Wohnzimmer, und Tragg ging ins Schlafzimmer zurück. Von Zeit zu Zeit blitzte es im Flur hell auf, wenn der Fotograf im Schlafzimmer sein Blitzlicht betätigte. Der Rechtsanwalt sah ungeduldig auf die Uhr, holte nervös ein Zigarettenetui aus seiner Tasche, klappte es auf, rieb ein Streichholz an und begann zu rauchen.

Der Polizist, der als Wache im Türeingang stand, sagte: »Wenn es Ihnen nichts ausmacht, Mr. Mason, so stecken Sie bitte das verbrannte Streichholz in die Tasche. Es könnte verwirren, wenn Sie es in einen Aschenbecher legen.«

Mason nickte und steckte das Streichholz in die Tasche. Die Tür zum südlichen Schlafzimmer öffnete sich, und Tragg sagte: »Mason, ich glaube nicht, daß es nötig ist, Sie noch länger festzuhalten. Haben Sie Ihren Wagen hier?«

»Ja«, antwortete Mason.

»Im Augenblick haben wir Sie nichts mehr zu fragen. Sonst

fällt Ihnen nichts mehr ein?«
»Ich glaube, ich habe alles gesagt, was ich sagen kann«, gab Mason zur Antwort.
»Gut«, schloß Tragg schlecht gelaunt, »ziehen Sie ab!« Zu dem Polizisten an der Tür sagte er: »Lassen Sie Mr. Mason raus!«
Mason verabschiedete sich, ging hinter dem Beamten die Treppe hinunter und begab sich zu seinem Wagen, den er ein paar Häuser weiter hatte stehen lassen. Er stieg ein und fuhr, bis er einen Münzfernsprecher fand.
Mason warf eine Münze ein, wählte die Nummer seines Büros, und nach einigen Sekunden hatte er Gertie am Apparat.
»Schnell, Gertie«, drängte er, »ich brauche die Adresse von Ethel Furlong, der anderen Zeugin bei dem Testament und ...«
Gertie unterbrach ihn; ihre Stimme war schrill vor Aufregung: »Della Street hat sie schon. Sie ist mit einem Taxi hingerast. Es ist weit draußen in der South Montet Avenue Nummer sechstausendneunhundertzwanzig.«
»Danke«, sagte Mason. »Sagen Sie niemand, wo ich bin. Falls die Polizei anrufen sollte, sagen Sie nur, daß ich mich im Büro noch nicht hätte blicken lassen, daß Sie mich aber erwarteten. Sie sagen, Della ist mit einem Taxi rausgefahren? Wie lange ist sie schon weg?«
»Etwa drei oder vier Minuten.«
»Verstehe«, sagte Mason. »Ich schätze, ich kann zur selben Zeit dort ankommen.«
»Mr. Mason, können Sie mir sagen, was passiert ist? Della Street war zu sehr in Eile ...«
»Ich auch«, sagte Mason, »das wird noch dauern. Schließen Sie um fünf das Büro, und gehen Sie nach Hause!«
Mason sprang in den Wagen und raste über den Boulevard, der die Stadt durchquerte. Zwanzig Minuten hatte er zu fahren bis dort, wo die South Montet Avenue den Boulevard kreuzt. Mason bog nach rechts ein und war nur zwei Häuserblocks weit gefahren, als er Dellas Taxi einholte. Er überholte und drückte dabei auf die Hupe.
Della blickte auf, zuerst besorgt, dann in freudiger Überraschung. Sie klopfte an die Glaswand und gab dem Fahrer ein Zeichen.
Als der Fahrer angehalten hatte, bezahlte Della Street die Fahrt und stieg bei Mason ein.
»Wie ist es Ihnen ergangen?« fragte Mason.

»Ganz gut, aber mein Gott, das war eine wilde Fahrt zum Büro!«
»Hat der Polizist versucht, Sie auszuhorchen?«
»Nein.«
»Hat er versucht, sich mit Ihnen zu verabreden?«
»Nein.«
»Irgendwas ist merkwürdig an dem Kerl, aber ich weiß nicht, was. Wollen mal sehen, was Ethel Furlong zu sagen hat.«
Sie fanden die Hausnummer. Es war ein Appartementhaus auf der westlichen Straßenseite. Della Street fuhr mit der Hand die Namensschilder entlang und rief: »Hier ist es, Wohnung neunhundertsechsundzwanzig.«
Sie drückte wiederholt auf den Knopf. Nichts geschah.
Mason runzelte die Stirn. »Unser Glück, daß sie nicht zu Hause ist, Della. Drücken Sie auf einen anderen Knopf. Mal sehen, ob wir jemand finden, der uns hereinläßt.«
Della Street drückte aufs Geratewohl zwei oder drei Knöpfe, und nach einigen Augenblicken betätigte jemand den Summer.
Della Street und Mason betraten das Haus und fuhren mit dem Fahrstuhl ins neunte Stockwerk.
Als sie sich der Wohnungstür von neunhundertsechsundzwanzig näherten, sagte Della Street: »Da hängt ein Brief an der Tür.«
»Wahrscheinlich steht darauf, wann sie nach Hause kommt«, vermutete Mason.
Sie eilten den Korridor entlang. Della Street sagte: »Es ist ein Brief, der an Sie adressiert ist.«
Ungläubig fragte Mason: »*Mein* Name steht darauf?«
»Allerdings.«
Della Street reichte ihm den Brief, auf dem in den geraden, regelmäßigen Schriftzügen einer geübten Hand »Mr. Perry Mason« geschrieben stand.
Mason zog den Umschlag los. »Noch feucht«, sagte er. »Vor ein oder zwei Minuten erst zugeklebt.«
Er faltete den Brief auseinander, las ihn durch und fing plötzlich an, laut zu lachen.
»Was ist los?« fragte Della Street.
»Ich werde es Ihnen vorlesen«, sagte er. »Lieber Mr. Mason, vielen Dank für den Tip, der es uns ermöglichte, Ethel Furlongs Aussage anzuhören, bevor Sie Gelegenheit hatten, sie für uns unbrauchbar zu machen. Tragg hatte das Büro des Nachlaßbe-

amten angerufen und erfuhr ihren Namen und ihre Adresse. Dank Ihrer gelehrten Unterhaltung mit der ehrenwerten Miss Street war ich imstande, Ihre Pläne zu durchkreuzen. Vielleicht interessiert es Sie, daß ich im College mit guten Noten einen Gerichtsdebattierkurs absolvierte und zu der College-Mannschaft gehörte, die 1929 die Debattiermeisterschaft gewann. Mein Gesicht wurde so bös zugerichtet, weil ich fälschlich glaubte, die Fähigkeiten im Boxen zu besitzen, die mir in diesem Beruf eine Karriere eröffneten.
Machen Sie sich keine Sorgen um Ethel Furlong. Sie ist in sicheren Händen, und wenn wir mit ihr fertig sind, haben wir schwarz auf weiß einen Bericht mit ihrer Unterschrift darunter. Dann wird es nicht gut für Sie sein, den Versuch zu unternehmen, ihn abzuändern. Der Fahrer von Wagen 91.«
Entrüstet sagte Della Srteet: »Wie, dieser dreckige . . .!«
Mason lachte breit und meinte: »Das zeigt, wie gefährlich es ist, Menschen nach ihrem Aussehen zu beurteilen. Er saß da und spielte den Dummen und ließ uns alle unsere Pläne ausplaudern.«
»Und wie ist jetzt unsere Lage?« fragte Della Street.
»Vorläufig sind wir die Dummen«, schimpfte Mason.
»Und was machen wir jetzt?«
»Wir fahren ins Büro zurück«, sagte Mason, »und lassen Paul Drakes Leute laufen. Und das nächste Mal, wenn wir einen ›blöden‹ Polizisten treffen, lassen wir uns von zerschlagener Nase und einem Boxergesicht nicht täuschen und sehen nach, ob er ein Studentenschaftszeichen an der Uhr hängen hat. Also auf!«

12

Die beiden Brüder Endicott und ihre Schwester hatten das riesige Haus bezogen, das ihnen in George Endicotts Testament vermacht worden war.
Vor Jahren war das Haus einer der Mittelpunkte der Stadt gewesen. Jetzt war es ein Anachronismus, ein großer Bau mit Holzgiebel und Veranden, einem ausgedehnten Terrain, schattigen Bäumen, Wiesen, Gartenhäusern, Terrassen, gewundenen Wegen und versumpften Teichen. Es schien mehr ein Museum

als ein Wohnhaus zu sein.
Mason lenkte seinen Wagen in den Fahrweg, der zusammen mit der Garage als moderner Zusatz gebaut worden war. Er ließ seinen Wagen unter der vorstehenden Säulenhalle anhalten, die früher einmal ein Schutzdach für Kutschen gewesen war. Er stieg drei Stufen hinauf und drückte auf eine Schelle, die mißtönend durch das finstere Innere des alten Hauses schrillte.
Mason schellte ein zweites Mal, ehe er langsame Schritte hörte. Dann wurde die Tür geöffnet. Ein Mann erschien, dem ein weißer Haarkranz auf dem fast kahlen Kopf, scharfe, durchdringende Augen, eine Adlernase und schmale Lippen das Aussehen eines Räubers gaben.
»Ich möchte gern jemand von der Familie Endicott sprechen«, sagte Mason.
»Ich bin Ralph Endicott.«
Mason überreichte ihm seine Karte. »Ich bin Perry Mason, Rechtsanwalt.«
»Ich habe schon von Ihnen gehört. Wollen Sie nicht hereinkommen?«
»Danke sehr.«
Mason folgte Endicott durch einen dunklen, getäfelten Flur, dem man den Glanz einer längst vergangenen Zeit anmerkte. Sein Führer öffnete eine Tür und sagte: »Wollen Sie bitte hier hereinkommen, Mr. Mason.«
Das Zimmer glich den übrigen Teilen des Hauses. Es war eine weitläufige Bibliothek. Die Mitte nahm ein schwerer Mahagonitisch ein, auf dem drei riesige Tischlampen standen.
Drei Sessel standen nahe am Tisch. Zwei von ihnen waren besetzt, und der dritte, in dem offensichtlich Ralph Endicott gesessen hatte, bevor er die Tür öffnen ging, war etwas zurückgeschoben.
Die beiden Personen, die bei Masons Eintreten aufsahen, hatten eine gewisse Ähnlichkeit miteinander.
Das vom Tisch gespiegelte Licht der Lampen erhellte ihre Gesichter und ließ sie sich weiß von dem dunklen Hintergrund der Büchergestelle abheben.
»Mr. Mason«, sagte Ralph Endicott, »erlauben Sie mir, daß ich Ihnen meinen Bruder Palmer Endicott und meine Schwester Mrs. Lorraine Endicott-Parsons vorstelle. – Dies ist Rechtsanwalt Perry Mason.«
»Guten Abend«, sagte Mason und lächelte freundlich. »Sehr er-

freut, Sie kennenzulernen.«
Die beiden anderen neigten kühl die Köpfe.
»Wollen Sie nicht Platz nehmen, Mr. Mason?«
»Danke sehr«, sagte Mason.
Ralph Endicott zog einen Sessel an den Tisch, den anderen gegenüber. Dann ging er auf die andere Seite, um wieder in dem dritten Sessel zwischen den beiden Platz zu nehmen.
Während Ralph sich zurechtsetzte, hatte Mason Gelegenheit, dessen Geschwister zu betrachten.
Palmer hatte ein schmales Gesicht und eigentümlich buschige Haare; er war wohl über siebzig. Er sah aus wie der geborene Zweifler.
Lorraine Endicott-Parsons gab offensichtlich viel auf Haltung. Sie saß kerzengerade in steifer, unnachgiebiger Feindseligkeit.
Alle drei erweckten den Eindruck verfallener Vornehmheit, die ihre Ähnlichkeit zu steigern schien. Ihre Kleidung war dunkel, altmodisch im Schnitt und ziemlich abgetragen.
»Und was wünschen Sie bitte, Mr. Mason?« fragte Ralph Endicott.
»Rose Keeling ist tot. Ich möchte Sie nach Umständen fragen, die möglicherweise zu ihrem Tod geführt haben, oder . . .«
»Rose Keeling tot!« unterbrach Mrs. Parsons ihn ungläubig. »Sie kann nicht tot sein. Das würde uns sehr in Verlegenheit bringen. Sind Sie dessen sicher, Mr. Mason?«
»Sie ist ganz sicher tot«, sagte Mason. »Man hat sie erstochen, als sie aus dem Badezimmer kam. Ich suche nach dem Mörder, und die Zeit ist kostbar. Ich wüßte nur gern, ob jemand von Ihnen in letzter Zeit mit ihr zusammengekommen ist. Ich möchte nur das eine wissen, ob Sie sie heute gesehen haben, ob sie bei Ihnen angerufen hat, und wenn ja, wann?«
»Das haben wir natürlich befürchten müssen«, sagte Ralph Endicott langsam.
Und Mrs. Parsons fügte hinzu: »Wer sich erniedrigt, die Unzurechnungsfähigkeit eines Mannes auszunutzen und die Angehörigen ihres Eigentums zu berauben, macht vor nichts halt.«
»Wie meinen Sie das?« fragte Mason.
»Ich habe niemand Bestimmten beschuldigt.«
»Das hörte sich aber so an.«
»Sie können meine Bemerkungen auffassen, wie Sie wollen.«
»Darf ich fragen, wen Sie vertreten?« wollte Palmer Endicott wissen.

Mason schüttelte den Kopf. »Mein Klient wünscht nicht, daß das im Augenblick bekannt wird!«
»Wenn ich recht verstehe, vertreten Sie keine Behörde? Ihre Nachforschungen sind nicht offiziell?«
»Keineswegs«, antwortete Mason. »Ich möchte nur mit Ihrem Anwalt sprechen, und ich möchte wissen, ob jemand von Ihnen heute noch Rose Keeling gesehen hat. Mehr will ich nicht.«
»Und warum?«
»Weil ein Mord begangen wurde. Ich möchte die Zeit herausbekommen. Ich möchte wissen, zu welcher Stunde sie getötet wurde. Vielleicht wurde sie heute von jemand von Ihnen angerufen. Mich interessiert nicht das Telefongespräch; ich möchte nur den Zeitpunkt wissen. Man sagte mir, Ihr Rechtsanwalt wäre hier. Ich möchte ihn dabei haben. Wo ist er?«
»Er wird schon kommen«, sagte Ralph Endicott. »Als wir Ihr Läuten hörten, dachten wir, es wäre bestimmt Mr. Niles. Wir erwarten ihn zu einer Besprechung. Deshalb sitzen wir hier in der Bibliothek.«
»Ich möchte mit ihm sprechen«, sagte Mason, »ich . . .«
Er brach ab, als die elektrische Klingel herausfordernd durchs Haus schrillte.
»Das wird Niles sein«, sagte Mrs. Parsons mit ruhiger Überzeugung.
Ralph Endicott schob seinen Sessel zurück, sagte: »Entschuldigen Sie mich bitte?« ging zur Tür und kam einen Augenblick später mit einem blühend aussehenden, etwa fünfzigjährigen Mann zurück, der Optimismus und Freundlichkeit ausstrahlte.
»Mr. Niles – Mr. Mason«, sagte Ralph Endicott, als ob er zwei Kämpfer im Ring vorstellte.
Mason reichte ihm die Hand: »Erfreut, Sie kennenzulernen.«
»Ich habe schon von Ihnen gehört«, sagte Niles. »Gesehen habe ich Sie bei Gericht mehrfach, aber ich hatte noch nicht das Vergnügen, mit Ihnen zusammenzukommen. Wie geht es Ihnen? Und darf ich fragen, was Sie hier tun?«
»Ich versuche, Auskünfte zu erhalten in einer Angelegenheit, die mit dem Nachlaßstreit nichts zu tun hat«, erklärte Mason. »Ich sagte diesen Herrschaften, daß ich ihren Anwalt dabeihaben wollte. Man teilte mir mit, Sie seien hier.«
Niles wurde sofort mißtrauisch.
»Um was für Auskünfte handelt es sich da?«
»Ich untersuche den Tod von Rose Keeling«, sagte Mason.

»Den Tod von Rose Keeling!« rief Niles erstaunt.
»Ganz recht.«
»Aber sie ist doch gar nicht tot. Sie ...«
»Sie ist tot«, sagte Mason. »Sie wurde um die Mittagszeit ermordet.«
»Du meine Güte!« rief Niles. »Das bringt ja alles durcheinander.«
»Ich versuche, mir Klarheit über ihre Zeiteinteilung während des Morgens zu verschaffen. Ich hatte Gründe anzunehmen, daß sie mit einem der Endicotts gesprochen haben könnte.«
»Und wie sind Sie zu dieser Annahme gekommen?«
»Meine Detektive berichten mir, sie hätten den Beweis, daß Rose Keeling heute einem Ihrer Klienten einen Scheck gegeben hat. Ich möchte wissen, wann und wofür.«
Nachdenklich spitzte Niles die Lippen. »Sind Sie hierhergekommen, um mit mir zu sprechen?«
»Ich wollte von Ihren Klienten einige Fragen beantwortet haben. Ich habe in Ihrem Büro angerufen, und Ihre Sekretärin sagte, Sie wären hier. Natürlich wollte ich Ihre Zustimmung haben, obwohl ich diese Auskünfte auf mehr orthodoxe und unangenehmere Weise hätte einholen können.«
»Wie denn?«
»Ich hätte meinem Freund, Lieutenant Tragg von der Mordkommission, sagen können, ich hielte es für zweckmäßig, die Endicotts zu vernehmen. Das hätte ihre Namen in die Zeitungen gebracht und weit schlimmere Folgen für den Erbprozeß gehabt als so eine ungezwungene Unterhaltung.«
»Gut, setzen wir uns und gehen wir gleich an den Kern der Sache heran«, schlug Niles vor.
»Was mich betrifft«, fing Ralph Endicott an, »so kann ich ruhig vom Dach des Hauses ausrufen, was ich zu sagen habe. Ich glaube, es wäre gar nicht schlecht, die Zeitungen genau wissen zu lassen, was geschehen ist.«
»Nicht die Zeitungen«, unterbrach ihn Lorraine Parsons kühl, »die Zeitungen sind vulgär. Sie sind auf Sensation aus. Sie wenden sich an die niedrigsten Instinkte des Menschen und bringen die Neuigkeiten mit der vulgären Sensationslust, die auf solche Leser zugeschnitten ist.«
»Ich glaube, wir entschuldigen Sie einige Minuten, Mr. Mason«, sagte Niles. »Ich möchte darüber mit meinen Klienten sprechen. Und wenn wir dann etwas zu sagen haben, werden wir es richtig tun.«

»Die Zeit ist knapp«, gab Mason zu bedenken.
»Warum haben Sie es so eilig, diese Auskunft zu bekommen?«
»Ich habe meine Gründe.«
»Und die wären?«
Mason lächelte und schüttelte den Kopf.
»Sie wollen, daß wir unsere Karten auf den Tisch legen, während Sie alle Asse im Ärmel behalten«, schimpfte Niles.
Ärgerlich fuhr Mason auf: »Machen Sie, was Sie wollen. Ich rufe Lieutenant Tragg an, und die Antwort lese ich morgen früh in der Zeitung.«
»Ich glaube, Mr. Mason«, warf Mrs. Parsons scharf ein, »daß Mr. Niles' Bitte durchaus berechtigt ist. Warten können Sie in der . . .«
»In der Empfangshalle«, fiel ihr Palmer Endicott ins Wort.
Doch Mason lächelte und meinte: »Ich warte in meinem Wagen. Fünf Minuten warte ich. In der Zeit können Sie sich entschließen, ob Sie mit mir oder mit der Polizei sprechen wollen, je nachdem, was Sie für besser halten.«
»Ich sehe nicht ein, was die Polizei mit . . .«
»Bitte!« unterbrach Niles seine Klienten und wandte sich dann an Mason: »Gehen Sie bitte und warten Sie in Ihrem Wagen, Mason.«
Mason verbeugte sich. »Fünf Minuten«, sagte er und verließ das Zimmer.
Auf die Sekunde fünf Minuten nachdem er sich in seinen Wagen gesetzt hatte, ließ der Rechtsanwalt den Motor an, fuhr langsam an Paddington Niles' Wagen vorbei zur Garage, drehte um und fuhr wieder los, am Haus vorbei auf den Fahrweg.
Er war noch keine zehn Meter weit gekommen, da flog die Haustür auf, Ralph Endicott schoß heraus und winkte ihm wild zu.
Mason brachte seinen Wagen zum Stehen.
»Kommen Sie herein, Mr. Mason, kommen Sie nur herein!« rief Endicott. Seine Stimme zitterte vor Aufregung. »Wir warten auf Sie, wir möchten mit Ihnen sprechen.«
Mason hielt an und ließ den Wagen so stehen, daß er die Ausfahrt versperrte. Dann stieg er aus und sagte: »Ich dachte schon, Sie hätten sich entschlossen, mich zur Polizei gehen zu lassen.«
»Nein, nein, nein, bloß nicht! Kommen Sie nur herein! Vielleicht haben wir ein paar Sekunden über die Zeit gebraucht, aber nur ein paar Sekunden, ganz wenige nur, Mr. Mason.«

Mason folgte Ralph Endicott zurück in die Bibliothek.
Die anderen sahen auf, als er eintrat.
Paddington C. Niles blickte finster drein. Die Verlegenheit stand ihm auf dem Gesicht geschrieben. Palmer Endicott versuchte freundlich zu sein, was gar nicht zu seinem Wesen paßte und seine Worte völlig unglaubwürdig machte. Er sagte: »Nehmen Sie doch Platz, Mr. Mason, nehmen Sie Platz und machen Sie es sich bequem.«
Lorraine Parsons zwang sich zu einem eisigen Lächeln. »Aber so setzen Sie sich doch, Mr. Mason!«
Mason ließ sich am anderen Ende des Tisches nieder.
»Würden Sie ihm bitte den Sachverhalt erklären, Niles?« bat Ralph Endicott.
Niles schüttelte den Kopf. »Das kommt alles ein wenig überraschend, soweit es mich betrifft. Schildern Sie Mason die Sachlage, und ich höre zu, wenn Sie sie nochmals durchsprechen. Aber richtig.«
»Ja, natürlich«, nickte Ralph Endicott gereizt.
Mason zündete sich eine Zigarette an. »Also los!« sagte er.
»Anfangs, Mr. Mason«, begann Ralph Endicott, »war ich der Meinung, das besagte Testament, das mein Bruder hinterlassen haben soll, sei das Ergebnis von Hinterlist, unerlaubter Einflußnahme und verschiedenen anderen ungesetzlichen Mitteln. Die Krankenschwester, die ihn pflegte, sah, daß er nie ganz bei Verstand war, und in einem passenden Augenblick brachte sie ihn dazu, das Testament zu unterschreiben.«
Palmer Endicott, der bisher freundlich ausgesehen hatte, lehnte sich in seinem Sessel zurück und hörte dem Bericht seines Bruders mit kaltem Zynismus zu. Lorraine Parsons nickte langsam.
»Ich möchte gar nicht über den Erbstreit sprechen«, warf Mason ein.
»Wir aber.«
»Alles, was ich wissen möchte, ist die Zeit, zu der Sie mit Rose Keeling gesprochen haben. Ich möchte die Uhrzeit so genau wissen, wie Sie sich ihrer erinnern können.«
»Darauf komme ich noch zu sprechen«, erklärte Ralph Endicott, »aber ich mache das auf meine Art. Da Sie nun einmal hier sind, können wir genausogut über den ganzen Fall sprechen. Vielleicht kommen wir zu einer Verständigung.«
»Ich bin nur darauf vorbereitet, über den Mord zu sprechen«, sagte Mason.

»Gut, dann hören Sie zu, was *ich* zu sagen habe«, meinte Endicott bissig. Die anderen nickten.
»Ich nahm an«, fuhr Ralph fort, »daß die Zeuginnen des Testaments gleichermaßen schuldig waren wie die sogenannte Erbin. Ich nahm an, bei der ganzen Angelegenheit müßte für sie etwas herausgeschaut haben, und ich war sicher, daß mein Bruder, ganz gleich, was man ihm eingegeben hat und wie sehr sein Verstand durch Krankheit und unerlaubten Einfluß umnebelt war, niemals freiwillig ein solches Testament aufgesetzt hätte. Dieses Testament ist von der Nutznießerin geschrieben worden. Dann wurde es ihm unter die Nase gehalten, und er sollte unterschreiben.«
»Das widerspricht aber den Aussagen der beiden Zeuginnen, die das Testament unterschrieben haben«, sagte Mason.
»Halt, einen Augenblick! Darauf komme ich noch zu sprechen«, warf Endicott schnell ein.
»Gut, machen Sie weiter.«
»Deshalb trat ich mit Rose Keeling in Verbindung. Ich erklärte ihr genau, was ich von der Sache hielt. Zuerst weigerte sich Miss Keeling, mit mir irgendwie zusammenzuarbeiten oder mir eine andere Auskunft als jene nachgeplapperte Aussage zu geben, für die sie bezahlt worden war.«
Mason zog ruhig an seiner Zigarette.
»Und dann fing das Gewissen an, sie zu quälen«, fuhr Ralph Endicott fort. »Schließlich erzählte sie mir eine bemerkenswerte Geschichte.«
»Was für eine Geschichte?« fragte Mason.
»Es war eine ganz außergewöhnliche Geschichte. Sie erklärte, Mrs. Marlow hätte mit ihr über das Testament gesprochen, einen Tag, bevor es aufgesetzt wurde. Sie hätte ihr gesagt, ihr Patient, der wirklich reich sei, wolle ein Testament zu ihren Gunsten machen, und er hätte ihr das Testament diktiert. Seine rechte Hand wäre gelähmt, so daß er mit ihr das Testament nicht unterschreiben könnte; er wollte es aber mit der linken Hand machen.«
»Zu jener Zeit war das Testament schon entworfen?«
»Es lag ein Entwurf in Mrs. Marlows Handschrift vor. Sie sagte, mein Bruder hätte die Sätze des Testamentes diktiert. Sie versprach Rose Keeling einen erheblichen Geldbetrag, wenn Rose als Zeugin unterschrieb und das Testament anerkannt würde. Rose Keeling konnte nicht wissen, was Mrs. Marlow der anderen

Zeugin, Ethel Furlong, versprochen hatte, aber es ist anzunehmen, daß es im wesentlichen das gleiche war.
Die beiden Krankenschwestern betraten den Raum, in dem mein Bruder lag. Mrs. Marlow sagte zu ihm: ›Nun, Mr. Endicott, ich habe das Testament so entworfen, wie Sie es wünschten. Unterschreiben Sie bitte hier.‹ Doch mein Bruder erklärte: ›Ich kann mit meiner rechten Hand nicht unterschreiben‹, und Mrs. Marlow sagte: ›Gut, dann unterschreiben Sie eben mit Ihrer linken Hand.‹
Daraufhin bat mein Bruder, sie solle ihm das Testament in Anwesenheit der beiden Zeuginnen vorlesen, und sie sagte: ›Nein, nein, das ist nicht nötig. Diese beiden Krankenschwestern haben hier auf dem Flur Dienst, und sie können jederzeit herausgerufen werden. Sie können ihren anderen Patienten nicht soviel Zeit wegnehmen, um herumzusitzen und so was anzuhören. Es ist so entworfen, wie Sie es wünschten. Unterschreiben Sie bitte hier!‹
Mein Bruder George scheint ein wenig unsicher gewesen zu sein, ob er es unterschreiben sollte oder nicht, ohne daß es ihm vorgelesen worden war. Aber gerade in diesem Augenblick sah die Oberschwester ins Zimmer und sagte: ›Was ist denn hier los? Auf dem ganzen Flur sind die Ruflampen an.‹ Darauf hatte Mrs. Marlow schnell das Testament versteckt und Rose Keeling hatte gesagt: ›Ich will mich um die Lichter kümmern.‹ Sie hat das Zimmer verlassen und drei Lichter vorgefunden. Zwei davon gehörten zu Patienten, die nur wenig Zeit in Anspruch nahmen, und eins zu einem Patienten, bei dem es länger dauerte, etwa fünf Minuten. Als sie ihre Schuldigkeit getan hatte, kam Rose Keeling wieder ins Zimmer zurück, wo Mrs. Marlow das Dokument in der Hand hielt, das von meinem Bruder unterschrieben sein mußte. Sie sagte: ›Es ist alles erledigt, Rose, er hat das Testament unterschrieben, und alles ist in Ordnung. Jetzt komm du und unterschreib als Zeugin! Sie möchten doch, daß sie es tut, nicht wahr, Mr. Endicott?‹
Und«, fuhr Ralph Endicott triumphierend fort, »mein Bruder George sagte nichts. Er lag mit geschlossenen Augen da und atmete regelmäßig. Rose Keeling glaubte, daß er entweder schlief oder daß man ihm eine starke Dosis Morphium eingespritzt hatte, als sie nicht im Zimmer war. Mrs. Marlow jedoch war beliebt, und Rose Keeling war durchaus dafür, daß die Marlow etwas für die Aufmerksamkeit und Pflege bekam, die sie meinem

Bruder hatte zukommen lassen.
Später, nachdem mein Bruder gestorben war, kam Mrs. Marlow zu Rose Keeling und sagte, die Rechtsanwälte würden noch einige formelle Fragen stellen. Sie erklärte Rose genau, was sie zu sagen hatte. Sie erzählte Rose, sie habe von George vor seinem Tode Juwelen geschenkt bekommen; sie wolle das meiste davon behalten, aber einige wolle sie verkaufen, um sofort Geld zur Verfügung zu haben.
Das tat sie auch und verkaufte einige Diamanten, die, soviel ich weiß, an die zehntausend Dollar wert waren. Die Juwelenkollektion meines Bruders, darunter viele Erbstücke, war mindestens hunderttausend Dollar wert. Jetzt erfuhr ich, daß er einige Wochen vor seinem Tod im Beisein von Ethel Furlong Mrs. Marlow den Schmuck gegeben und ihr gesagt hatte, er wolle, daß sie den Schmuck behielte; er könnte nichts damit anfangen. Direkte Nachkommen, die den Schmuck tragen könnten, habe er nicht, und sie solle ihn an sich nehmen und damit machen, was sie wolle. Mrs. Marlow hatte etwas Bargeld. Sie gab Rose Keeling tausend Dollar in bar und versprach ihr, wenn alles planmäßig ginge und das Vermögen verteilt wäre, ihr weitere neuntausend Dollar zukommen zu lassen.«
»Es ist ziemlich leicht, jetzt, wo Rose Keeling aus dem Wege ist, so eine nette Geschichte zu erzählen. Ich hatte schon damit gerechnet, daß Sie so etwas tun würden, und das war auch der Grund, weshalb ich Ihnen nur fünf Minuten geben wollte. Trotzdem haben Sie ein ganz hübsches Drehbuch zusammengebracht. Schneller geht's nicht mehr. Sie sollten nach Hollywood gehen.«
Doch schnell unterbrach ihn Niles: »So ist es mir sofort berichtet worden, als Sie das Zimmer verlassen hatten, Mason.«
Mason lächelte nur.
»Wir haben dafür aber einen Beweis«, fuhr Niles gereizt fort.
»Einen Beweis?« fragte Mason.
»Allerdings«, sagte Ralph Endicott. »Rose Keelings Gewissen ließ sie nicht ruhen. Sie rief mich hier an und sagte, sie wolle mich in einer äußerst wichtigen Angelegenheit sofort sprechen. Das war gegen halb acht heute morgen. Ich frühstückte zu Ende und fuhr zu ihrer Wohnung. Etwa um acht Uhr war ich dort und fand Rose Keeling in einem äußerst erregten Zustand vor. Sie sagte, sie hätte zugestimmt, etwas zu tun, das nun ihr Gewissen bedrücke und was sie einfach nicht mehr mit sich herum-

tragen könne. Sie habe von Mrs. Marlow tausend Dollar erhalten und sei sicher, daß diese tausend Dollar aus dem Verkauf des Schmuckes stammten, der praktisch aus dem Nachlaß gestohlen war. Sie hätte sich nun entschlossen, dieses Geld abzugeben und ihr Gewissen zu erleichtern, da ich einer der Erben sei und die anderen vertrete. Darauf händigte sie mir einen Scheck über tausend Dollar aus, lautend auf die Central Security-Bank und gab mir die mit Kohlepapier angefertigte Durchschrift eines Briefes, den sie an Marilyn Marlow geschickt hatte.«

Mason kniff die Augen zusammen. »Eine Kohlepapierdurchschrift?« fragte er.

»Ja.«

»Wie war der Brief geschrieben? Mit der Schreibmaschine?«

»Nein, mit Tinte, aber es war eine gute Durchschrift.«

»Könnte ich sie einmal sehen?« fragte Mason.

Ralph Endicott wandte sich an Niles: »Wie ist es, Niles, sollen wir ihm die Durchschrift des Briefes zeigen?«

»Ich sehe keinen Grund, das nicht zu tun«, antwortete Niles. »Wenn Sie schon so weit gegangen sind, würde ich ihm auch alles sagen. Legen Sie die Karten auf den Tisch!«

Während Niles sprach, schlug Endicott die Brieftasche auf, die er zur Hand genommen hatte, und reichte Mason ein Blatt Briefpapier. »Bitte sehr«, sagte er.

Mason sah das Schreiben durch. Es war eine Durchschrift des Briefes, den Marilyn Marlow erhalten und den sie inzwischen wohl schon vernichtet hatte.

»Sehr interessant«, bemerkte er mit gleichgültiger Stimme und ausdruckslosem Gesicht, als er die Durchschrift zurückgab. »Wann hat dies alles stattgefunden?«

»Gegen acht Uhr heute morgen.«

»In Rose Keelings Wohnung?«

»Ja.«

»Wie lange waren Sie da?«

»Insgesamt vielleicht eine halbe Stunde.«

»Und was haben Sie gemacht, als Sie dort wegfuhren?«

»Ich sehe keinen Grund, darauf einzugehen. Das betrifft rein private Angelegenheiten. Ich nehme an, Sie interessieren sich nur für Rose Keeling . . .«

»Erzählen Sie es ihm ruhig weiter«, brummte Niles. »Sie haben zugegeben, Rose Keeling gesehen zu haben, und wenn sie er-

mordet worden ist, fahren sie am besten mit Ihrer Geschichte fort.«
»Es sind rein persönliche Angelegenheiten«, protestierte Endicott.
»Mach weiter, Ralph«, befahl Mrs. Parsons, »sonst sieht es aus, als wolltest du ausweichen. Sag Mr. Mason, wohin du gegangen bist.«
Ralph Endicott runzelte die Stirn und fuhr fort: »Also gut. Es ist eine Menge belangloser Kram. Ich habe Miss Keelings Wohnung gegen zwanzig vor neun heute morgen verlassen. Von da aus bin ich zum Büro eines Autoverkäufers gefahren, bei dem ich seit einiger Zeit einen neuen Wagen bestellt hatte. Ich war sicher, daß die Leute mich übergingen und hinten herum Wagen verkauften. Vor einigen Monaten war ich vierundzwanzigster auf der Liste, und jetzt wurde ich benachrichtigt, ich sei fünfzehnter. Denen habe ich eine Szene gemacht. Gegen neun Uhr bin ich dort weggefahren. Für Viertel nach neun war ich bei meinem Zahnarzt bestellt. Bei dem war ich bis kurz vor zehn. An diesen Zeitpunkt kann ich mich erinnern, weil ich an den Scheck dachte, als ich im Behandlungsstuhl beim Zahnarzt saß. Ich wußte, daß er ein wichtiges Beweismittel war. Wenn ich ihn einlöste, würde die Bank ihn an Rose Keeling zurückschicken, zusammen mit ihren anderen eingelösten Schecks. Wenn ich ihn aber als Beweisstück behielt, könnte sie ihre Absicht ändern und ihn sperren lassen.
Kurz bevor ich beim Zahnarzt wegging, kam mir die Idee, den Scheck zu behalten, ihn mir aber bescheinigen zu lassen. Ich sah auf meine Uhr. Es war ein paar Minuten vor zehn. Ich eilte zu der Bank und war um fünf nach zehn am Schalter. Als der Kassierer den Scheck bestätigte, bat ich ihn, um sicherzugehen, die Uhrzeit der Bescheinigung draufzuschreiben. Sie können sehen, er hat zehn Uhr zehn draufgeschrieben.
Von der Bank aus fuhr ich zu meinem Schachklub. Dort kam ich gegen zwanzig nach zehn an und nahm an einem Turnier teil. Bis gegen halb vier habe ich ununterbrochen gespielt. Dann habe ich ein Brötchen gegessen und eine Malzmilch getrunken und bin mit meinem Wagen nach Hause gefahren, einem A-Modell von Ford. Seitdem bin ich hier. – Hier ist der bestätigte Scheck, wenn Sie ihn untersuchen wollen.«
»Ich nehme an, Sie können alle diese Zeiten nachweisen?« fragte Mason und nahm den Scheck, den Ralph Endicott ihm reichte.

»In der Tat, das kann ich. Weil ich zufällig Schach mit Zeitbegrenzung gespielt habe, und besonders, weil ich dort zu den besten Spielern gehöre, wurden die Spiele sowie die Zeiten, die dafür gebraucht wurden, notiert. Doch ich halte dies alles für nebensächlich und belanglos.«
Mason, der den Scheck untersucht hatte, fragte: »Haben Sie gesehen, wie sie den Scheck unterschrieben hat?«
»Ja.«
»Ich sehe, hier ist ein etwas verwischter, aber noch gut sichtbarer Fingerabdruck auf der Rückseite des Schecks.«
»Zeigen Sie mal her.«
Mason deutete auf den verwischten Fingerabdruck.
»Wahrscheinlich von mir«, sagte Ralph Endicott sofort.
»Mit Tinte gemacht?«
»Ganz recht. Jetzt fällt mir ein, daß ich den Scheck indossieren wollte, aber der Kassierer sagte, ich sollte das nicht tun. Wenn ich ihn bestätigt haben wollte, würde die Bescheinigung zeigen, daß er so sicher wie Gold wäre. Er sagte, ich sollte ihn nicht indossieren, ehe ich ihn nicht einlösen wollte.«
»Na, dann wollen wir mal diesen tintenverschmierten Abdruck untersuchen«, sagte Mason, »und sehen, ob es Ihr Fingerabdruck ist.«
»Ich finde, das ist verdammt unverschämt!« schimpfte Endicott los.
»Das meine ich auch«, stimmte Niles zu.
»Ich aber nicht«, sagte Palmer Endicott ruhig. »Wenn wir unsere Karten auf den Tisch legen wollen, dann ruhig alle. Rose Keeling ist heute ermordet worden. Ralph war bei ihr. Er hat von ihr einen Scheck bekommen, ist damit zur Bank gefahren und hat ihn vorgezeigt und bestätigen lassen. Unter diesen Umständen muß er über jede Minute seines Zeitplans Rechenschaft ablegen, und wenn er es nicht jetzt kann, so möchte ich für meinen Teil das wissen.«
Ralph Endicott sah ihn gereizt an. »Was willst du denn?« fragte er. »Willst du Anspielungen machen?«
»Ich mache keine Anspielungen«, entgegnete Palmer. Er blickte noch auf seine gefalteten Hände und war völlig ruhig. »Ich gehe der Sache nur auf den Grund. Ich möchte genausoviel wissen wie Mason.«
»Mein eigener Bruder«, stöhnte Ralph.
»Und damit tue ich dir einen großen Gefallen«, meinte Palmer.

»Gewiß«, meinte Ralph bissig, »ich weiß genau, wie gern du mir einen Gefallen tust.« Er fuhr mit seinem Zeigefinger vor seiner Kehle durch, als wollte er sie abschneiden.
Niles fuhr aufgeregt dazwischen. »Aber, aber, meine Herren, bedenken Sie, daß Mr. Mason hier ist und daß Mr. Mason eine andere Partei vertritt. Offengesagt, ich sehe keinen Grund, an Ihren Worten zu zweifeln oder in ein Kreuzverhör einzuwilligen.«
Palmer Endicott schob den Stuhl zurück und sagte: »Sie können machen, was Sie wollen, aber was mich betrifft, ich will Klarheit über diesen Fingerabdruck haben, und zwar auf der Stelle.«
»Ralph versucht gar nicht, dir etwas vorzuenthalten, Palmer«, sagte Lorraine Parsons heftig. »Es ist nur, daß wir uns nicht über Familienangelegenheiten streiten wollen, wenn dieser ... dieser Anwalt dabei ist.«
Doch Palmer Endicott meinte: »Das Schwierige bei Ralph ist nur, daß er glaubt, er wäre furchtbar geschickt. Er versucht immer, allem einen schönen Anstrich zu geben. Wenn er doch mal lernen würde, sich auf das Thema zu beschränken und nichts als die Wahrheit zu sagen, kämen wir alle besser dabei weg. Hätte er damals nicht versucht, alles zu beschönigen, hätte er vor zehn Jahren der Wahrheit die Ehre gegeben, wären wir heute nicht auf das Testament unseres Bruders angewiesen. Wir hätten unabhängig davon reich sein können und ...«
»Palmer«, schimpfte Lorraine, »das wollen wir jetzt nicht erörtern!«
»Ich habe ja nur gedacht ...«
»Dann laß das bitte.«
Palmer ging in das anliegende Zimmer und rief: »Hier ist ein Tintenfaß im Schreibtisch. Können Sie mit einem gewöhnlichen Stempelkissen Fingerabdrücke machen, Mr. Mason?«
»Ich glaube schon«, sagte Mason.
»Das ist ja alles verrückt«, knurrte Ralph Endicott.
Niles rutschte unbehaglich in seinem Sessel herum. »Ich kann es nicht gutheißen, daß ...«
Aber Palmer Endicott kam ins Zimmer zurück. In der Hand hatte er ein Stempelkissen und ein Blatt Papier. »Bitte sehr«, sagte er und hielt Ralph Endicott das Papier hin. »Ein weißes Blatt Papier und ein Stempelkissen. Jetzt zeig uns mal deine Fingerabdrücke.«
Ärgerlich zischte Ralph Endicott: »Du bist verrückt, Palmer.«

»Verrückt wie ein Fuchs«, meinte Palmer. »Komm her und mach deine Fingerabdrücke.«
Er ging zu einem kleinen Tisch in einer Ecke des Zimmers, legte das Blatt Papier und das Stempelkissen hin und sagte: »Ich mache uns inzwischen einen Drink.«
»Muß ich das tun?« fragte Ralph Endicott den Rechtsanwalt.
»Ich würde sagen, nein«, meinte Niles.
Doch Palmer Endicott, der in der Tür zum Butlerzimmer stand, sagte ruhig, aber bestimmt: »Geh an den Tisch und mach deine Fingerabdrücke auf das Papier. Soll ich für alle Whisky mit Soda bringen?«
»Ich glaube, Whisky mit Soda wäre für uns alle das richtige, Palmer«, sagte Mrs. Parsons. »Aber ich glaube nicht, daß Mr. Mason mit uns trinken möchte.«
Ralph Endicott ging zu dem kleinen Tisch, drückte seine Finger auf das Stempelkissen und rollte sie dann mürrisch auf dem Papier ab.
Palmer Endicott, der noch in der Tür stand, sagte: »Niemand soll behaupten, die Endicotts seien nicht gastfreundlich. Whisky mit Soda, Mr. Mason?«
»Ja, bitte«, sagte der Rechtsanwalt.
Palmer Endicott verließ das Zimmer.
Sein Bruder Ralph, der mit der rechten Hand fertig war, drückte die linke Hand auf das Stempelkissen und übertrug die Fingerabdrücke auf das Papier. Dann wedelte er mit dem Papier durch die Luft, damit die Farbe trocken wurde, und legte es vor Mason hin. Er machte ein finsteres Gesicht.
»Ich finde es empörend, wie unsere Familie verdächtigt wird!« schimpfte Mrs. Parsons. »Die Endicotts sind zuweilen arm gewesen, doch niemals ehrlos.«
Während Mason die Fingerabdrücke untersuchte, herrschte eine unangenehme Stille im Zimmer.
Palmer Endicott kam aus dem Butlerzimmer zurück, mit einer halben Flasche Whisky, Gläsern und Eisstücken. »Wie steht's?« fragte er Mason.
Mason verglich die Fingerabdrücke miteinander und sagte: »Es sieht aus wie ein Daumenabdruck – ich glaube – ja, ganz recht. Es ist der Abdruck des rechten Daumens. Sie stimmen völlig überein.«
»Das will ich mir auch mal ansehen«, sagte Niles. Er ging hinüber zu Mason und sah dem Rechtsanwalt über die Schulter.

Endlich nickte er. »Allerdings«, sagte er, »sie scheinen sich zu decken.«
Palmer Endicott goß Whisky in die Gläser. Dabei benutzte er kein Maß. Man merkte, daß er sich Mühe gab, so wenig wie möglich einzugießen. Als er die Gläser mit Soda nachfüllte, hatte das Getränk nur noch eine ganz schwache Bernsteinfärbung.
»Ich hoffe, Sie sind jetzt zufrieden«, sagte Ralph.
Palmer Endicott schob das Tablett hinüber, um seiner Schwester einen Drink anzubieten. »Ich bin aber noch nicht zufrieden. Ich bin höchstens überzeugt. Natürlich hattest du gar keinen Grund, sie zu töten«, fuhr er nachdenklich fort. »Soweit ich das sehen kann, fehlt es am Motiv. Aber Gelegenheit hattest du dazu, das steht außer Frage.«
»Hatte ich nicht«, sagte Ralph wütend. »Sie lebte noch und war wohlauf, als ich sie verließ, und ich wette, die Autopsie wird zeigen, daß sie erst viel später getötet worden ist.«
»Wissen Sie die genaue Todeszeit, Mason?« fragte Niles.
»Ich nehme an, es war gegen elf Uhr vierzig«, antwortete Mason.
»Na, das werden wir ja von der Polizei erfahren«, meinte Niles.
Palmer Endicott, der an seinem Glas nippte, nickte langsam.
»Hier auf dem Scheck sehe ich, daß Rose Keeling eine sehr weiche Feder benutzte, wenn sie ihre Unterschrift machte. Ihre Handschrift ist ziemlich senkrecht und recht verwaschen.«
Niles nickte. »Das habe ich auch schon gesehen.«
»Aber auf dieser Kohledurchschrift des Briefes ist das nicht so.«
»Natürlich nicht«, sagte Lorraine Parsons. »Der ist ja auch mit einer ganz anderen Feder geschrieben worden. Verwechseln Sie das bitte nicht, Mr. Mason.«
Mason lächelte freundlich. »Das ist der springende Punkt. Dieser Brief muß mit einem Kugelschreiber geschrieben worden sein. Sonst wäre eine so klare Durchschrift gar nicht möglich gewesen.«
Mrs. Parsons sagte scharf: »Es ist dieselbe Handschrift, genauso steil wie die Unterschrift auf dem Scheck, den die Bank bestätigt hat.«
Mason lächelte. »Verstehen Sie mich nicht falsch. Ich habe nur darauf aufmerksam gemacht.«
Ralph Endicott drehte sich zu Niles um. »Nun, was halten Sie davon?« fragte er den Anwalt.
»Ich glaube, Sie sind Mason gegenüber mehr als offen gewe-

sen«, sagte dieser. »Ich glaube, Sie haben sich bemüht, ihm Dinge zu berichten, die Sie ihm bestimmt nicht hätten zu berichten brauchen.«
»Ich wollte, daß er einen Überblick über die ganze Angelegenheit erhält«, erklärte Ralph.
»Den hat er jetzt bestimmt.«
Mason schob seinen Sessel zurück. »Ich glaube, das stimmt. Danke sehr.«
Niles gab ihm die Hand. Palmer Endicott kam um den Tisch herum, um ihm die Hand zu geben. Lorraine Parsons verbeugte sich eisig. Ralph Endicott verbeugte sich nur, ohne Anstalten zu machen, ihm die Hand zu reichen. Mason verließ das Haus, stieg in seinen Wagen, fuhr zum nächsten Münzfernsprecher und rief das Polizeipräsidium an.
Lieutenant Tragg war nicht da.
»Ich möchte für ihn eine Meldung hinterlassen«, sagte Mason.
»Gut, wir nehmen sie auf.«
»Können Sie ihn per Telefon erreichen?«
»Ich glaube, ja. Wir können ihn über den Polizeifunk rufen. Was ist los?«
»Sagen Sie ihm, Ralph Endicott hätte der Central Security-Bank heute morgen kurz nach zehn Uhr einen Scheck zur Bestätigung vorgelegt«, begann Mason. »Der Scheck trug das Datum von heute, war zahlbar an ihn und von Rose Keeling unterschrieben. Ist das wichtig?«
»Wenn das wahr ist«, sagte die Stimme am anderen Ende des Drahtes, »ist es furchtbar wichtig.«
»Gut«, sagte Mason, »es ist wahr.«
Er hängte ein und wählte Marilyn Marlows Nummer.
Nach einigen Augenblicken kam sie an den Apparat.
»Sind Sie allein?« fragte Mason.
»Nein.«
»Polizei?«
»Ja.«
»Jetzt geht es hart auf hart«, sagte Mason. »In einer Stunde haben die Beamten eine Durchschrift des Briefes, den Sie vernichtet haben. Leugnen Sie nicht, ihn erhalten zu haben; sagen Sie, er hätte Sie so verrückt gemacht, daß . . .«
Mason hörte ein eigentümliches Geräusch am anderen Ende der Leitung und dann einen unterdrückten Ausruf.
Der Anwalt zögerte einen Moment, dann sprach er, ohne zu

überlegen, weiter: »Ich glaube, der Mordfall ist so gut wie geklärt. Ich habe herausbekommen, daß Ralph Endicott kurz nach zehn Uhr einen Scheck zur Bestätigung vorgelegt hat. Der Scheck trug das Datum von heute und war von Rose Keeling unterschrieben. Dadurch kommt er wohl in die Lage, der letzte gewesen zu sein, der Rose Keeling lebendig gesehen hat. Ich gebe Ihnen den Rat, soweit wie möglich mit der Polizei zusammenzuarbeiten und alles zu sagen, weil ich glaube, daß der Mord in ein paar Stunden aufgeklärt ist.«
Am anderen Ende der Leitung war es still.
»Sind Sie noch da?« fragte Mason.
Da vernahm er Lieutenant Traggs Stimme über den Draht: »Vielen Dank für Ihren Tip. Ich habe mich eingeschaltet, als Miss Marlow auf einmal so einsilbig wurde.«
»Was, zum Teufel, machen Sie denn da?« fragte Mason.
»Ich übe meinen Beruf aus«, erwiderte Tragg.
»Ja«, sagte Mason, »ich auch.«
»So sah es auch aus.«
»Sie scheinen enttäuscht zu sein«, sagte Mason.
»Nicht enttäuscht, nur überrascht. Es ist seltsam, eine Unterhaltung mitzubekommen, die Sie mit einer Klientin führen, und dabei zu hören, wie Sie ihr raten, mit der Polizei zusammenzuarbeiten.«
»Oh, das tue ich immer«, sagte Mason obenhin. »Sie hören meine Gespräche nur zuwenig mit, das ist alles. Haben Sie kürzlich mit dem Präsidium gesprochen?«
»Warum?«
»Ich habe dort angerufen und Ihnen einen Tip hinterlassen.«
»Das ist bestimmt nicht wahr!«
»Doch, doch, über diesen Scheck.«
»Ist das wirklich wahr?«
»Ganz bestimmt! Hängen Sie ein, dann wird das Präsidium Sie anrufen.«
»Wenn das ein Bluff ist und Sie vorhaben, gleich nachdem ich eingehängt habe, das Präsidium anzurufen, komme ich Ihnen zuvor und stelle fest, ob Ihre Information schon vorliegt.«
»Von mir aus«, sagte Mason, »aber was machen Sie mit Miss Marlow?«
»Ich verhöre sie.«
»Nun, sie wird Ihnen antworten«, sagte Mason.
»Ja«, meinte Tragg trocken, »ich war gerade zu dem Schluß ge-

kommen, daß sie *alle* Antworten kennt. Denken Sie daran, versuchen Sie nicht, im Präsidium anzurufen, denn das würde ich Ihnen sehr übelnehmen.«

Und Tragg hängte ein.

Mason rief sein Büro an. Gertie war am Apparat.

»Was machen Sie denn da?« fragte Mason. »Haben Sie Nachtschicht?«

»Miss Street hat gesagt, heute abend könnte es hoch hergehen, und da haben wir uns gedacht, wir bleiben hier. Sie hat ein paar heiße Würstchen und Kaffee mitgebracht, und jetzt sitzen wir hier und unterhalten uns.«

»Della ist da?«

»Gleich neben mir.«

»Dann geben Sie sie mir mal.«

Della Street kam ans Telefon. »Ja, Chef?«

»Gott sei Dank, daß Sie da sind!« rief Mason. »Wir müssen uns beeilen. Holen Sie das Formularbuch und stellen Sie ein *Habeas-Corpus*-Gesuch für Marilyn Marlow aus. Schreiben Sie, daß sie von der Polizei ohne Mitteilung der Gründe festgehalten wird und ihre Verhaftung deshalb ungesetzlich sei. Dann bereiten Sie schon den *Habeas-Corpus*-Befehl vor, der vom Richter zu unterschreiben ist, und sorgen Sie dafür, daß darin eine Sicherheitsleistung zu Miss Marlows einstweiliger Entlassung vorgesehen ist. Haben Sie das?«

»Ja, Chef, Gertie und ich schreiben es sofort in die Maschine.«

»Das ist gut«, sagte Mason, »wir dürfen keine Sekunde verlieren.«

»Die Polizei hat Marilyn Marlow verhaftet?«

»Sie ist dabei«, sagte Mason.

»Und was dann?«

»Dann machen wir uns an ein sehr heikles, sehr delikates und persönliches Problem. Ralph Endicott hat die Durchschrift eines Briefes, von dem er sagt, Rose Keeling hätte ihn gestern an Marilyn Marlow geschickt.«

»O weh!« rief Della Street verzweifelt.

»Ganz recht«, sagte Mason und hängte ein.

13

Marilyn Marlow saß im grellen Licht einer Lampe, das jeden flüchtigen Ausdruck auf ihrem Gesicht mitleidlos sichtbar machte.
Die Detektive und Polizisten, die im Kreise um sie herum saßen, waren unbestimmte, undeutliche Schatten hinter dem blendenden Licht.
»Können Sie nicht das Licht woanders hindrehen?« fragte sie.
»Was ist los?« fragte Sergeant Holcomb mit höhnischer Stimme. »Haben Sie Angst, wir könnten Ihnen in die Augen sehen?«
»Ich habe nicht mal Angst, daß Sie meine Gedanken lesen«, sagte sie unwillig, »aber ich bekomme davon Kopfschmerzen. Es ermüdet mich. Es blendet genauso, wie wenn man nachts fährt, müde ist und einem eine endlose Reihe Autolichter entgegenkommt.«
»Los, los«, unterbrach Sergeant Holcomb, »wir wollen nicht über das Licht, sondern über unseren Fall sprechen. Je schneller Sie uns davon erzählen, desto eher wird das Licht ausgemacht.«
»Woher haben Sie die hübschen Diamanten?« fragte ein anderer.
»Das habe ich Ihnen doch schon gesagt. Meine Mutter war Krankenschwester. Sie pflegte George P. Endicott monatelang, bevor er starb. Er wußte schon lange vorher, daß es mit ihm zu Ende ging, und da hat er ihr den Familienschmuck geschenkt. Er sagte, es gäbe sonst keinen, der ihn nach seinem Tod tragen könnte.«
»Außer zwei Brüdern und einer Schwester.«
»Um die hat er sich nie gekümmert. Während er im Sanatorium war, haben sie ihn kein einziges Mal besucht. Erst nach seinem Tod entdeckten sie ihre Liebe zu ihm. Da zogen sie in sein Haus und nahmen alles in Beschlag, dessen sie habhaft werden konnten.«
»Sie sind ziemlich nachtragend, nicht wahr?«
»Ich bemühe mich nur, Ihnen die Wahrheit zu sagen.«
»Gut«, sagte eine Stimme aus dem Schatten, »wie war das also mit den Diamanten?«
»Die gehörten zu dem Schmuck. Er hat sie meiner Mutter gegeben, und ich habe sie von meiner Mutter geerbt, als sie ... als sie starb.«

Eine höhnische und krächzende Stimme, eine Stimme, die nur spöttische und ungehörige Bemerkungen zu machen schien, kam aus dem Schatten hinter der Lampe.
»Ihre Mutter war Krankenschwester. Sie hat Endicott gepflegt. Sie hat eine Menge getan, als er ins Gras biß. Woher wissen Sie, daß sie nicht nachgeholfen hatte, ihn von der Bildfläche verschwinden zu lassen?«
Marilyn Marlow fuhr von ihrem Stuhl hoch. »Wollen Sie meine Mutter des Mordes beschuldigen?« rief sie. »Nun, Sie . . .«
Eine riesige Hand legte sich auf ihre Schulter und drückte sie nieder. »Setzen Sie sich, Mädchen, und beantworten Sie die Fragen. Fangen Sie nicht an zu schimpfen. Nun, wann haben Sie Rose Keeling zuletzt gesehen?«
»Ich . . . ich weiß nicht mehr, wann das war.«
»Sie haben sie heute gesehen, nicht wahr?«
»Ich . . . ich weiß nicht mehr, wann . . . wann ich sie gesehen habe.«
»Ja, bleiben Sie ruhig stecken. Bring die andere Dame herein, Joe!«
Eine Tür wurde geöffnet. Eine Frau kam herein und blieb, undeutlich sichtbar, in dem tiefen Schatten hinter dem grellen Licht stehen.
»Sehen Sie sie an«, sagte eine Stimme, »haben Sie sie schon mal gesehen?«
»Ich kann nicht sehen, wer es ist«, sagte Marilyn Marlow.
»Mit Ihnen sprechen wir nicht«, sagte die höhnische Stimme. »Wir sprechen mit der Zeugin. Haben Sie die Dame auf dem Stuhl früher schon mal gesehen? Die dort unter der Lampe?«
»Ja, allerdings«, sagte eine wohltönende Frauenstimme.
»Gut. Und wo haben Sie sie bereits gesehen?«
»Sie ist die Frau, von der ich gesprochen und die ich Ihnen als diejenige beschrieben habe, die ich aus Rose Keelings Wohnung habe kommen sehen, die . . .«
»Halt, halt!« warnte die Stimme. »Sie dürfen nicht alles vor der Verdächtigen ausplaudern. Aber diese Frau haben Sie gesehen? Es ist die, von der Sie uns bereits erzählt haben?«
»Ja, ja, ganz recht.«
»Gut, das ist alles. Bring sie raus, Joe!«
Die weibliche Gestalt wurde aus der Tür geschoben.
»Also, Baby«, sagte die Stimme, »los jetzt, wir wollen fertig werden.«

Marilyn Marlow war völlig durcheinander. »Ich habe *versucht*, Rose Keeling zu besuchen.«
»Natürlich. Sie sind heute zu ihrer Wohnung gegangen. So, und jetzt erzählen Sie uns, was da geschehen ist. Und wenn Sie versuchen zu lügen, bringen Sie Ihren hübschen Nacken in eine Hanfschlinge.«
»Ich . . . ich bin nur hingegangen.«
»Erzählen Sie uns doch so was nicht! Sie sind reingegangen. Die Zeugin hat Sie die Treppe herunterkommen und aus dem Haus gehen sehen. Sie hat alles beschrieben. Sie hatte das Gefühl, daß etwas nicht in Ordnung war, und deshalb hat sie auf jeden geachtet, der kam und ging. Wir haben den ganzen Zeitplan. Wenn Sie versuchen, uns hinzuhalten, so schaden Sie nur sich selbst. Wenn Sie ehrlich sind und uns alles berichten, geben wir Ihnen eine Chance. Wir müssen wissen, daß mit Ihnen alles in Ordnung ist. Nun, warum haben Sie uns nicht gesagt, daß Sie zu Rose Keelings Wohnung gegangen sind?«
»Ich . . . ja, ich habe sie wirklich nicht gesehen.«
»Was soll das heißen, Sie haben sie nicht gesehen?«
»Sie . . .«
»Ja, weiter!«
Gereizt sagte Sergeant Holcomb: »Ich sage Ihnen, wir kommen mit ihr nicht weiter. Sie führt uns im Kreis herum; wir haben alles von ihr, was wir brauchen, alles, was geschehen ist. Wir kennen alle, die gekommen und gegangen sind, und wissen die Zeiten, wann das geschah, dank dieser Zeugin.«
»Ich sage Ihnen doch, sie war schon tot, als ich dorthin kam!« sagte Marilyn Marlow verzweifelt.
Plötzlich herrschte im Raum eine tiefe Stille. Niemand bewegte sich, niemand sprach. Einen Augenblick lang war es, als ob keiner atmete.
Verzweifelt stieß Marilyn Marlow hervor: »Ich bin hingegangen, um sie zu besuchen. Ich ging hinauf, und da war sie tot.«
»Wie sind Sie zur Tür hereingekommen?«
»Ich hatte einen Schlüssel, aber ich brauchte ihn nicht. Die Tür war offen, als ich zurückkam.«
»Wer hat Ihnen den Schlüssel gegeben?«
»Rose. Sie bat mich, zu ihr zu kommen und mit ihr Tennis zu spielen. Sie gab mir einen Schlüssel, damit ich ins Haus kommen und die Treppe hinaufgehen konnte.«
»Was haben Sie mit dem Schlüssel gemacht?«

»Ich habe ihn auf dem Tisch liegen lassen.«
»Und was ist dann mit ihm geschehen?«
»Ich weiß nicht. Ich glaube ... jemand könnte ihn weggenommen haben – irgend jemand.«
»Natürlich, ganz klar.«
»Ich sage Ihnen doch, *irgendwer* kann es getan haben.«
»Gut, lassen wir den Schlüssel mal einen Augenblick. Was geschah, als Sie in der Wohnung waren?«
»Sie war tot.«
»Warum haben Sie uns das nicht früher gesagt?«
»Ich ... ich wollte nicht hineingezogen werden.«
»Nun, jetzt sind Sie aber drin. Es wäre am besten, wenn Sie reinen Tisch machten. Was ist also geschehen?«
»Sie lag dort auf dem Boden, genauso, wie ... genauso, wie Sie sie gefunden haben.«
»Komm, komm«, sagte die höhnische Stimme, »vergessen Sie nicht, daß wir einen Zeitplan von allen haben, die kamen und gingen. Wir wollen die Wahrheit wissen und nichts anderes. Es wäre am besten, Sie erklären es uns, solange das Erklären noch etwas nützt.«
Da sagte sie verzweifelt: »Nun, Mr. Mason ist auf *meine* Veranlassung dorthin gekommen.«
Noch einmal herrschte plötzlich tiefes Schweigen.
»Weiter!« forderte die höhnische Stimme.
Doch diese Stille war zu überraschend, zu frohlockend eingetreten. Sie zeigte Marilyn Marlow plötzlich, daß sie etwas gesagt hatte, was die Beamten noch nicht wußten, daß sie in eine Falle gegangen war. Deshalb erklärte sie: »Ich glaube nicht, daß ich noch was sage.«
»Na, ist *das* nichts?« meinte die höhnische Stimme.
»Sie hat sich selbst verraten. Sie gibt zu, bei der Ermordeten im Zimmer gewesen zu sein. Sie gibt zu, daß sie dabei war, als das Verbrechen begangen wurde, und jetzt wird sie vorsichtig und will nicht mit uns darüber sprechen. Das paßt doch nicht zueinander!«
»Ich war nicht dabei, als das Verbrechen begangen wurde!«
»Aber sicher, das waren Sie, Mädchen. Versuchen Sie doch jetzt nicht, es abzustreiten. Dazu ist es zu spät.«
»Ich sage Ihnen doch, ich war nicht dabei!«
»So, Sie behaupten also, Sie wären später dazugekommen. Was haben Sie mit dem Messer gemacht?«

»Ich sage Ihnen doch, ich habe kein Messer gehabt. Ich hatte gar nichts, womit ich etwas hätte tun können. Ich . . .«
»Und da haben Sie Perry Mason angerufen«, unterbrach Sergeant Holcomb. »Und was hat Mason getan?«
»Ich habe Ihnen gesagt, ich will hierüber nicht mehr sprechen. Wenn Sie noch etwas aus mir herausbekommen wollen, bestehe ich darauf, mit meinem Rechtsanwalt zu sprechen, bevor ich irgend etwas sage.«
»Es ist gar nicht nötig, die Stalltür zu untersuchen, nachdem das Pferd gestohlen ist«, sagte Holcomb. »Sie haben zugegeben, daß Sie dort waren. Sie haben zugegeben, daß Sie Perry Mason angerufen und gebeten haben, zu kommen. Nun, was haben Sie beide denn ausgeheckt? Wie kam es, daß Mason Sie fortgeschickt hat?«
»Ich sage nichts.«
»Sie haben gesagt, Sie hätten Mason angerufen. Wie kommt es, daß Ihre Fingerabdrücke nicht auf dem Telefonhörer waren?«
Sie preßte ihre Lippen zu einem schmalen Strich zusammen.
Jetzt prasselten die Fragen unaufhörlich auf sie nieder. Ihre Augen waren von dem unbarmherzigen Strahl des grellen Lichts ermüdet. Ihre Ohren schmerzten bei jedem Wort, das sie aufnehmen mußten. Ihre Nerven waren zum Zerreißen angespannt, und die unaufhörlichen Fragen, die gnadenlos auf sie herniederhagelten, ließen sie zusammenzucken wie schmerzhafte Schläge.
»Wie war das doch mit dem Brief, den Sie von Rose Keeling bekommen haben? Was haben Sie damit gemacht? Warum haben Sie ihn vernichtet? Wer hat Ihnen gesagt, Sie sollten ihn vernichten?«
Sie versuchte, ihrer Miene den Ausdruck kalter Verachtung zu geben.
»Schießen Sie los«, drängte Sergeant Holcomb, »erzählen Sie uns den Rest. Sie wußten, daß es mit dem Erben aus wäre, wenn sie ihre Aussage änderte. Ihre einzige Hoffnung war, die Frau zum Schweigen zu bringen, damit sie ihre Aussage nicht mehr ändern konnte.«
»Ja«, fiel die höhnische Stimme ein, »und dann hätten Sie sich der Aussage bedienen können, die sie bei der Zulassung des Testaments machte, und wären noch einmal mit heiler Haut davongekommen.«
Marilyn Marlow saß da, ohne ein Wort zu sagen.

»Sieh mal an, sie streitet es nicht mal ab«, stichelte die Stimme. »Wir haben ihr einen Mord vorgeworfen, und sie leugnet nicht. Merkt euch das!«
»Ich streite es aber ab!« fuhr sie auf.
»So, so. Wir dachten, Sie wollten nichts mehr sagen.«
»Ich bestreite, sie ermordet zu haben.«
»Aber Sie geben zu, daß Sie nach ihrem Tod in der Wohnung waren, und Sie haben nicht die Polizei gerufen.«
»Ich ...«
Sie merkte plötzlich, daß man sie wieder ins Verhör gezogen hatte, und preßte die Lippen zusammen.
»Also los«, drängte Holcomb, »erzählen Sie uns, was noch fehlt.«
Schweigend saß sie da, innerlich zitternd, doch sie versuchte ruhig auszusehen.
»Na schön«, meinte Holcomb, »lassen wir die Zeitungsmeute auf sie los.«
Einer öffnete die Tür. Männer stürzten ins Zimmer. »Kopf hoch, Marilyn!« sagte einer, und schon flammte ein Blitzlicht auf. Aber ihre Augen hatten sich an das grelle Licht der großen Lampe schon so gewöhnt, daß sie den Blitz kaum wahrnahm.
Es blitzte noch mehrmals. Fotografen rannten mit ihren Kameras umher. »Wie wär's mit einem kleinen Interview«, sprach ein Reporter sie an. »Sie wissen, es kann nie schaden. Nutzen Sie die Gelegenheit, unseren Lesern Ihre Ansicht über den Fall mitzuteilen.«
»Ich habe nichts mitzuteilen«, sagte sie.
»Aber Marilyn, das ist Unsinn! Das dürfen Sie nicht sagen. Wird Ihnen bestimmt schaden. Von der öffentlichen Meinung hängt viel ab, und die öffentliche Meinung wird stark durch den ersten Eindruck bestimmt. Schon jetzt zu Beginn müssen Sie den Lesern Ihre Geschichte auftischen. Denken Sie an die Mädchen, die einen umbrachten und davonkamen. Jede von ihnen hat die Zeitungsleser ganz zu Anfang ins Vertrauen gezogen.«
»Ich habe nichts zu sagen«, wiederholte sie verzweifelt.
Sie bearbeiteten sie weitere fünf Minuten und versuchten mit allen Mitteln, sie zum Sprechen zu bringen.
Dann fotografierten sie noch einmal und verschwanden.
Nun fing die Polizei wieder mit ihr an. Marilyn Marlow, die inzwischen so todmüde war, daß sie sich wie betäubt fühlte, hörte sich selbst Worte sprechen, die sich anhörten, als kämen sie

durch ihren Mund von einem Bauchredner, der von Zeit zu Zeit sagte: »Ich habe nichts zu sagen. Ich habe nichts zu sagen. Ich spreche kein Wort mehr darüber, ehe nicht mein Anwalt hier ist ... Ich verlange, daß man meinen Anwalt holt.«
Sie gingen mit ihr um wie eine Meute wilder Hunde, die nach den Beinen eines unruhigen, nervösen Pferdes schnappt. Sie wäre davongelaufen, wenn nur die Möglichkeit bestanden hätte, zu entkommen ...
Da öffnete sich eine Tür. Sie sah eine große Gestalt in der Tür stehen. Eine ruhige Männerstimme sagte: »Was ist denn hier los?«
»Wir bemühen uns, eine Aussage von Miss Marlow zu erhalten«, erklärte Sergeant Holcomb.
»Und wie machen Sie das?«
»Wir stellen ihr nur Fragen. Wir ...«
»Machen Sie das Licht aus!« befahl Lieutenant Tragg. »Sofort ausmachen!«
Ein Lichtschalter knackte, und endlich konnten sich ihre ermüdeten und schmerzenden Augen erholen, als das grelle Licht ihr nicht mehr ins Gehirn brannte.
»Ich habe Miss Marlow zum Verhör heraufgeschickt«, sagte Lieutenant Tragg ärgerlich. »Das sollte nicht heißen, Sie sollten sie einschüchtern. Sie ist nur Zeugin.«
»Zeugin? Unfug!« fuhr Sergeant Holcomb auf. »Ich möchte nicht respektlos sein, Lieutenant, aber sie hat zugegeben, daß sie im Haus war, etwa als das Verbrechen begangen wurde. Sie behauptet, da sei Rose Keeling schon tot gewesen, aber für diese Behauptung gibt es keinen Beweis. Und dann hat sie Perry Mason angerufen. Sie bat Mason, dorthin zu kommen, und der hat dann offensichtlich alles so weit geordnet, daß sie verschwinden konnte. Sie gibt zu, daß sie dort das Telefon benutzt hat, um Mason anzurufen. Bedenken Sie, auf dem Telefonhörer waren ihre Fingerabdrücke nicht zu finden, nur die von Mason, keine anderen. Der Hörer ist abgewischt und poliert worden, das sieht doch jeder.«
»Trotzdem lasse ich es nicht zu«, sagte Tragg ärgerlich, »daß Miss Marlow einem entehrenden Verhör unterzogen wird. Gehen Sie wieder an Ihre Arbeit. Ich habe Ihnen Anweisungen erteilt. Also gehen Sie schon! Versuchen Sie, mit Kopfarbeit und Beinarbeit Beweise zu bekommen, anstatt mit dem Mund.«
Nun war das grelle Licht über ihrem Kopf ausgeschaltet und

Marilyn Marlow konnte Lieutenant Tragg gut sehen. Er war groß und ziemlich schlank, gut gebaut und hatte scharfgeschnittene Gesichtszüge, die wohltuend von den finsteren Gesichtern der Polizisten abstachen, die sie bisher angestarrt hatten.
Man hörte allgemeines Stuhlrücken und Fußscharren. Mürrisch verließen die Männer das Zimmer, bis schließlich nur noch Lieutenant Tragg bei ihr war.
»Es tut mir leid, Miss Marlow. War es sehr schlimm?«
»Es war schrecklich«, sagte sie, und ihre Stimme klang beinahe ein wenig hysterisch. »Das Licht hat mich so fertiggemacht, daß – nun, es hat mich nicht mehr losgelassen. Ich . . .«
»Ich weiß«, sagte Tragg mitfühlend.
»Ich habe furchtbare Kopfschmerzen bekommen und wußte kaum, was ich sagte.«
»Ich verstehe schon. Wollen Sie nicht in mein Büro kommen?«
Er führte sie durch eine Tür in ein Büro, schob ihr einen bequemen Sessel hin und drehte die Tischlampe so, daß sie im wohltuenden Schatten saß und das Licht auf die Schreibunterlage und auf Traggs Gesicht fiel.
Tragg nahm eine Zigarre aus der Tasche, doch als er das Streichholz halb zur Zigarre geführt hatte, hielt er ein. »Stört es Sie, wenn ich rauche?«
»Keineswegs.«
Er zündete die Zigarre an, lehnte sich im Sessel zurück und sagte mit angenehmer Stimme leichthin: »Ein Polizist hat kein glückliches Leben.«
»Ja, das glaube ich Ihnen gern.«
»Ich habe den ganzen Tag viel zu tun gehabt«, fuhr Tragg fort. »Dieser Fall ist für Sie natürlich ein Unglück. Bei mir ist das anders. Für mich ist es nur ein Fall, der untersucht und gelöst werden muß.«
Er nahm die Zigarre in die Hand, streckte sich und gähnte. Dann betrachtete er einen Augenblick die Spitze der Zigarre und blies blauen Rauch in die Luft. »Ich glaube, Rose Keeling war eine ziemlich seltsame Frau«, sagte er.
»Das glaube ich auch.«
»Wie mag sie dazu gekommen sein, Ihnen den Brief zu schreiben?«
»Was für einen Brief?«
»Den sie Ihnen geschickt hat«, erklärte Tragg. »Ich vermute gestern. Die Endicotts haben eine Durchschrift davon.«

»Ach so! Ich weiß nicht, wie sie dazu gekommen ist, den zu schreiben.«
»Glauben Sie, daß darin die Wahrheit stand?«
»Ganz bestimmt nicht. Ich glaube nicht, daß beim Verfassen des Testaments etwas nicht in Ordnung war. Ich habe mit ihr gesprochen, ehe Mutter starb, und sie hat mir mehrfach erzählt, was geschehen ist. Ich kann mir diesen Brief nicht erklären.«
»Da wir gerade davon sprechen«, bemerkte Tragg wie zufällig, »die Durchschrift des Briefes ist kein besonders gutes Beweisstück. Wir können sie natürlich benutzen, wenn es nötig ist, denn es ist fraglos die Handschrift von Rose Keeling. Aber ich möchte gern das Original haben. Haben Sie es vielleicht zufällig bei sich?«
Er streckte die Hand aus, als ob er sie um ein Streichholz gebeten hätte.
»Nun, ich ... Nein, bei mir habe ich es nicht.«
»So, dann ist es wohl in Ihrer Wohnung?«
»Ich ... ich weiß nicht, wo es ist.«
Tragg zog die Augenbrauen hoch. »Sie haben den Brief gestern bekommen – oder war es heute morgen?«
»Heute morgen.«
»Ach ja, natürlich. Deshalb sind Sie also zu Rose Keeling gegangen?«
»Nein, offen gesagt nicht deswegen.«
»Nein?«
Lieutenant Tragg zog die Augenbrauen hoch, um höflich seinen Unglauben zu zeigen.
Doch da wurde zaghaft an die Tür geklopft. Tragg runzelte die Stirn und rief: »Ich möchte nicht gestört werden.«
Die Tür öffnete sich einen Spalt breit.
»Jetzt nicht«, sagte Tragg über die Schulter. »Ich habe zu tun. Ich möchte nicht gestört werden.«
»Entschuldigung, Lieutenant«, sagte eine Männerstimme. »Ich bin der Hilfssheriff. Diese Papiere müssen sofort vorgelegt werden.«
»Ich will aber keine ... geben Sie mal her!«
Der Sheriff kam ins Zimmer. Er hatte ein paar Papiere in der Hand. »Tut mir leid«, sagte er, »aber es ist meine Pflicht. Dieser Anwalt zieht mir sonst das Fell über die Ohren.«
»Wovon sprechen Sie überhaupt?«
»Ein *Habeas Corpus* für Marilyn Marlow«, erklärte der Hilfs-

sheriff. »Sie muß übermorgen um zwei Uhr vor Gericht erscheinen und in der Zwischenzeit auf freien Fuß gesetzt werden gegen Hinterlegung einer Kaution von zweieinhalbtausend Dollar, es sei denn, daß eine Beschuldigung gegen sie vorliegt. Perry Mason ist unten beim Kassenbeamten, um die zweieinhalbtausend Dollar in bar zu hinterlegen. Er kann jeden Augenblick mit der Quittung hier sein.«

»Vielen Dank für diese Nachricht«, sagte Tragg. »Sie können wieder gehen.«

Der Beamte verließ das Zimmer und zog die Tür hinter sich zu.

»Das bringt Ihnen nichts ein«, sagte Tragg gereizt. »Solche Mittel benutzt ein Anwalt, wenn sein Klient was ausgefressen hat.«

Marilyn Marlow sagte nichts.

»Also«, fuhr Tragg fort, »wie wär's, wenn Sie mir mal erzählten, warum Sie nun wirklich Rose Keeling besucht haben und ...«

Es klopfte wieder an der Tür. Dann öffnete sie sich, und Perry Mason sagte: »Entschuldigung, Tragg, jetzt ist Schluß.«

»Machen Sie, daß Sie rauskommen!« knurrte Tragg. »Das ist mein Privatbüro. Ich ...«

»Bleiben Sie ruhig hier, bis Sie faul werden!« unterbrach ihn Mason. »Kommen Sie nur, Miss Marlow, Sie gehen mit!«

»Sie geht *nicht*!« schimpfte Tragg.

»Sie geht *doch*!« antwortete Mason. »Sie wird auf Grund des *Habeas Corpus* gegen Kaution entlassen. Hier ist die Quittung über die Kaution, und Sie haben den *Habeas-Corpus*-Befehl, aus dem sich ergibt, daß sie gegen Kaution aus der Haft entlassen werden muß.«

»Außer, wenn ihr etwas zur Last gelegt wird«, bemerkte Tragg.

»Legen Sie ihr etwas zur Last«, sagte Mason. »Klagen Sie sie an, und ich zahle Kaution.«

»Angenommen, ich werfe ihr Mord vor?«

»Dann«, sagte Mason, »bekomme ich sie nicht gegen Kaution frei.«

»Nun gut, Sie lassen mich nicht richtig arbeiten, und ich werfe ihr Mord vor.«

»Nun, wenn Sie sie wegen Mordes anklagen, legen Sie ein Ei, das Sie nicht ausbrüten können«, sagte Mason.

»Sie treiben mich dazu!«

»Also los! Ich treibe Sie dazu. Ich vertrete Miss Marlow. Auf

Grund des *Habeas-Corpus*-Befehls wird sie freigelassen und geht mit mir. Hier ist ein Polizist, der dafür sorgt, daß der Gerichtsbefehl ausgeführt wird. Er besagt ausdrücklich, daß sie auf Grund des *Habeas Corpus* aus der Haft und vom Verhör zu entlassen ist gegen Hinterlegung von zweieinhalbtausend Dollar. Diese Kaution ist bar hinterlegt worden, hier habe ich die Quittung des Kassenbeamten. Also kommen Sie, Miss Marlow!«

Marilyn stand auf. Einen Augenblick hatte sie das Gefühl, als ob ihre Knie einsackten und sie nach vorn fiele. Aber dann atmete sie tief und begann zu gehen. Sie erwartete jeden Moment, von Tragg zurückgerufen zu werden.

Doch der saß stumm hinter seinem Tisch. Mason bot Marilyn den Arm, und der Hilfssheriff hakte sie an der anderen Seite unter.

»Das wird Ihnen noch leid tun, Mason!« sagte Tragg.

»Das glaube ich nicht.«

»Gelegentlich hätte ich *Ihnen* ein paar Fragen zu stellen.«

»Sie können jederzeit in mein Büro kommen«, sagte Mason freundlich.

»Ich könnte Sie herkommen lassen.«

»Nicht ohne Vorladung, Tragg!«

»Eine Vorladung bekomme ich.«

»Das ist Ihr Recht.«

Er zog die Tür zu. Der Hilfssheriff sagte: »Nun, Mr. Mason, ich glaube, das ist alles.«

»Bringen Sie uns doch bitte bis auf die Straße«, bat Mason.

Auf der Treppe war er Marilyn Marlow behilflich.

»Sie zittern ja«, sagte er.

»Ich bin fertig«, gab sie zu. »Ich möchte irgendwohin, wo ich laut schreien kann. Ich glaube, ich werde hysterisch.«

»War es schlimm?« fragte Mason.

»Es war schrecklich.«

Mason gab dem Beamten die Hand. »Ich danke Ihnen vielmals.«

»Schon gut, Mr. Mason, ich habe nur meine Pflicht getan. Sie hatten das Dokument, und ich hatte den Auftrag, es auszuführen, und das habe ich getan.«

»Nochmals vielen Dank«, sagte Mason.

Marilyn hörte Papier rascheln und sah ein paar Geldscheine. Dann half Mason ihr in den Wagen, und sie fuhren durch die Straßen.

»Was ist passiert?« fragte Mason.
»Es war schrecklich, schrecklich, schrecklich, schrecklich . . .«
Sie merkte, daß ihre Stimme immer lauter und schriller wurde. Das Wort »schrecklich« war in ihr Gehirn eingebrannt. Ohne daß sie es wollte, wiederholte ihre Zunge dauernd das eine Wort.
Plötzlich stoppte Mason den Wagen ab. »Denken Sie nicht mehr daran«, sagte er. »Jede Sekunde ist kostbar. Vielleicht werden Sie des Mordes beschuldigt. Erzählen Sie mir alles. Weinen Sie, wenn Sie mir alles erzählt haben. Verschieben Sie die hysterischen Anfälle auf später.«
Irgend etwas in den steinharten Augen des Rechtsanwaltes gab ihr allmählich die Selbstbeherrschung zurück.
»Lieutenant Tragg hatte mich gebeten, in sein Büro zu kommen«, berichtete sie. »Er bat mich, ihm etwas von dem Schmuck zu zeigen, den George Endicott meiner Mutter gegeben hatte. Dann meinte er sehr freundlich, es sei am besten, wenn ich möglichst viel davon trüge, weil ein Dieb heimlich in meine Wohnung kommen könnte, wenn ich sie allein lasse und . . .«
»Hat man Sie fotografiert?« fragte Mason.
»Die Polizei? Nein.«
»Hat jemand anders fotografiert?«
»Ja, die Zeitungsleute kamen herein.«
Mason fluchte leise.
»Was ist los?«
»Auf diese Weise hält sich die Polizei gut mit den Zeitungen«, sagte Mason ärgerlich.
»Wie meinen Sie das?«
»Das ist eine ganz nette Reklame für die Polizei«, erklärte Mason. »Man hat Sie dazu gebracht, den Schmuck zu tragen, den Ihre Mutter von Endicott erhielt. Dann wird den Reportern erlaubt, Sie zu fotografieren, und in allen Morgenzeitungen sind Bilder von Ihnen mit der Überschrift: Lieutenant Tragg von der Mordkommission verhört Erbin. Sie trägt ein Vermögen an Schmuck, den ihre Mutter von einem verstorbenen Wohltäter erhielt.‹«
»Oh!« rief Marilyn völlig verzweifelt.
»Und nun weiter«, drängte Mason, »was geschah danach?«
»Lieutenant Tragg war anscheinend verhindert, und so wurde ich zu Sergeant Holcomb und drei oder vier anderen Polizisten geschickt.«

»Vermutlich hat Sergeant Holcomb angefangen, Sie zu verhören«, sagte Mason.
»Ja.«
»Und man plazierte Sie auf einem Stuhl, wo Ihnen grelles Licht ins Gesicht schien. Die Beamten setzten sich im Kreis um Sie herum, dann kamen noch andere, und man begann Sie anzuschreien und Ihnen Fragen zu stellen, ohne daß Ihnen Zeit gelassen wurde, sie zu beantworten. Man machte alle möglichen blöden Bemerkungen und Anschuldigungen und . . .«
»Ja, ganz recht«, unterbrach sie ihn.
»Und dann erschien plötzlich Tragg und war sehr väterlich und freundlich und zuvorkommend. Er nahm Sie mit in sein Büro, und Sie waren so erleichtert, daß Sie dachten, er sei der netteste Mensch der Welt.«
»Genauso war's! Woher wissen Sie das so genau?«
»Das ist die Methode der Polizei. Ein Mann quetscht eine Zeugin aus, bis sie fast verrückt ist, und versucht, soviel wie möglich aus ihr herauszubekommen. Wenn sie dann so weit ist, daß sie nichts mehr sagen will, gibt er ein Zeichen, und ein anderer kommt herein und spielt den vollendeten Gentleman und . . .«
»Sie meinen, das war alles nur gespielt?«
»Nur gespielt.«
»Nun, ich glaube nicht, daß Lieutenant Tragg so einer ist.«
»Lieutenant Tragg hat eine Aufgabe«, erklärte Mason. »Ihm sind die Mittel vorgeschrieben, die er benutzen muß. Er hat gar nicht zu bestimmen, was er tut und was er nicht tut. Er ist nur ein Rad in einer Maschine. Die Polizei muß Ergebnisse erzielen. Sie muß die Leute zum Sprechen bringen. Dazu sind alle Mittel recht. Einige von ihnen sind verdammt geistreich. Machen Sie bloß nicht den Fehler anzunehmen, die Polizei sei dumm.«
»Die ersten waren aber dumm. Sie . . .«
»Ich wette, dann haben sie eine Menge aus Ihnen rausgekriegt.«
»Zuerst nicht, bis mich diese Zeugin wiedererkannte.«
»Was für eine Zeugin?«
»Die Frau, die uns alle aus Rose Keelings Wohnung hat kommen sehen.«
»Ich wette zehn zu eins, daß die auch zur Polizei gehört«, warf Mason geringschätzig ein. »Die Zeugin war eine Komplizin. Sie haben sie nicht genau erkennen können?«
»Nein.«

»Hat sie eine bestimmte Zeit genannt, zu der Sie dort gewesen sein sollen? Hat sie gesagt, wann Sie wieder weggegangen sind?«
Marilyn Marlow dachte einen Augenblick nach; dann sagte sie: »Nein, das hat sie nicht. Sie hat nur gesagt, ich sei die Frau, die sie aus dem Haus habe kommen sehen. Die genaue Zeit hätte sie der Polizei vorher schon angegeben.«
Mason seufzte. »Das ist ein alter Trick. Sie hat niemanden gesehen. Wahrscheinlich eine Stenotypistin aus dem Polizeinachtdienst. Sie hat bestimmt nicht mal gewußt, wo Rose wohnte. Sie hat Sie noch nie gesehen.«
Marilyn Marlow schnappte nach Luft.
»Und was haben Sie gesagt?« fragte Mason.
»Ich glaube – ja, ich glaube, deshalb habe ich es getan. Ich dachte, sie hätte uns alle dort gesehen, und da – da habe ich versucht, Sie herauszuhalten, und habe erzählt, daß *ich* Sie angerufen hätte zu kommen und . . .«
»Und Sie haben zugegeben, daß Sie dort waren und wieder weggegangen sind?«
»Ja.«
»Das verschlimmert die Sache sehr«, sagte Mason. »Man wird Sie wegen Mordes anklagen.«
»Und wenn das geschieht, was bedeutet das für Sie?«
»Eine Menge«, knurrte Mason grimmig.

14

Della Street wartete noch auf Mason, als er die Tür zum Privatbüro aufschloß.
Sie sprang aus dem Sessel und ging ihm entgegen.
»Aber Della, was machen *Sie* denn hier?« fragte Mason. »Es ist doch Mitternacht!«
»Ich weiß, aber ich hätte nicht schlafen können, wenn ich nach Hause gegangen wäre. Was ist passiert?«
»Sie haben sie zum Sprechen gebracht.«
»Wie schlimm war es denn?«
Mason hängte seinen Hut an einen Haken und sagte: »Es ist alles verdorben.«
»War das *Habeas Corpus* noch rechtzeitig fertig?«

»Rechtzeitig, um einiges zu retten. Aber das meiste war schon geschehen.«
»Wie viel?«
»Man hat ihr den alten Trick vorgespielt. Zuerst hat Sergeant Holcomb sie bearbeitet, und dann kam Tragg dazu und war der vollendete Gentleman. Das kann er gut.«
»Was hat sie ihm erzählt?«
»Sie hat den Brief erwähnt und erzählt, daß sie mich angerufen hat, woraus man schließen kann, daß entweder ich die Fingerabdrücke vom Hörer abwischte oder daß ich ihr die Gelegenheit dazu gab. Das ist der springende Punkt, und darum wird Tragg sich sehr bemühen.«
»Aber sie hat doch nicht ausführlich gesagt, daß sie die Abdrücke vom Hörer abgewischt hat oder daß Sie sie dazu ermuntert haben?«
Mason schüttelte den Kopf. »Nicht ausdrücklich. Aber es ist eine einfache Folgerung aus dem, was sie gesagt hat.«
»Wo ist sie jetzt?«
Mason grinste. »Im Augenblick ist sie frei auf Grund des *Habeas-Corpus*-Befehls. Ihren Aufenthaltsort herauszufinden, wird die Polizei höllisches Kopfzerbrechen kosten. Ich möchte nur mal wissen, warum ich das tue, Della! Aber so mache ich es ja immer.«
»Was denn?«
»Für meine Klienten den Hals riskieren. Ich hätte den Fall so anfassen sollen, wie es jeder andere Rechtsanwalt tun würde. Ich hätte die Dinge so nehmen sollen, wie sie lagen, und die Sache ausgehen lassen, wie sie wollte. Aber nein, das ist nicht das richtige für mich. Ich bin immer die letzte Rettung für einen Klienten, dem das Wasser bis zum Hals steht.«
»Schließlich wissen wir auch nicht genau, ob Marilyn Marlow so unschuldig ist, wie sie es uns einredet«, gab Della Street zu bedenken.
»Ich kann mir nun mal nicht vorstellen, daß sie schuldig ist«, sagte Mason.
»Vielleicht nicht wegen eines Mordes, aber ich glaube, sie verschweigt uns etwas. Ich bin mit ihrer Erklärung nicht zufrieden, warum sie die Anzeige in das Magazin *Einsame Herzen* setzte. Ich glaube, wir wissen noch nicht, was sie mit Kenneth Barstow vorhatte.«
Mason setzte sich auf den Tisch, steckte sich eine Zigarette an,

seufzte tief und sah dann Della Street an. »Ich habe Paul Drake gebeten, auf mich zu warten. Ich hatte ihm Arbeit gegeben. Rufen Sie ihn bitte mal an, Della. Er soll herkommen, und dann kann er ins Bett gehen.«

»Haben *Sie* überhaupt vor zu schlafen?«

»Wenn ich das nur wüßte! Ich befinde mich in einer Lage, die man manchmal als ›nicht beneidenswert‹ bezeichnet. Ich hätte wissen müssen, daß Marilyn Marlow in dem Augenblick sprechen würde, in dem man anfing, sie zu bearbeiten. Sie hat nicht das dicke Fell, um einer rauhen Behandlung zu widerstehen.«

»Wir haben ihr Wort für das, was geschah, ehe wir in Rose Keelings Wohnung ankamen – ihr Wort und sonst nichts.«

Mason nickte und bat: »Rufen Sie Drake an!«

Della Street tat das. Einen Augenblick später hatte sie den Detektiv am Apparat.

»Hier ist Della, Paul! Der Chef ist jetzt da. Wollen Sie rüberkommen? . . . Gut, ich schließe Ihnen die Tür auf.«

Della Street legte den Hörer auf, ging zur Tür und öffnete sie. Kurz darauf hörten sie auf dem Flur Drakes Schritte, und der große Detektiv trat ein. Müde ließ er die Schultern hängen und ließ sich schlaff in den tiefen Sessel fallen.

Della Street schloß die Tür.

Drake drehte sich herum, so daß er in seiner Lieblingsstellung quer im Sessel saß.

»Was weißt du, Paul?«

»Sehr viel«, sagte dieser. »Ich habe Ralph Endicotts Alibi untersucht. Darum hattest du mich gebeten. Genau zur selben Zeit hat es auch die Polizei untersucht, daher war es ein Kinderspiel. Es ist vollkommen in Ordnung, absolut hieb- und stichfest.«

»Ist irgend etwas fraglich?«

»Gar nichts. Außer zehn oder fünfzehn Minuten von dem Augenblick, als er beim Zahnarzt wegging, bis er zur Bank kam, ist jede Sekunde seines Zeitplans belegt. Und mit Schachspielen hat er erst drei Stunden nach dem Mord aufgehört.«

Perry Mason ging im Büro auf und ab. Seine Jacke war nicht zugeknöpft, die Daumen hatte er in die Armausschnitte seiner Weste gesteckt und nachdenklich den Kopf vorgestreckt.

»Ich habe dich wegen dieser anderen Zeugin, Ethel Furlong, angerufen«, sagte er unvermittelt. »Hast du mit ihr sprechen können?«

Drake nickte.

»Wie steht's mit ihr?«
Der Detektiv blätterte in einem Notizbuch. »Die Polizei hatte sie festgenommen. Dann hat man sie aber wieder laufenlassen. Einer meiner Leute hat sie ausgefragt. Die Polizei wollte etwas über das Testament sowie den gesamten Sachverhalt herausbekommen. Ihre Aussage ist durchaus in Ordnung. Niemals wurde ihr Geld angeboten, auf keine Weise. Sie hat das Testament bezeugt. Eleanore Marlow, Marilyns Mutter, hatte zwei Krankenschwestern hereingerufen, Ethel Furlong und Rose Keeling. Denen sagte sie, daß Mr. Endicott ein Testament aufsetzen wolle und sie dabei Zeuginnen sein sollten. Sie sagt, Rose Keeling sei unerwartet aus dem Zimmer gerufen worden, als das Testament Mr. Endicott vorgelesen wurde, aber sie sei zurückgewesen, ehe es unterschrieben worden sei. Als Endicott es unterschrieben habe, seien beide Schwestern und Eleanore Marlow bei ihm im Zimmer gewesen. Er habe mit der linken Hand unterschreiben müssen, aber er habe dabei den Eindruck gemacht, als wisse er, was vor sich ging. Und er hat ihnen ausdrücklich gesagt, dies sei sein Letzter Wille und er wünsche, daß sie als Zeuginnen unterschrieben.«
»Ist Ethel Furlong davon überzeugt?«
»Ja, bestimmt.«
»Hat Rose Keeling ihr irgendeinen Vorschlag gemacht?«
»Nein.«
Mason ging weiter im Zimmer auf und ab.
»Marilyn Marlow hat recht, wenn sie sagt, sie habe zwei Zeuginnen bei der Stange zu halten, um ihr Erbe zu behalten«, brummte er nach einigen Augenblicken, »aber die andere Partei brauchte nur *eine* Zeugin, um den Prozeß zu gewinnen.
Wenn man es sich recht überlegt, wird einem mulmig, wenn man sich die Brüder und die Schwester vorstellt, die sich um George Endicott nie gekümmert haben, aber jetzt zu Hause hocken und immer neue Pläne aushecken, um Marilyn Marlow um ihr Erbe zu bringen. Offensichtlich hat jemand Rose Keeling Geld gegeben. Ich glaube nicht, daß es Marilyn Marlow war. Doch Endicott behauptet es, und die Polizei ist geneigt, seinen Worten zu glauben.«
»Es könnte natürlich sein«, sagte Drake, »daß Rose Keeling *und* Ethel Furlong tausend Dollar bekommen haben, damit sie die gewünschte Aussage machen, und Ethel Furlong bleibt dabei. Nur Rose Keeling hat Gewissensbisse bekommen.«

»Möglich ist es schon«, sagte Mason, »aber ich kann mich mit dem Gedanken nicht anfreunden. Was ist mit Caddo, Paul? Was hast du über ihn herausbekommen?«

»Er hatte Krach mit seiner Frau, und ich glaube, dabei hat sie mit einem Tintenfaß geworfen. Er hat einen Anzug zur Reinigung geschickt, der über und über mit Tinte bespritzt war. Du weißt doch, daß die Polizei einen Tennisdress gefunden hat, dessen Bluse eingerissen und mit Tinte bespritzt war?«

»Nein, wo denn?«

»In der Wäschetruhe in Rose Keelings Wohnung.«

Mason war erregt. »Gehörte er ihr?«

»Anscheinend.«

»Was hält die Polizei davon?«

»Nichts. Sie glauben, sie habe einen Füller gefüllt und ...«

Mason gab Paul Drake ein Zeichen, ruhig zu sein, und ging weiter auf und ab. Dann drehte er sich plötzlich zu dem Detektiv um.

»Rose Keeling muß ermordet worden sein, als sie das Badezimmer verließ.«

»Ja. Anscheinend hat man ihr mit einem schweren Gegenstand, wahrscheinlich einem Holzknüppel, auf den Kopf geschlagen«, meinte Drake. »Erst als sie am Boden lag, wurde sie erstochen.«

Plötzlich blieb Mason stehen. »Wie war das?«

»Jemand hat sie niedergeschlagen, bevor sie erstochen wurde.«

»Sehr interessant!«

»Und warum hat der Mörder das gemacht, Chef?« fragte Della Street.

»Wahrscheinlich hat sich jemand hinter der Tür versteckt und gewartet, bis sie aus dem Badezimmer kam. Als das geschah, hat dieser Jemand sie auf den Kopf geschlagen. Das hat er getan, um sicher zu sein, daß sie nicht schrie. Er wußte nicht genau, ob er richtig zustechen könnte, so daß sie sofort tot wäre. Welches ist die Todeszeit, Paul?«

»Etwa zwölf Uhr.«

»Ich stelle es mir so vor«, sagte Mason. »Della Street rief gerade an, als der Mord begangen wurde. Der Mörder wartete, daß Rose Keeling aus dem Badezimmer kam. Da fing das Telefon an zu schellen, und das paßte dem Mörder keineswegs. Er fürchtete, Rose Keeling könnte sich ein Badetuch nehmen und ans Telefon laufen. Er wußte, wenn sie zu dem Zweck das Bad verließ, würde sie laufen, und er hätte kaum Gelegenheit, hinter ihr

herzuschleichen und sie niederzuschlagen.«
»Du glaubst also, der Mörder habe den Hörer abgenommen, damit das Telefon nicht mehr schellte?« fragte Drake.
»Im Augenblick habe ich keine andere Erklärung. Weißt du, ob die Polizei Zigarrenasche in Rose Keelings Schlafzimmer auf dem Fußboden bemerkt hat, Paul?«
Drake schüttelte den Kopf. »Wenn sie sie bemerkt hat, so sagt sie nichts darüber. Den Reportern hat man nichts gesagt; ich glaube nicht, daß sie Zigarrenasche gefunden haben.«
»Haben deine Leute sich mal umgesehen, Paul?«
»Natürlich konnten wir nicht in die Wohnung. Doch südlich des Hauses ist ein freier Platz. Die Polizei hat dort ein wenig rumgesucht, weil sie glaubte, der Mörder hätte vielleicht nach der Tat das Messer aus einem Fenster von Rose Keelings Wohnung geworfen. Sie hat nichts gefunden. Als die Polizei weg war, haben meine Leute sich an der Stelle umgesehen. Ich war dabei. Wir haben jeden Fußbreit untersucht.«
»Nichts gefunden?«
»Gar nichts.«
Mason ging wieder ein paarmal im Zimmer auf und ab. Dann fragte er: »Du hast nicht zufällig draußen auf dem Platz eine halbgerauchte Zigarre gefunden, als du nach dem Messer suchtest?«
Drake schüttelte den Kopf, doch dann sagte er: »Einen Augenblick! Da fällt mir ein, daß Kenneth Barstow eine halbgerauchte lange Zigarre mit dem Fuß angestoßen hat. Barstow raucht nur Zigarren und behauptet, Kenner zu sein. Er stieß mit dem Fuß gegen eine halbgerauchte Zigarre und sagte: ›Da sieht man es wieder, nicht mal die Polizisten können die Fünfcentzigarren zu Ende rauchen, die heutzutage verkauft werden.‹«
Mason kniff die Augen zusammen. »Sie war halb geraucht, Paul?«
»Ja, etwa halb geraucht.«
»Eine von diesen langen grobgedrehten Zigarren?«
»Ein richtiges Seil«, sagte Drake. »Eines von diesen schwarzen Dingern, auf denen die Polizisten herumkauen. Man muß schon einen kräftigen Magen haben, wenn man davon mehr als die Hälfte rauchen will.«
»Und Barstow liebt gute Zigarren?«
»Allerdings, die besten«, sagte Drake.
Wieder ging Mason auf und ab.

»Was die Erbschaft betrifft«, fuhr Drake fort, »so wird die Sympathie des Publikums natürlich auf seiten der Endicotts sein.«
»Warum?« fragte Mason über die Schulter weg.
»Schließlich sind sie die – nun ja, die *rechtmäßigen* Erben.«
»Was meinst du damit, Paul?«
»Sie sind doch die Blutsverwandten!«
»Bis George Endicott starb, haben sie sich keinen Deut um ihn gekümmert. Man denkt oft viel zu großzügig über die Blutsverwandten, die das Recht haben, zu erben. Der einzige richtige Schutz, den ein alter oder kranker Mann in dieser Welt hat, liegt darin, daß er sein Vermögen verteilen kann, wie er es will. Das gibt ihm die Möglichkeit, einen besonderen Dienst oder eine besondere Aufmerksamkeit ihm gegenüber zu belohnen, und so kann er seine Verwandten bei der Stange halten. Wenn man nicht durch das Testament über sein Vermögen nach Belieben verfügen könnte, würden die Verwandten einen so schnell wie möglich ins Grab bringen – das heißt, viele würden es tun.«
»Wenn deine Theorie richtig ist«, sagte Drake, »daß der Mörder den Hörer abnahm, dann wären die Fingerabdrücke das wichtigste Beweismaterial in dem ganzen Fall gewesen.«
Mason sagte nichts.
»Wie ist Marilyn denn überhaupt in die Wohnung gekommen?« wollte Drake wissen.
»Sie sagt, Rose Keeling habe ihr einen Schlüssel gegeben.«
»Und weshalb?«
»Marilyn besuchte Rose«, erklärte Mason. »Rose wollte Tennis spielen, und Marilyn fuhr in ihre Wohnung zurück, um ihre Sachen zu holen. Rose hat Marilyn einen Schlüssel gegeben, damit sie hereinkonnte, wenn sie zurückkam. Marilyn fuhr nach Hause, und als sie wiederkam, war Rose ermordet. Marilyn Marlow sagt aber, daß sie nicht mit dem Schlüssel reingekommen sei. Sie behauptet, die Haustür habe bei ihrer Rückkehr ein oder zwei Zentimeter offengestanden, und deshalb habe sie ohne weiteres das Haus betreten können.«
»So schildert es Marilyn?«
»Ja, genauso.«
»Wann ist sie bei Rose weggefahren?«
»Gegen fünf nach halb zwölf. Möglicherweise ein paar Minuten eher.«
»Und wann kam sie zurück?«
»Sie hat sich nicht sonderlich beeilt, denn sie hatte noch einiges

zu tun. Sie hat Lebensmittel eingekauft und bei ihrer Bank vorgesprochen. Um fünf nach zwölf kam sie zurück.«

»Und in der Zwischenzeit wurde der Mord begangen?«

»Ganz recht. Marilyn hat mich genau um Viertel nach zwölf angerufen.«

»Du bist der Ansicht, der Mord wurde gegen elf Uhr vierzig begangen?«

Mason nickte.

»Wann war Marilyn bei der Bank?«

»Zu einer Zeit, die kein Alibi für sie bedeutet. Im Laden erinnert sich niemand an sie.«

»Und Rose gab Marilyn einen Schlüssel?«

»Ja.«

»Du wirst es nicht gern hören, Perry«, sagte Drake, »aber als wir Marilyn Marlow die Möglichkeit gaben, mit Kenneth Barstow weiterzumachen, sagte sie ihm, sie wolle mit Rose Keeling ein Tennismatch verabreden, er solle sich, ganz gleich wie, einen Schlüssel zu Roses Wohnung besorgen. Sie behauptete, Rose Keeling habe sie verraten, und meinte, wenn sie in die Wohnung gehen und sie durchsuchen könnte, solange Rose mit jemand Tennis spiele oder sonst beschäftigt wäre, könnte sie in Ruhe so suchen, wie nur eine Frau suchen kann. Mehr hat sie nicht gesagt. Sie hat Kenneth nicht erklärt, was sie zu finden hoffte.«

»Laß Kenneth mal eine Zeitlang aus dem Spiel, Paul«, sagte Mason.

»Er wird nichts sagen, Perry.«

»Außer wenn sie ihn zu viel fragen. Caddo weiß von ihm.«

»Allerdings.«

»Du kannst Marilyn natürlich keine Schuld geben.«

»Du meinst, *du* kannst es nicht«, sagte Drake grinsend.

»Zum Teufel, Paul, Rose Keeling *hatte* sie verraten. Sie mußte sich einfach irgendwie einen Beweis verschaffen.«

Einen Augenblick lang schwiegen beide. Dann fuhr Mason fort: »Dieser tintenbespritzte Tennisanzug ist der Schlüssel.«

»Was ist damit?«

»Ich habe eine Theorie darüber.«

»Mrs. Caddo?«

»Möglich.«

»Sollen wir etwas für dich tun, Perry?«

»Nein, nein, jetzt nicht. Ich werde mal aus Spaß mit Dolores

Caddo sprechen.«
»Wenn du einen Spaß daraus machen kannst, tu es ruhig«, sagte Drake.
»Sie haben doch die Adresse von Caddos Wohnung, Della?« fragte Mason plötzlich.
Sie nickte.
»Hast du dir Ralph Endicott auch richtig unter die Lupe genommen?« fragte Mason.
»Seine Aussagen stimmen genau«, erklärte Drake.
»Ich streiche ihn nur ungern von der Liste der Verdächtigen«, knurrte Mason, »aber ich glaube, wir werden es müssen. Ich selbst bin ja davon überzeugt, daß der Mord genau um elf Uhr vierzig begangen wurde. Da haben wir angerufen, und jemand hat den Hörer abgenommen.«
»Bis jetzt hat die Polizei nicht beweisen können, daß jemand Fingerabdrücke vom Hörer abgewischt hat, Perry.«
»Ja, bis jetzt«, sagte Mason grimmig. »Nur meine Abdrücke waren auf dem Hörer. Das sieht so aus, als hätte ich versucht, meine Klientin zu decken, indem ich ihre Abdrücke vom Hörer wischte und dadurch die Fingerabdrücke des Mörders entfernte.«
»Viele Leute würden das annehmen«, murmelte Drake.
»Ich hab' es aber nicht getan, Paul!«
Drake zog die Augenbrauen hoch.
»Es war Marilyn«, erklärte Della.
In Drakes Gesicht sah man deutlich die Erleichterung. »Dann bleibst du ja da heraus, Perry. Gott, ich hatte schon Angst. Sobald Tragg nachweisen kann, daß der Mörder um elf Uhr vierzig den Hörer abnahm, daß Marilyn dich um zehn nach zwölf anrief und du die Polizei benachrichtigtest, daß aber nur deine Abdrücke auf dem Hörer sind, hat er die Möglichkeit, gegen dich vorzugehen, Perry. Es ist dann den Umständen nach sehr wahrscheinlich, daß du Marilyn nach Hause geschickt und versucht hast, sie zu decken, indem du ihre Fingerabdrücke vom Hörer wischtest. Aber wenn ihr beide, Della und du, schwören könnt, daß Marilyn es getan hat, seid ihr entlastet.«
»Das können wir aber nicht schwören, Paul.«
»Ich dachte, du könntest es.«
»Wir können es nicht. Unserem Klienten gegenüber wäre es unfair.«
»Wenn du es nicht tust, wäre es dir gegenüber unfair.«

»Wenn wir aber so aussagen, würde das die Anklage gegen sie verdichten. Wir müssen unseren Klienten schützen.«
»Aber nicht so weit, daß du selbst Schuld auf dich nimmst, Perry. So weit brauchst du bestimmt nicht zu gehen.«
»Zum Teufel«, knurrte Mason, »für einen Klienten tue ich alles, Paul, und jetzt versuche ich, die Caddos zu einem Ehekrach zu veranlassen. Das muß gut sein.«

15

Kurze Zeit, nachdem Mason zum erstenmal geschellt hatte, kam Robert Caddo den Flur entlanggeschlurft und öffnete die Tür. Über seinen Schultern hing ein schwerer wollener Hausrock. Darunter sah man die Beine eines gestreiften Schlafanzugs. Die Füße steckten in weichen Lederpantoffeln. Er hatte Säcke unter den Augen und sah noch ziemlich verschlafen aus.
»Guten Abend«, sagte Mason. »Darf ich reinkommen?«
»Sie . . . wieso, was ist passiert?«
»Eine Menge«, sagte Mason und ging an Caddo vorbei. Das Haus war eiskalt. Die Fenster waren zum Lüften geöffnet, so daß ein Hauch mitternächtlicher Kälte durchs Haus geisterte.
Caddo machte Licht und ging herum, um Fenster zu schließen und Läden zuzustoßen. Mason suchte den Knopf, mit dem die Gasheizung eingestellt wurde, und stellte sie an.
»Hier ist es kalt«, meinte Caddo. »Ich zittere richtig.«
»Vielleicht sollten Sie was trinken?« bemerkte Mason.
Da rief Mrs. Caddo von oben aus dem Schlafzimmer: »Bob, wer ist da?«
»Mr. Mason, der Rechtsanwalt«, antwortete Caddo. »Du warst doch heute schon mal in seinem Büro.«
In der oberen Etage hörte man jemand mit nackten Füßen umherlaufen. Einen Augenblick später waren es dann die schnellen Schritte von Hausschuhen, und Dolores Caddo kam ins Zimmer. Sie hatte sich ziemlich eng in einen Morgenrock gewickelt.
»Guten Abend«, begrüßte sie Mason und lächelte; dann zwinkerte sie ihm zu. »Es tut mir leid, was ich heute getan habe.«
»Was haben Sie heute denn getan?« fragte Mason.
»Sie wissen doch, was ich meine; wie ich in Ihrem Büro war und eine Szene gemacht habe.« Sie zwinkerte wieder und fügte

schnell hinzu: »Bob sagt, er sei sofort danach bei Ihnen gewesen und werde alles erledigen. Ich habe ihm geraten, dafür nicht sein Geld – unser Geld – auszugeben, weil der Schaden hauptsächlich Ihre Würde beeinträchtigte. Ich hoffe, Sie werden darüber hinwegsehen.«

»Wo sind Sie heute sonst noch gewesen?«

»Mr. Mason, das ist ein sehr unangenehmes Thema«, fiel Caddo ein. »Können wir nicht . . .?«

»Nein«, beharrte Mason, »ich möchte wissen, wo sie gewesen ist.«

»Zuerst war ich bei Marilyn Marlow«, erzählte sie gut gelaunt. »Die konnte ich jedoch nicht auftreiben und mußte sie auf morgen zurückstellen. Aber bei Rose Keeling war ich.«

»Um wieviel Uhr?«

»Gegen halb zwölf.«

»Haben Sie mit Tinte gespritzt?«

»Glauben Sie mir«, sagte sie grimmig, »dieses Flittchen wird in Zukunft ihre Finger von verheirateten Männern lassen. Ich habe ihr gezeigt, was eine Harke ist.«

»Um wieviel Uhr?« fragte Mason.

»Gegen halb zwölf. Ich brauchte ein wenig Zeit, sie zu finden. Ich hatte viel Zeit verloren, Marilyn Marlow ausfindig zu machen, doch Bobs liebe Freundin, Miss Marlow, war ausgeflogen.«

»Aber ich sage dir doch, Liebling, es war eine geschäftliche Angelegenheit. Rein geschäftlich!« schwor Caddo verzweifelt. »Und wenn du Mr. Mason Gelegenheit und Zeit zu einer Erklärung gegeben hättest, hätte er dir das auch gesagt. Ich habe Rose Keeling bestimmt noch nie in meinem Leben gesehen.«

»Ich aber«, triumphierte seine Frau, »und glaube mir, der habe ich die Meinung gesagt!«

»Was tat sie, als Sie kamen?«

»Sie machte sich fertig zum Tennisspielen. Sie hatte so ein nettes, kleines Fähnchen an, das die Beine sehen ließ. Das war das erste, was ich sah. Ich zerriß es hinten und sagte: ›Warum zeigst du dich nicht ganz, meine Liebe? Warum reizt du bloß?‹ Und dann habe ich meinen Füller genommen und sie mit Tinte vollgespritzt.«

»Aber Liebling, das hast du doch bestimmt nicht getan!« Caddo war ganz verzweifelt.

»Natürlich habe ich es getan!« trumpfte seine Frau auf. »Und denke daran, wenn du dergleichen wieder vorhast. Ich bekomme es früher oder später heraus. Und dann mache ich eine Szene, die den Mädchen klarmacht, daß man sich nicht mit einem verheirateten Mann einläßt.«

»Aber Liebling, es war eine Geschäftsangelegenheit. Ich hätte eine Menge Geld herausschlagen können.«

»Wie denn?« fragte Mason.

»Nun, ich ...« Plötzlich hielt er inne, ohne seinen Satz zu Ende zu sprechen.

»Glaub nur nicht, du kannst deinen Rechtsanwalt für dich einspannen. Muß ich wieder böse werden?«

»Ich möchte gern wissen, was bei Rose Keeling geschehen ist«, unterbrach Mason.

»Ich schlage vor, da fragen Sie Rose Keeling selbst. Sie wird sich sehr gut erinnern.«

»Das geht leider nicht.«

»Sie meinen, sie hat sich aus dem Staub gemacht?«

»Rose Keeling«, sagte Mason, »ist nicht mehr unter uns. Sie ist gegen zwanzig vor zwölf heute morgen ermordet worden.«

In der Stille, die nun folgte, vernahm man das leise Knacken der metallenen Heizkörper deutlich wie Pistolenschüsse.

»Verdammt noch mal, Dolores«, fluchte Caddo, »ich habe immer gesagt, eines schönen Tages wird dein Temperament mit dir durchgehen. Jetzt ist es geschehen.«

»Schweig!« sagte sie.

»Vielleicht könnten Sie mir mehr von Ihrem Besuch bei Rose Keeling erzählen ...«

»Sie, was haben Sie vor? Wollen Sie mir einen Mord in die Schuhe schieben?« rief sie.

»Ich habe Grund anzunehmen, daß der Mörder sehr bald nach Ihrem Weggehen in die Wohnung gekommen sein muß«, erklärte Mason.

»Einen Augenblick mal! Was haben Sie mit der ganzen Angelegenheit überhaupt zu tun?« fragte sie.

»Ich versuche herauszubekommen ...«

»Sie wollen etwas über den Mord erfahren?«

»Ja.«

»Warum?«

»Ich bin Rechtsanwalt, ich versuche den Fall aufzuklären.«

»Sie sind Rechtsanwalt und Sie vertreten jemanden. Anfangs, als Sie sich mit dieser Sache befaßten, haben Sie meinen Mann

vertreten. Bob, du hast doch Mason nicht gebeten, sich um diesen Mord zu kümmern, nicht wahr?«
Caddo schüttelte den Kopf. Dann aber sagte er: »Wirklich, meine Liebe, es ist ernst. Mr. Mason ist einer der besten Anwälte und . . .«
»Und jetzt vertritt Mason einen anderen«, fuhr Dolores Caddo fort. »Er versucht mir etwas anzulasten, um ihn zu decken.«
»Aber Liebling, du hast doch zugegeben, daß du dort warst!« meinte Caddo.
»Er verdreht alles, damit es aussieht, als ob der Mord begangen wurde, als ich dort war . . . Was ist das für ein krummes Geschäft?«
»Ich versuche nur den Tatbestand aufzunehmen, sonst nichts. Sie haben sie doch nicht ermordet?«
»Quatsch«, sagte sie, »ich habe sie mit Tinte bespritzt und ihr das Zeug runtergerissen, und dann wollte ich ihr noch eine Abreibung verpassen. Aber da lief sie davon, rannte ins Badezimmer und schloß sich ein. Ich glaube, Bob, mehr sagen wir nicht.«
»Es wäre für mich wesentlich, wenn Sie mir sagen würden . . .«
»Ich sage aber nichts!« beharrte Dolores Caddo.
»Wenn ich den wirklichen Mörder fassen könnte, würde das einen Unschuldigen davor bewahren, zu Unrecht angeklagt zu werden.«
»Ja, das weiß ich«, sagte Dolores. »Aber angenommen, Sie wollen diesem anderen wohl und versuchen alles auf mich abzuwälzen.«
»Du hast doch schon gesagt, daß du dort warst, Liebling«, meinte Caddo beunruhigt. »Es ist am besten, du erzählst jetzt weiter. Sonst geht Mason zur Polizei!«
»Laß ihn doch zur Polizei gehen«, sagte Dolores.
»Das kann ich, wie Sie wissen«, bestätigte Mason.
»Unfug!«
»Ich mache Ernst.«
»Da steht das Telefon. Bitte sehr!«
Mason ging an den Apparat. »Mir ist beides gleich lieb.«
Er nahm den Hörer ab, wählte die Nummer des Polizeipräsidiums und verlangte die Mordkommission. Er wollte wissen, wer Dienst hatte.
»Wer ist am Apparat?« fragte eine Stimme.
»Perry Mason.«
»Einen Augenblick. Lieutenant Tragg ist gerade reingekommen. Ich verbinde.«

Dann war Traggs Stimme zu hören: »Ja, Mason, was ist los?«
»Sie müssen Überstunden machen?«
»Allerdings, dank Ihnen.«
»Vielleicht kann ich Ihnen diesmal einen Tip geben.«
»Ihre Tips können wir nicht brauchen.«
»Diesen aber«, beharrte Mason. »Ich spreche aus der Wohnung von Robert Caddo, dem Herausgeber des Magazins *Einsame Herzen.* Er . . .«
»Ich weiß genug über ihn. Das Betrugsdezernat hat sich schon ein- oder zweimal mit ihm befaßt.«
»Robert Caddo hat sich für Rose Keeling interessiert, und das hat Dolores Caddo herausbekommen. Sie ist um halb zwölf zu Rose Keelings Wohnung gefahren und hatte nach ihrer eigenen Aussage mit Rose eine Auseinandersetzung, in deren Verlauf sie sie mit Tinte bespritzt hat. Daraufhin hat Rose Keeling sich im Badezimmer eingeschlossen. Dolores Caddo weigert sich, mehr zu sagen. Sind Sie daran interessiert?«
Begierig sagte Tragg: »Wo sind Sie?«
»Bei Caddo.«
»Sie versuchen nicht, durch Lügen Ihrem Klienten auf die Beine zu helfen?«
»Ich sage Ihnen die Wahrheit.«
»Ich komme sofort«, sagte Tragg. »Sorgen Sie dafür, daß alles so bleibt, wie es ist!«
Er warf den Hörer auf die Gabel. Auch Mason hängte ein.
»Na?« meinte Dolores Caddo.
»Lieutenant Tragg war etwas skeptisch«, bemerkte Mason.
»Wahrscheinlich denkt er, Sie versuchen, einem Ihrer Klienten aus der Patsche zu helfen.«
»Vielleicht.«
»Was macht er jetzt?« wollte Caddo wissen.
»Das wird sich zeigen.«
»Gut, mach inzwischen einen Drink, Bob. Unsere gesellschaftlichen Verpflichtungen dürfen wir nicht vernachlässigen, wenn dieser Anwalt auch versucht, mir einen Mord in die Schuhe zu schieben.«
»Mir wäre lieber, du würdest offen mit uns sprechen, meine Liebe«, meinte Caddo voll Angst. »Du weißt, Liebling, du hast so ein unbezähmbares Temperament und . . .«
»Wenn du dich nur nicht immer einmischen würdest!« schimpfte Dolores. »Glaube nicht, du könntest mich loswerden und die-

se Marlow an Land ziehen, indem du mir einen Mord in die Schuhe schiebst. Du verdammter Casanova! Ich möchte einen Whisky mit Soda. Aber nimm den guten und nicht dieses verschnittene Zeug.«

»Aber Liebling, wenn du dort warst . . .«

»Mach den Drink!«

»Liebling, ich bitte dich . . .«

»Schon gut«, sagte sie, »ich mach ihn selbst«, und ging zur Küche.

»Sehen Sie mal, Mr. Mason«, flüsterte Caddo Mason zu, »irgendwie müssen wir das doch hinkriegen!«

»Ich hätte gern, daß Ihre Frau genau berichtet, was geschehen ist«, sagte Mason. »Ich glaube, es ist am besten . . .«

»Bob!« rief Dolores ärgerlich. »Was hast du mit dem Whisky gemacht?«

»Einen Augenblick, meine Liebe, einen Augenblick, ich bin sofort da«, antwortete Caddo und rannte mit fast lächerlicher Hast in die Küche, wobei der Bademantel hinter ihm her schleifte.

Er war schnell wieder da. »Weswegen sind Sie überhaupt gekommen, Mr. Mason?«

»Ich wollte den Tatbestand wissen.«

»Aber irgendwoher müssen Sie doch gewußt haben, daß Dolores dort war. Da muß doch etwas . . .«

»Ja, ganz recht.«

»Was denn?«

Mason zog die Schultern hoch und meinte: »Was hat das denn zu bedeuten? Sie sagt, sie sei dort gewesen, und ich habe den Beweis gefunden. Die Polizei wird ihn auch finden.«

Caddo ging hinüber zum Heizkörper, der jetzt Hitze ausströmte, und blieb dort stehen.

»Was haben Sie also vor?« unterbrach Mason endlich die Stille.

»Ich weiß es noch nicht«, antwortete Caddo.

Mrs. Caddo brachte ein Tablett mit Gläsern herein, stellte es vor Mason und sagte: »Wählen Sie eins, damit Sie sicher sind, nicht vergiftet zu werden.«

Mason nahm das mittlere Glas.

Dolores ging mit dem Tablett zu ihrem Mann, dann nahm sie das letzte Glas, stellte das Tablett auf den Tisch und setzte sich.

Kurze Zeit nippten sie ruhig an ihren Gläsern.

Eine Sirene schrillte durch die Nacht. Der Ton sank ab zu einem

gurgelnden Brummen; vor dem Haus bremste ein Wagen scharf ab.
»Mach der Polizei die Tür auf, Liebling«, bat Dolores ihren Mann.
»Ja, meine Liebe«, sagte er sanft und ging durch den Korridor, um die Haustür zu öffnen.
Lieutenant Tragg und ein Zivilist stießen die Tür auf und kamen ins Zimmer.
»Hallo, Mason!« grüßte Tragg. »Was soll das alles?«
»Dies ist Dolores Caddo und ihr Mann, Robert Caddo«, stellte Mason vor.
Tragg schob den Hut in den Nacken und fragte: »Wie ist das mit Dolores Caddos Besuch bei Rose Keeling?«
Dolores nippte an ihrem Whisky. »Das möchte ich auch gern wissen. Es ist eine Idee von Mason. Er dachte, er könnte sie Ihnen verkaufen.«
»Dolores Caddo hat Neigung zu Temperamentsausbrüchen, wenn ihr Mann flirtet. Sie glaubte, er sei bei Rose Keeling gewesen. Heute morgen war Mrs. Caddo in meinem Büro und sagte, sie wolle zu Marilyn Marlow und Rose Keeling gehen und habe vor, den beiden eine Szene zu machen. Natürlich bin ich hier, um sie zu fragen, was geschehen ist.«
»Und weiter?«
»Sie hat uns beiden gegenüber gerade zugegeben, daß sie gegen halb zwölf in Rose Keelings Wohnung war. Dort hat sie ein wenig mit Tinte gespritzt, Rose Keeling die Kleider runtergerissen und versucht, sie zu schlagen. Miss Keeling konnte ihr jedoch entkommen, ins Badezimmer flüchten und sich dort einschließen. Dann ist Mrs. Caddo wieder gegangen.«
»Um wieviel Uhr?« fragte Tragg mit funkelnden Augen.
»Um halb zwölf«, sagte Mason.
Tragg wandte sich an Mrs. Caddo. »Wie steht's damit?«
Erstaunt sah Dolores Caddo mit aufgerissenen Augen ihren Mann an. »Ich will gehängt sein«, sagte sie.
»Wie steht's damit?« wiederholte Tragg.
»Das ist die tollste Geschichte, die ich je gehört habe«, behauptete Dolores Caddo.
»Sie waren nicht bei Rose Keeling?«
Sie schüttelte den Kopf. »Ich habe sie nie im Leben gesehen.«
Tragg sah Mason an.
Dolores Caddo wandte sich an ihren Mann: »Was ist mit Rose

Keeling, Liebling? Kennst du sie?«
»Ich habe sie noch nie gesehen«, sagte Caddo und fuhr mit der Zunge über seine Lippen.
»Mrs. Caddo pflegt bei ihren Wutausbrüchen mit Tinte zu spritzen«, fuhr Mason trocken fort. »Stimmt das, Mrs. Caddo?«
»Ich weiß nicht, was hier vor sich geht«, wandte sie sich an Lieutenant Tragg, »aber Sie vertreten das Gesetz. Sie sollten dafür sorgen, daß wir ins reine kommen.«
»Sagen Sie mir genau, was geschehen ist«, befahl Tragg, »dann will ich sehen, was ich tun kann.«
»Heute morgen bin ich bei Mr. Mason vorbeigegangen und habe mit ihm gesprochen. Kurz nachdem ich weg war, ist mein Mann hingegangen. Er sagt, Mason habe ihm berichtet, ich hätte sein ganzes Büro voll Tinte gespritzt. Mason hatte sich etwas Tinte ins Gesicht geschmiert, damit es echt aussah. Offenbar hatte er auch mit einem Lippenstift Kratzer auf sein Gesicht gemalt. Ich habe ihn nicht angefaßt, ich habe mich benommen, wie es sich für eine Dame gehört.
Dann kam heute abend Mason und warf mir vor, ich sei bei Rose Keeling gewesen. Ich sagte ihm, ich hätte sie nie im Leben gesehen. Darauf ist er ans Telefon gegangen, hat das Polizeipräsidium angerufen und Ihnen diese unsinnige Geschichte erzählt. Ich begreife nicht, wozu das alles gut sein soll.«
»Sie haben ihm nicht gesagt, Sie wären bei Rose Keeling gewesen?«
Sie schüttelte den Kopf.
»Bestimmt nicht?«
Sie schüttelte noch einmal den Kopf.
Robert Caddo räusperte sich. »Ich war die ganze Zeit dabei, Lieutenant. So was hat sie bestimmt nicht gesagt!«
»Sie waren alle beide hier?«
»Ganz recht. Mason läutete und holte uns aus dem Bett. Er sagte, er wolle mit uns sprechen. Wir gaben ihm etwas zu trinken, und dann beschuldigte Mason meine Frau, bei Rose Keeling gewesen zu sein. Sie sagte, sie hätte von ihr überhaupt nichts gewußt. Dann ist Mason ans Telefon gegangen und hat Sie angerufen.«
Tragg sah Mason an.
Der Rechtsanwalt setzte sein Glas nieder und sagte: »Es tut mir leid.«
»Mehr haben Sie nicht zu sagen?«

Mason schüttelte den Kopf.
»Verdammt noch mal!« fluchte Tragg. »Eines schönen Tages werden Sie sich den Hals brechen. Was fällt Ihnen ein, mich wegen eines solchen Unfugs hier herauszurufen? Sie stecken bis zum Hals in dieser Sache und geben sich alle erdenkliche Mühe, herauszukommen. Wie war das mit dem Besuch in Ihrem Büro, wo Sie sich Tinte ins Gesicht geschmiert haben?«
»Ich bekenne mich schuldig, Mrs. Caddos Intelligenz unterschätzt zu haben«, bemerkte Mason.
»Zum Teufel, Sie unterschätzen auch meine!« schimpfte Tragg. »Zu Ihrer persönlichen Information, wir haben jetzt den Beweis, daß Ihre Klientin die Mörderin war. Für zehn Uhr morgen früh habe ich einen Haftbefehl gegen sie. Wenn Sie sie dann noch verstecken, zeige ich Sie an wegen Beihilfe nach der Tat.«
»Wer ist denn seine Klientin?« fragte Mrs. Caddo.
»Marilyn Marlow«, erklärte Tragg.
»Dieses Weib!« rief Mrs. Caddo, und dann fügte sie hinzu: »Hat sie dieses Mädchen – wie war doch gleich ihr Name?«
»Rose Keeling. Ja, sie hat sie ermordet.«
»Woher wissen Sie das?« wollte Mrs. Caddo wissen.
Tragg grinste. »Unter anderem haben wir die Mordwaffe in ihrem Besitz gefunden.«
»Na«, seufzte Dolores Caddo, »das dürfte ja wohl genügen.«
»Bevor Sie ganz aus dem Häuschen sind, Lieutenant, möchte ich Ihnen berichten, was geschehen ist. Caddo wollte etwas über Marilyn Marlow wissen, die in seinem Magazin eine Anzeige als einsame Erbin aufgegeben hatte. Ich glaube, damals hat er die Wahrheit gesagt. Er wollte sich gegen den Vorwurf schützen, eine fingierte Anzeige abgedruckt zu haben. Aber als er herausbekommen hatte, wer sie war und wie sie aussah, kam er auf die Idee, er könnte seine Frau gegen eine neue eintauschen.«
»Das ist eine Lüge!« behauptete Caddo.
»Natürlich hat er nicht gleich einen ganzen Kriegsplan ausgearbeitet. Er überzeugte sich, daß Marilyn etwas Bestimmtes vorhatte, und glaubte, er könne mitwirken, so daß etwas Geld für ihn dabei herausspringt – es kam ihm nicht darauf an, notfalls zur Erpressung Zuflucht zu nehmen. Nebenbei dachte er aber noch daran, daß Dolores ihm so ziemlich alles gegeben hatte, was sie bieten konnte. Er wollte sich bei Marilyn Marlow lieb Kind machen, für den Fall, daß er sein großes Los zöge.«
»Was war sein großes Los?« fragte Tragg.

»Reno«, erklärte Mason, »wo er Dolores gegen eine kurvenreiche Frau mit mehr Geld eintauschen wollte.«
»Das ist gelogen, Liebling«, schwor Caddo. »Hör nicht auf ihn! Er versucht nur, uns Schwierigkeiten zu machen.«
Dolores warf den Kopf in den Nacken und lachte. »Das weiß ich genau. Er glaubt, ich bin eifersüchtig. Nein, Robert, Liebling, ich weiß, du würdest so etwas nie tun. Und ich weiß, daß du mich liebst.«
»Danke sehr, Liebling!«
»Erstens«, fuhr Dolores fort, »konntest du bei der Erbin nicht landen, und zweitens, wenn es dir doch gelungen wäre, hätte ich dir den Kopf eingeschlagen, ehe du dich mit ihr weiter befaßt hättest.«
»Ja, Liebling!«
»Du weißt es besser. Man kann einmal ausrutschen, aber mich betrügen? Nein, das würdest du bestimmt nicht versuchen.«
»Nein, Liebling!«
»Du weißt, was sonst geschehen würde.«
»Ja, Liebling!«
Dolores lächelte Lieutenant Tragg an. »Können Sie nichts dagegen unternehmen, daß dieser Rechtsanwalt versucht, eine glückliche Ehe zu zerstören?«
Mason griff nach seinem Hut. »Herzlichen Glückwunsch, Mrs. Caddo. Ich hoffe, Sie haben noch nicht alle Trümpfe ausgespielt.«
»Keineswegs«, sagte sie freundlich. »Bleiben Sie doch noch ein wenig und trinken Sie mit uns, Lieutenant. Mein Mann hat ausgezeichneten Whisky in der Küche. Dieses imitierte verschnittene Zeug haben wir nur dem Anwalt angeboten.«
»Ich bringe Sie hinaus«, bot Caddo Mason an.
»Lassen Sie nur«, wehrte Mason ab, »ich habe schon an schlimmeren Orten den Ausgang gefunden, Caddo. Gute Nacht!«

16

Mason hielt vor einem Restaurant, das die ganze Nacht geöffnet war, und rief Della Street in ihrer Wohnung an.
»Hallo, Della! Sind Sie schon im Bett?«
»Nein, ich bin erst seit ein paar Minuten hier. Ist was passiert?«

»Ich bin da in etwas hineingeraten.«
»Bei Caddo?«
»Ja.«
»Wollen Sie mit mir darüber sprechen?«
»Ich glaube, ja. Sind Sie müde?«
»Kein bißchen. Ich warte auf Sie.«
»Ich bin gleich da«, versprach Mason.
Er sprang in seinen Wagen und raste durch die nächtlichen Straßen zu Dellas Wohnung.
Sie hatte die Tür angelehnt gelassen, so daß er eintreten konnte, ohne anzuklopfen.
»Hallo!« begrüßte sie ihn. »Möchten Sie Whisky mit Soda oder Kaffee? Ich habe beides.«
»Kaffee«, bat Mason.
Sie schenkte ihm eine große Tasse Kaffee ein, gab Sahne und Zucker dazu und holte eine Schale Biskuits.
Mason setzte sich an den Tisch, nippte dankbar am Kaffee, aß ein paar Biskuits und schwieg.
Sie saß ihm still am Tisch gegenüber, füllte seine Kaffetasse nach, als sie halb leer war, und wartete darauf, daß er fertig wurde, die Situation zu durchdenken, die er zu bewältigen hatte.
Endlich schob er die Schale mit Biskuits zurück und nahm sein Zigarettenetui hervor. Er gab ihr und sich mit seinem Feuerzeug Feuer, dann lehnte er sich in seinem Stuhl zurück und sagte: »Ich war bei Caddo. Er war sehr niedergeschlagen. Seine Frau hat zugegeben, daß sie unterwegs war, um sich Rose Keeling vorzunehmen. Gegen halb zwölf ist sie dagewesen, wie sie sagt. Das kann ungefähr stimmen. Sie hat eine Szene gemacht, Rose Keelings Tennisanzug runtergerissen und mit Tinte bespritzt, so daß Rose Keeling ins Badezimmer flüchtete. Dann hat Rose die Badezimmertür zugezogen und abgeschlossen, und Mrs. Caddo ist wieder gegangen.«
»Chef!« rief Della Street mit aufgerissenen Augen. »Das ist die Lösung, die Marilyn Marlow entlastet.«
»Einen Moment«, unterbrach Mason. »Hören Sie sich erst den Rest an! Ich habe Lieutenant Tragg angerufen, und er kam sofort herausgefahren. Dann habe ich ihm meine Geschichte erzählt. Aber Mrs. Caddo war süß wie Honigbrot. Sie behauptete Tragg gegenüber, so was hätte sie nie gesagt, und Caddo ging darauf ein. Er sagte, er sei bei der Unterhaltung dauernd zuge-

gen gewesen, so etwas sei gar nicht erwähnt worden. Er glaube, ich versuche möglicherweise mit seiner Frau ein plumpes Überrumpelungsverhör durchzuführen.«
»Was hat Tragg getan?«
»Als ich wegging, boten sie Tragg einen Drink an. Alle drei waren in bestem Einvernehmen.«
»Kann Tragg so dumm sein?«
»Daran liegt es nicht. Er hat sich nur völlig in die Vorstellung verrannt, daß Marilyn Marlow die ist, die er sucht. Er sieht nichts, was Marilyn entlasten könnte. Er behauptet, in Marilyns Besitz die Mordwaffe gefunden zu haben.«
Della Street sah ihn verzweifelt an.
»Deshalb glaube ich«, fuhr Mason fort, »daß unsere *Habeas-Corpus*-Verfügung nicht viel genützt hat. Jetzt wird man sie verhaften.«
»Aber Chef«, rief Della Street, »wie hat man nur die Mordwaffe – o Gott!«
Mason nickte verdrossen.
Nach längerem Schweigen fuhr Della Street fort: »Aber warum hat Mrs. Caddo Ihnen denn gesagt, daß sie dort war, wenn sie es später ableugnete?«
»Vielleicht hat sie schnell geschaltet. Vielleicht hat sie es erzählt, weil sie gar nicht wußte, daß Rose tot war, bis ich es ihr sagte. Ich habe es ganz nebenbei erwähnt, weil ich dachte, sie müßte es wissen. Mit anderen Worten, ich hatte sie als den Täter hingestellt. Vielleicht dachte sie, daß ein solches Versteckspiel die beste Möglichkeit wäre, mich zu überzeugen, daß sie mit dem Mord nichts zu tun hatte, selbst wenn sie dort war. Vielleicht ist sie wirklich schlau, diese Caddo.«
»Und was geschieht jetzt?« wollte Della Street wissen.
»Wenn wir nichts dagegen unternehmen, kommt morgen früh gegen zehn oder elf Uhr Tragg in mein Büro und sagt: ›Mr. Mason, Sie halten Marilyn Marlow versteckt. Sie wissen, wo sie ist. Sie wird wegen Mordes angeklagt. Ich habe einen Haftbefehl gegen sie. Ich brauche sie und fordere Sie auf, sie auszuliefern. Wenn Sie sie weiterhin verstecken, beschuldige ich Sie der Beihilfe nach der Tat und ziehe Sie mit hinein‹.«
»Wie können wir das verhindern?«
»Gar nicht, wenn es einmal geschehen ist.«
»Dann müssen Sie sich einen Ausweg einfallen lassen?«
Er nickte.

Sie lächelte, lehnte sich über den Tisch, legte ihre Hand auf seine und drückte sie beruhigend. »Ich nehme an«, sagte sie, »Sie brüten bereits einen neuen Trick aus.«
»Irgendwo müssen wir jetzt nach dem Knochen suchen.«
»Wo?« fragte Della Street.
»Das, meine verehrte junge Dame, ist der Zweck dieser Unterhaltung«, sagte Mason und grinste.
Sie stand ruhig auf, ging in die Küche, holte die Kaffeekanne, füllte Masons Tasse und dann ihre eigene.
Sie brachte den Kaffee zurück auf den Herd, nahm die Tasse in die Hand, als ob sie dem Anwalt zuprosten wollte, und sagte: »Auf das, was uns wach hält!«
»Was uns wach hält«, wiederholte Mason und stieß mit der Tasse an. Dann tranken sie wieder ihren Kaffee und rauchten Zigaretten.
Ein Wecker, der irgendwo in der Küche stand und tickte, wurde in der nächtlichen Stille immer deutlicher hörbar.
»Wir müssen Beweise finden, die jemand anders belasten«, bemerkte Mason nachdenklich.
»Wie wär's, wenn wir einen der Beweise, die Tragg in der Hand hat, einmal anders auslegten?« fragte Della Street.
»Darüber denke ich schon die ganze Zeit nach«, erklärte Mason. »Es wäre großartig, wenn wir das irgendwie hinkriegen könnten. Eine nette Aufgabe für Sie.«
Mason griff mit Daumen und Zeigefinger in seine rechte Westentasche und holte einen Schlüssel heraus, mit dem er auf dem Tisch herumklopfte.
»Was ist das?« wollte Della Street wissen.
»Das ist der Schlüssel, den Rose Keeling Marilyn Marlow gegeben hat«, sagte Mason, »der Schlüssel, der es ihr ermöglichte, die Tür aufzuschließen und in Rose Keelings Wohnung zu kommen, der Schlüssel, den sie auf dem Tisch liegengelassen hat und den ich eingesteckt habe.«
»Oh, oh!« rief Della Street.
»Können Sie meine Gedanken lesen?« fragte Mason.
»Ich bin Ihnen schon zwei Sätze voraus«, sagte sie.
»Für uns ist das Schwierige an dem Fall, daß außer Marilyn Marlow niemand ein Motiv für den Mord hat. Die Endicotts sind rein wie frisch gefallener Schnee. Ganz offensichtlich hätte es in ihrem Interesse gelegen, wenn Rose Keeling am Leben geblieben wäre. Derselbe Umstand, der Marilyn ein Motiv gibt,

wäscht Ralph Endicott völlig rein.«
»Und gibt ihm obendrein ein Alibi«, bemerkte Della Street trocken.
Mason nickte nachdenklich.
»Und bei Mrs. Caddo«, sagte er, »befinden wir uns in einer seltsamen Situation. Eine eifersüchtige Ehefrau macht sich auf, mit einer Frau abzurechnen, von der sie glaubt, sie habe ein Verhältnis mit ihrem Mann. Dieser ist wahrscheinlich hinter ihr hergerast und hat versucht, ihr zu erklären, es sei alles rein geschäftlich gewesen und er habe nur versucht, sich ein Stück aus dem Kuchen herauszuschneiden, indem er bei einem Erbstreit mitmachte. Wahrscheinlich war dies das einzige Alibi in Robert Caddos Don-Juan-Leben, das einer Prüfung standhielt. Sobald er seine Frau gefunden hatte, konnte er sie überzeugen, daß es das beste wäre, es sein zu lassen. Nun, in Anbetracht der Entwicklung, die die Sache nahm, muß er sie gefunden haben, *nachdem* sie bei Rose Keeling und *bevor* sie bei Marilyn Marlow war. Sonst hätte Marilyn Marlow jetzt außer ihren Sorgen noch Tintenflecken und vielleicht ein paar Kratzer im Gesicht.«
»Weiter, bitte«, sagte Della Street lächelnd. »Sie machen das großartig.«
»Und dann«, fuhr Mason fort, »müssen wir uns mit der Tatsache beschäftigen, daß niemand außer Marilyn Marlow ein Motiv für diesen Mord hat.«
»Und durch einen seltenen Zufall haben *wir* den Schlüssel zu Rose Keelings Wohnung. Ist das der Zweck der Gedanken, die Sie mir einreden wollen?« fragte Della.
»Es ist eine Versuchung, Della«, sagte Mason.
»Nun, warum nicht?« fragte sie.
»Dafür gibt es verschiedene Gründe«, erklärte er. »Erstens hat die Polizei zweifellos alles in der Wohnung fotografiert. Und zweitens schiebt dort vielleicht einer Wache.«
»Wenn sie ihre Fotos und Skizzen gemacht haben, werden sie doch sicher einfach die Wohnung abgeschlossen und alleingelassen haben.«
»Bei der Polizei haben sie wenig Leute«, gab Mason zu. »Es besteht durchaus die Möglichkeit, daß das der Fall ist.«
»Na?« fragte Della Street lächelnd.
Mason grinste. »Laß mich in Frieden, Satan!«
Er klopfte weiter mit dem Schlüssel auf dem Tisch herum.
Della Street füllte die Kaffeetassen nach.

»Es reizt mich sehr, der Versuchung nachzugeben«, sagte Mason fast sehnsüchtig.
»Nicht wahr?«
»Jetzt, wo mir einmal diese verdammte Idee im Kopf spukt, kann ich an gar nichts anderes mehr denken.«
»Was können wir überhaupt tun?«
»*Wir* können gar nichts«, unterbrach Mason. »Das müßte ich schon selbst machen, ich müßte die Gelegenheit benutzen . . .«
Della Street schüttelte ablehnend den Kopf.
»Es ist nicht nötig, daß wir beide reinfallen«, beeilte sich Mason zu sagen. »Wenn was schiefgeht, brauche ich Sie, damit Sie das Büro weiterführen.«
»Wenn wir erwischt werden, könnten wir sagen, wir suchten nur nach einem Beweisstück«, beruhigte ihn Della Street.
»Ja, das könnten wir sagen.«
»Und damit könnten wir durchkommen.«
»Vielleicht.«
»Was ist das Schlimmste, das gegen Marilyn Marlow vorliegt, Chef?«
»Was das Schlimmste ist, ist schwer zu sagen«, meinte Mason. »Wenn Tragg in Marilyns Besitz ein Messer gefunden hat, so wird er behaupten, das sei die Mordwaffe, und das wäre natürlich das Schlimmste, was passieren könnte. Ich glaube, er hat ein Messer gefunden, das die Mordwaffe sein könnte, aber ich glaube nicht, daß er es beweisen kann. Doch die ganze Geschichte von Marilyn ist so schrecklich unglaubwürdig. Da war Rose Keeling, die ihre Koffer packte, bereit, die Stadt zu verlassen! Sie hatte Marilyn Marlow geschrieben, daß das Testament nicht in Ordnung sei, und hatte Ralph Endicott einen Scheck für Reuegeld gegeben – die Anzahlung des Bestechungsgeldes, das sie bekommen hatte. Das glaube ich natürlich nur mit Vorbehalt, Della. Ich glaube nicht, daß es nur Reue war. Ich vermute, Ralph Endicott hat ihr Versprechungen gemacht, aber ich weiß nicht, wie wir das beweisen sollen. Es bleibt die Tatsache, daß das Mädchen die Koffer gepackt hat und bereit war, die Stadt zu verlassen. Und nun will Marilyn den Leuten weismachen, Rose habe ihr gesagt, sie wolle Tennis spielen. Dolores Caddo könnte das beweisen, wenn sie nur die Wahrheit sagen würde. Aber sie tut es nicht, und somit kommt Marilyn mit ihrer Geschichte nicht durch.«
Nachdenklich und still saß Mason bei seinem Kaffee.

»Chef, ich habe eine Idee«, rief Della Street plötzlich. »Wenn – sie ist so einfach, daß es ein Kinderspiel ist, und so verwegen, daß ich Angst bekomme.«
Mason sah zu ihr hinüber.
»Sehen Sie mal«, erklärte Della Street mit erregter Stimme, »woher wissen wir überhaupt, daß sie einpackte? Jeder ist überzeugt, daß sie einpackte, weil das Zeug so ordentlich gefaltet war und im Koffer und auf der Kommode lag. Aber stellen Sie sich vor, wir können, wenn es zur Beweisaufnahme kommt, nachweisen, daß sie auspackte!«
Mason runzelte nachdenklich die Stirn, dann verzog sich sein Gesicht zu einem Lächeln. »Sie sind die Beste!«
»Nur hier und da ein paar Kleinigkeiten«, fuhr Della Street fort, »Dinge, die natürlich den ungeübten Männeraugen der Polizisten entgangen sein müssen, die Sie aber dem Gericht vorlegen könnten und die wirklich etwas bedeuten, besonders, wenn wir ein paar Frauen unter den Geschworenen haben.«
»Eine Frau werden wir schon bei den Geschworenen haben«, sagte Mason, »aber wie wollen Sie an diese Kleinigkeiten kommen, die zeigen sollen, daß sie auspackte und nicht einpackte?«
»Das überlassen Sie nur mir«, sagte Della Street, verschwand im Schlafzimmer und kam sofort mit einem Pelzmantel und einem adretten Hut zurück.
»Weshalb warten wir noch?« fragte sie.
»Wegen meines verdammten rechtschaffenen Gefühls«, antwortete Mason.
»Das habe ich schon befürchtet«, meinte sie.
Mason sprang auf die Beine, zog Della Street an sich und gab ihr einen Kuß. Sie lachte ihn an, und er sagte: »Wie kommt es, daß Ihr weiblicher Charme besonders verlockend ist, wenn Sie irgendeine Untat ausgedacht haben?«
»Darüber können wir uns später mal unterhalten«, meinte sie. »Im Augenblick haben wir genug zu tun. Glauben Sie, Tragg läßt die Wohnung bewachen?«
»Das müssen wir herausbekommen.«
»Und wenn wir erwischt werden?«
»Wir suchen nur nach einem Beweisstück – und wenn Tragg das nicht glaubt, müssen Sie wieder Ihren weiblichen Charme spielen lassen«, erwiderte Mason.
»Für Tragg? Dann wollen wir uns lieber nicht erwischen lassen«, lachte Della Street.

17

»Sehen Sie genau hin, Della! Alles dunkel?«

»Finster wie in einer Handtasche.«

»Wir fahren um den Häuserblock«, sagte Mason, »und suchen einen Polizeiwagen. Es ist möglich, daß eine Wache in der Wohnung schläft. In diesem Fall hat sie dann hier irgendwo ihren Wagen stehen.«

Sie fuhren langsam um den Block und achteten auf die Nummern der parkenden Autos.

»Ich glaube, die Luft ist rein, Della«, meinte Mason. »Um ganz sicher zu sein, fahren wir noch um ein paar weitere Häuserblocks.«

»Was machen wir denn, wenn wir drin sind?«

»Wir machen so viel, daß wir diesen Kerlen beim Kreuzverhör ordentlich zusetzen können und uns bei den Geschworenen ins rechte Licht rücken. Wenn man es sich recht überlegt, Della, weiß niemand, ob Rose Keeling ihre Sachen einpackte, um die Stadt zu verlassen, oder ob sie ihre Absicht, die Stadt zu verlassen, aufgegeben hatte und die Koffer auspackte, als sie ermordet wurde.

Wenn die Verhandlung beginnt, ruft der Staatsanwalt bestimmt Lieutenant Tragg als Zeugen auf und fragt ihn, was er vorgefunden habe, als er die Tote sah. Tragg wird aussagen, er habe den Leichnam nackt auf dem Boden vor der Badezimmertür mit den Füßen zum Badezimmer liegend gefunden. Die Luft im Badezimmer sei noch feucht und die Badewanne wärmer als die Luft gewesen, woraus zu schließen ist, daß sie gebadet hat. Er habe auf dem Bett Kleidungsstücke und ähnliches vorgefunden, und dann wird er weiter aussagen, daß da zwei offene Koffer standen und daß sie diese Koffer packte.

Sie können sich darauf verlassen, daß Tragg das sehr geschickt erwähnt, ehe jemand etwas dagegen sagen kann. Dann streite ich ab, daß sie einpackte, mit der Begründung, das sei eine Vermutung des Zeugen, und der Staatsanwalt wird gelangweilt sagen: ›Gut, Mr. Mason, wenn Sie darauf bestehen, daß es eine Vermutung ist.‹ Und dann wendet er sich mit einem überlegenen Lächeln an Tragg und sagt: ›Was *haben* Sie vorgefunden, Lieutenant? Da Mr. Mason sich gegen Ihre Formulierung wendet, das Mädchen habe eingepackt, sagen Sie uns, was haben Sie gefunden?‹

Und dann sagt Tragg: ›Vor der Kommode fand ich zwei Koffer und auf ihr gefaltete Kleidungsstücke. Die Sachen waren genau so gefaltet, daß sie richtig in den Koffer paßten, wenn sie auf die Kleider gelegt worden wären, die schon drin waren. In den Koffern befanden sich Kleidungsstücke, die, wie wir festgestellt haben, Rose Keeling gehörten, als sie noch lebte.‹«
»Und was geschieht dann?« fragte Della Street.
»Dann«, fuhr Mason fort, »sieht der Staatsanwalt schmunzelnd hinüber zu den Geschworenen, als ob er sagen wollte: ›Da sehen Sie mal, was für ein Bursche dieser Mason ist und wie er versucht, alle möglichen Mittel zu benutzen, damit seine Klientin nicht überführt wird.‹ Das sind kleine Tricks vor Gericht, aber man kann sie benutzen, um dem Verteidiger zu schaden.«
»Und wenn wir in der Wohnung gewesen sind, was dann?«
»Wenn wir in der Wohnung gewesen sind, wissen wir wesentlich mehr als jetzt«, sagte Mason. »Wir lassen Tragg ruhig behaupten, sie habe ihre Koffer gepackt, als sie ermordet wurde, und sagen nichts dagegen. Aber wenn wir ihn dann ins Kreuzverhör nehmen, sagen wir: ›Lieutenant, Sie haben behauptet, diese Frau habe eingepackt. Woher wissen Sie das? Woher wissen Sie, daß sie nicht auspackte?‹ Und Tragg wird bissig antworten: ›Sie ist nicht fortgewesen, nicht wahr? Oder behaupten Sie, sie hätte ihre Kleider immer in den Koffern gehabt und sie vielleicht einmal in der Woche in die Schubladen getan, nur, damit sie eine andere Luft zu riechen bekämen?‹ Und dann runzelt der Richter die Stirn, die Geschworenen lächeln und die Leute im Gerichtssaal lachen laut.
Dann frage ich ihn im einzelnen nach den Gegenständen, die im Koffer waren, und erbringe den Beweis, daß sie aus- und nicht einpackte. So kann man sehen, daß ich die ganze Zeit gewußt habe, wovon ich sprach, und der Staatsanwalt eine Runde verloren hat. Und, was wichtiger ist, die Geschichte, die Marilyn Marlow erzählt, erscheint viel glaubwürdiger. Mit anderen Worten, wenn Rose Keeling ihre Sachen eingepackt hätte, hätte sie niemals Marilyn Marlow eingeladen, wiederzukommen und Tennis zu spielen. Wenn sie aber auspackte, hat sie das sehr gut tun können. Es ist nur eine Kleinigkeit, aber in einem Mordfall kann sie die Entscheidung über Verurteilung oder Freispruch bringen. Im einem Fall *muß* Marilyns Geschichte eine Lüge sein, im anderen Fall *kann* sie die Wahrheit sein. Wie war's mit diesem Block, Della? Haben Sie was gesehen, das wie

ein Polizeiauto aussieht?«
»Nein, nichts.«
»Na, wir können nicht die ganze Stadt absuchen«, meinte Mason. »Wir haben den Schlüssel. Dann wollen wir es mal versuchen!«
»Von mir aus«, sagte Della Street. »Wo lassen wir den Wagen stehen?«
»Genau vor dem Haus«, schlug Mason vor.
»Ist das nicht gefährlich?«
»Natürlich ist es gefährlich. Alles ist gefährlich. Sobald wir das Haus betreten, begeben wir uns in Traggs Gewalt. Wenn er uns erwischt, sperrt er uns wegen Einbruchs ein.«
»Aber wir nehmen doch gar nichts mit!«
»Bei Einbruch ist schon der Versuch strafbar«, erklärte Mason.
»Was soll das heißen?«
»Wer ein Haus betritt in der Absicht, einen Diebstahl oder irgendein Verbrechen zu begehen, ist des Einbruchs schuldig.«
»Sie meinen, wenn wir im Haus geschnappt werden, bliebe uns nichts zur Verteidigung?«
»Wir müßten das Gericht überzeugen, daß wir beim Betreten des Hauses nicht vorhatten, etwas mitzunehmen, und das ist sehr schwer. Die Polizei würde behaupten, wir hätten etwas beiseite schaffen wollen.«
»Was denn zum Beispiel?«
»Das brauchen sie gar nicht anzugeben. Sie würden behaupten, es wäre ein Beweisstück, das wir vor der Polizei verbergen wollten. Was hat das für einen Sinn? Wir können es uns nicht leisten, erwischt zu werden.«
Sie lachte. »Ich wollte mich nur über die Rechtslage informieren.«
»Wollen Sie im Wagen bleiben und . . .?«
»Wo denken Sie hin!«
»Ich kann reingehen und mich erst einmal umsehen.«
»Können Sie alles so arrangieren, daß es aussieht, als ob ein Mädchen aus- und nicht einpackte? Sie würden alles durcheinanderbringen, wie jeder Mann. Also keinen Unsinn, los!«
Mason hielt den Wagen vor dem Haus an.
»Sollen wir uns noch ein wenig umsehen?« fragte Della Street.
»Auf keinen Fall. Wenn jemand zufällig aus einem der umliegenden Häuser sieht, würde er glauben, wir hätten was Schlimmes vor. Wir gehen direkt auf das Haus zu, als wären wir Poli-

zeidetektive, die nach Spuren suchen. Genau so.«
Mason ging über den Gehsteig und schloß die Haustür auf.
»Und jetzt gehen wir sofort rauf?« fragte Della Street.
»Ja, sofort«, sagte Mason. »Bei der Wohnungsknappheit heutzutage können die Nachbarn glauben, daß ein Freund des Polizeichefs die Wohnung gemietet hat, ehe überhaupt der Leichnam weggeschafft worden ist. Machen Sie aber kein Licht, Della. Wir nehmen Taschenlampen und halten die Hand vor.«
Mason brachte zwei Taschenlampen zum Vorschein, die er aus dem Handschuhfach seines Wagens genommen hatte, und sie gingen vorsichtig die Treppe hinauf.
»Bleiben Sie auf der Seite«, warnte Mason, »da knarren die Stufen nicht so sehr. Ich möchte nicht, daß die Mieter im Erdgeschoß Schritte hören.«
»Das Haus ist ja mächtig groß«, stöhnte Della Street.
»Ich weiß, aber damit müssen wir uns abfinden.«
Vorsichtig stiegen sie hinauf zur zweiten Etage, wobei sie sich auf der einen Seite der Treppe hielten. Mason schirmte den Strahl der Taschenlampe mit der Hand ab und schlich leise durch das Wohnzimmer, ein kleines Stück den Korridor entlang und dann ins Schlafzimmer.
Die Tote war nicht mehr da, und wo die Blutlache gewesen war, sah man nur noch einen dunklen Fleck. Kreidestriche bezeichneten auf dem Boden die Lage des Leichnams, als er gefunden wurde.
»Sie haben den Raum nach Fingerabdrücken abgesucht«, bemerkte Mason, »aber sonst haben sie alles so gelassen, wie es war.«
»Dann haben sie sich nicht notiert, was in den Koffern war?«
»Ich glaube nicht. Wahrscheinlich haben sie die Ecken der verschiedenen Kleider hochgehoben. Möglicherweise haben sie vor, noch mehr zu fotografieren oder weitere Zeugen herbeizuschaffen. Vielleicht schließen sie später die Koffer ab und bringen sie zur Staatsanwaltschaft. Nun bitte, Della, an die Arbeit!«
Della Street beugte sich über die Koffer. Mason hielt die Taschenlampe so, daß sie genug Licht hatte.
Della ließ die Kleider durch ihre Finger gleiten.
»Könnten Sie was damit anfangen?« wollte Mason wissen.
»Entweder hatte sie vor zu heiraten«, vermutete Della Street, »oder sie plante eine größere Reise. Sie hat eine Menge von ihrem guten Zeug eingepackt. Es sieht so aus, als ob sie über ihre

Aussteuerkiste hergefallen wäre. Sie hat nicht gespart mit Wäsche und Nachthemden . . . teure Sachen.«
»Es soll so aussehen, als ob sie aus- und nicht eingepackt hat.«
»Lassen Sie mir Zeit, Chef, ich muß erst das hier untersuchen.«
Mit geschickten Händen hob sie jedes einzelne Stück hoch, ohne etwas durcheinander zu bringen.
»Eins will ich Ihnen sagen«, flüsterte Della Street ganz leise, »das Mädchen hat verdammt gut gepackt, und ich glaube auch nicht, daß sie es überstürzt hat. Es ist alles sehr sorgfältig zusammengelegt.«
»Machen Sie weiter«, bat Mason. »Sehen Sie, was Sie sonst noch finden können.«
Della Street untersuchte schnell den anderen Koffer, dann meinte sie: »Sie hat offensichtlich nur die Hälfte gepackt. Was für Kleider liegen auf der Frisierkommode?«
Mason fuhr mit dem Lichtkegel der Taschenlampe in die Höhe, so daß Della Street sie in Augenschein nehmen konnte. Plötzlich stieß sie einen Pfiff aus.
»Was ist los?« fragte Mason.
»Chef, die Theorie der Polizei ist doch, daß diese Sachen gefaltet und auf die Kommode gelegt worden sind, damit sie in den Koffer gepackt werden konnten?«
»Ja, ganz recht.«
Della Street schüttelte den Kopf. »So genau hätte sie die gar nicht falten können. Sehen Sie, die Kanten sind alle gleichlang, ganz genau in den Ausmaßen des Koffers.«
Della Street nahm den Stapel auf und legte ihn in den Koffer. »Sehen Sie, er paßt genau hinein!«
»Ja und?«
»Merken Sie nichts?« jubelte Della.
»Was denn eigentlich?«
»Chef, wir haben *recht*. Die ganze Zeit schon.«
»Sie meinen, sie hat *wirklich aus*gepackt?«
»Bestimmt! Das muß so sein. Sehen Sie, was geschehen ist? Diese Kleider hat sie eins nach dem andern im Koffer gefaltet. Deshalb entsprechen sie auch *genau* dessen Maßen. Als sie sie faltete, befanden sie sich im Koffer. Als sie dann anfing auszupacken, hat sie die Sachen, die auf dieser Seite des Koffers waren, herausgenommen und auf die Kommode gelegt . . . Wahrscheinlich mußte sie etwas haben, das unten lag. Hinterher hat sie sie auf der Kommode liegen gelassen. Es sind nicht genug,

um den Koffer zu füllen. Lassen Sie mich mal sehen, Chef!«
Aufgeregt zog Della Street die Kommodenschubladen heraus. »Sehen Sie sich *diese* Kleidungsstücke an«, sagte sie atemlos. »Sie sind genau wie die anderen gefaltet. Mal sehen.«
Sorgfältig nahm sie eine Bluse heraus und legte sie auf den Stapel auf der Kommode.
»Sehen Sie, was ich meine? Sie muß ausgepackt haben! Ganz bestimmt, Chef. Diese Sachen hat sie aus dem Koffer genommen und oben auf die Kommode gelegt. Dann wollte sie sie weiter in die Schubladen legen, und weil diese ungefähr dieselbe Größe haben wie der Koffer, brauchte sie sie nicht neu zu falten, sondern ließ sie so, wie sie in dem Koffer waren.«
Mason war noch nicht überzeugt. »Glauben Sie nicht, es könnte Zufall sein? Es . . .«
Doch Della Street unterbrach ihn: »Wenn Sie glauben, es ist Zufall, versuchen Sie es mal! Nehmen Sie ein Kleid und falten es genau so, wie es sein soll. Das können Sie nicht, es sei denn, Sie haben etwas, um ihm die Form zu geben, etwas, das es in der richtigen Lage hält. Sie brauchen eine Schachtel, einen Koffer oder . . .«
»Jetzt machen wir, daß wir rauskommen«, befahl Mason plötzlich. »Wir besorgen uns einen Gerichtsbeschluß, wonach die Sachen nicht angefaßt werden dürfen. Dann holen wir Fotografen. Jetzt kommt es darauf an, offiziell Zugang zum Tatort zu bekommen, ehe die Polizei alles durcheinanderbringt.«
»Aber selbst wenn das geschieht«, meinte Della Street, »könnten wir es doch beschwören. Ich könnte sagen, daß . . .«
Mason lachte heiser. »Das wäre gerade das Richtige. Sie stehen im Zeugenstand und sagen aus, was Sie gesehen haben. Dann nimmt Sie der Staatsanwalt ins Kreuzverhör und fragt bissig: ›Bei welcher Beleuchtung haben Sie das gesehen, Miss Street? Was für eine Lampe haben Sie benutzt?‹ Und dann sagen Sie: ›Eine Taschenlampe‹, und wenn der Staatsanwalt fragt, zu welch nachtschlafender Zeit das gewesen ist, sagen Sie: ›Gegen halb zwei morgens‹, und . . .«
»Was macht das aus, zu welcher Zeit ich's sah?« fragte Della Street. »Tatsachen sind Tatsachen.«
»Das ist klar«, antwortete Mason, »aber der Staatsanwalt würde es so darstellen, als hätten wir beide das Haus betreten, um die Sachen so umzufalten, daß sie genau in den Koffer passen und . . .«

»Aber das haben wir doch gar nicht gemacht.«
»Das sagen Sie, Della, aber wenn Sie es sich recht überlegen, weswegen sind wir denn hergekommen? Angenommen, wir hätten es tun müssen?«
Della Street dachte einen Augenblick nach, dann sagte sie: »Gut, dann wollen wir machen, daß wir hier rauskommen.«
»Das Komische dabei ist«, fuhr Mason fort, »daß der Beweis die ganze Zeit gegeben war. Wenn ich nur meine Augen aufgemacht hätte, als ich hier war. Wenn ich damals nur Tragg darauf hingewiesen hätte! ... Ach, was hat das für einen Zweck? Wir wollen gehen.«
Auf Zehenspitzen schlichen sie den Flur entlang, durch das Wohnzimmer ins Treppenhaus, und gingen dann vorsichtig hinunter, wobei sie sich wieder auf einer Seite der Treppe hielten, um das Knarren der Stufen zu vermeiden.
Sie kamen im Erdgeschoß an.
»Alles in Ordnung?« fragte Mason.
»Alles in Ordnung«, bestätigte Della Street.
Mason öffnete die Tür.
Nach der muffigen Luft in der Wohnung, deren Fenster geschlossen waren, umfing sie auf einmal die kühle Nachtluft.
In diesem Augenblick tauchte ein Scheinwerfer den Vorplatz in blutrotes Licht.
Della Street erstarrte. »Um Gottes willen, es ist ...«
»Ein Polizeiwagen«, fuhr Mason fort.
»Laufen wir zurück oder ...«
»Raus!« befahl Mason und schob sie vor sich her. Dann folgte er ihr und zog die Tür hinter sich zu. Er holte sein Taschentuch heraus, hielt es vor sich hin und bewegte es schnell hin und her.
»Was machen Sie da?« fragte Della Street.
»Ich wische die Fingerabdrücke vom Schlüssel ab. Heben Sie mal mit Ihrem Fuß die Matte an der Haustür hoch! Schnell!«
Sie fuhr mit ihrem Fuß unter die Matte, und Mason ließ den Schlüssel klirrend auf den Zementboden fallen.
»Gut«, flüsterte Mason. »Halten Sie die Matte hoch!«
Della Street hob die Matte wieder mit ihrem Fuß an, und Mason stieß den Schlüssel darunter.
Dann stellte er sich an die Tür und drückte auf die Klingel. Jetzt hatte sie der Scheinwerfer auf dem Polizeiwagen mit seinem grellen roten Strahl erfaßt. Der Wagen hielt an, eine Tür wurde geöffnet und wieder zugeschlagen.

Mason drehte sich um und sagte leichthin: »Wir wollen hier rein. Was ist mit dem Wachmann los? Ist er betrunken? Wir schellen jetzt schon seit zehn Minuten.«
Ein Polizist kam zur Tür, gefolgt von einem Mann, der im Schatten zurückblieb.
»Was, zum Teufel, ist hier los?«
»Wir wollen ins Haus«, erklärte Mason.
»Sie *sind* schon drin gewesen.«
»Ja«, sagte Mason. »Natürlich war ich schon drin. Deshalb will ich auch wieder rein.«
»Wie sind Sie denn hereingekommen?«
»Ich war mit Lieutenant Tragg hier.«
»Das meine ich nicht. Sie waren doch soeben im Haus.«
»Ich möchte hinein«, beharrte Mason. »Deshalb habe ich geschellt. Da oben muß doch ein Polizist schlafen.«
»Sie sind im Haus gewesen. Sie haben die Tür aufgeschlossen und sind reingegangen.«
»Wovon sprechen Sie überhaupt?«
»Hier ist jemand, der Sie gesehen hat«, trumpfte der Polizist auf.
Robert Caddo trat ins Licht und sagte freundlich: »Guten Abend, Mason!«
»Ach, guten Abend, Caddo!« grüßte Mason. »Was machen Sie denn hier?«
Caddo sagte dummerweise gar nichts.
Mason wandte sich an den Polizisten, der langsam auf und ab ging. »Ich hoffe, Sie schenken den Worten dieses Herrn keine Beachtung!«
»Was haben Sie daran auszusetzen?«
»Soviel ich weiß, steht er unter Mordverdacht. Er hat der Polizei schon eine Menge vorgelogen.«
»So dürfen Sie aber nicht reden, Mason!« schimpfte Caddo.
»Was ich darf, weiß ich selbst«, fuhr Mason ihn wütend an und trat auf ihn zu. »Sie haben gehört, wie Ihre Frau mir sagte, sie sei bei Rose Keeling gewesen, und Sie haben versucht . . .«
»So was hat sie nicht gesagt! Sie . . .«
Der Polizist griff mit seiner riesigen Hand nach Masons Brust und zog ihn von Caddo zurück. »Immer mit der Ruhe, Freundchen«, sagte er. »Eins nach dem andern. Zuerst möchte ich wissen, was Sie in diesem Haus gemacht haben.«
»Ich will dafür sorgen, daß das Beweismaterial erhalten bleibt«,

erklärte Mason. »Dieser Mann versucht auf Biegen und Brechen in die Wohnung zu kommen, um ein Beweisstück zu beseitigen, das seine Frau belastet.«

»Das ist nicht wahr«, schimpfte Caddo.

Mason lachte höhnisch. »Sie haben sich die größte Mühe gegeben, ins Haus zu kommen. Sie haben sich eine Geschichte aus den Fingern gesogen, um den Polizisten zu bewegen, Sie ins Haus zu lassen.«

»Ich sage Ihnen, das ist nicht wahr!«, behauptete Caddo. »Ich habe das Haus beobachtet, weil ich sicher war, daß jemand versuchen würde, ein Beweisstück einzuschmuggeln, das Dolores belastet.«

»Deshalb sind Sie also hergekommen«, höhnte Mason, »haben Ihren Wagen hingestellt und sind die ganze Nacht hier geblieben, damit Sie . . .«

»Damit ich das Haus beobachten konnte«, unterbrach ihn Caddo. »Ich habe Sie mehrfach um den Häuserblock fahren sehen, und dann habe ich gesehen, wie Sie Ihren Wagen parkten und mit Ihrer Sekretärin im Haus verschwanden.«

»Und dann sind Sie losgerannt, um einen Polizisten zu suchen, nicht wahr?«

»Ich bin zum nächsten Telefon gegangen und habe das Polizeipräsidium angerufen. Die haben sich dann mit der Funkstreife in Verbindung gesetzt«, sagte Caddo.

»Das sehe ich«, bemerkte Mason bitter. »Und wie lange haben Sie gewartet, bis Sie zum Telefon gingen? Warum haben Sie dagesessen und gewartet?«

»Ich habe gar nicht gewartet. Sobald ich Sie an der Haustür sah, wußte ich, was los war, und da bin ich zum Telefon gelaufen.«

»Das habe ich mir gedacht«, bemerkte Mason.

»Was ist denn daran nicht in Ordnung?« wollte Caddo wissen.

»Sobald Sie uns zur Tür gehen sahen, sind Sie zum nächsten Telefon gerannt?« fragte Mason und trat Della Street auf den Fuß.

»Das habe ich bereits gesagt«, erwiderte Caddo.

»Allerdings«, fuhr Mason fort. »Beachten Sie bitte, was das bedeutet, Sergeant. Sobald er sah, wie wir hier zur Tür gingen, ist er zum Telefon gelaufen.«

»Weil ich wußte, was Sie vorhatten. Ich wußte, daß Sie ins Haus wollten und ein Beweisstück gegen meine Frau einschmuggeln würden. Ich hatte Sie schon die ganze Zeit im Ver-

dacht. Sie ... He, Sergeant, die Frau schreibt das alles in Kurzschrift mit.«
»Aber sicher«, nickte Mason.
Der Polizist drehte sich herum. Della Street, die in der Ecke stand, hatte einen Stenogrammblock und einen Füller aus der Tasche genommen, ihre Hand flog über die Seiten und kritzelte sie voll.
»Was soll das?« fragte der Polizist.
»Dieser Mann ist ein notorischer Lügner. Er ändert seine Aussage, sobald ihm ihre volle Bedeutung aufgeht.«
»Wenn Sie mich noch einmal Lügner nennen, schlage ich Ihnen die Zähne ein ...«
»Ruhe!« warnte ihn der Polizist. Dann wandte er sich wieder an Mason: »Was wollen Sie überhaupt?«
»Kennen Sie mich nicht?« fragte Mason.
»Nein.«
»Ich bin Rechtsanwalt Mason.«
»Lassen Sie sich mal bei Licht besehen«, meinte der Polizist. Er schob Mason ins Scheinwerferlicht. – »Allerdings, Sie sind's«, stellte er fest.
»Und dies ist Miss Street, meine Sekretärin.«
»Gut, Mr. Mason, was tun Sie hier?«
»Ich versuche, ins Haus zu kommen«, sagte Mason. »Anscheinend hat Ihre Wache einen gesunden Schlaf. Es muß jetzt schon zehn Minuten her sein, seit ich zum ersten Male geschellt habe.«
»Da oben ist keine Wache.«
»Was?«
»So ist's. Dieses Haus gehört zu meinem Revier. Wir haben nicht genug Leute. Ich soll ein wenig auf das Haus achten.«
»Kein Wunder, daß niemand auf unser Klingeln geantwortet hat«, meinte Mason.
»Er hat gar nicht geschellt«, fuhr Caddo ärgerlich dazwischen. »Er ist oben gewesen. Er hat die Tür geöffnet und ist mit seiner Sekretärin raufgegangen.«
»Die Tür geöffnet!« entfuhr es Mason.
»Sie haben recht gehört. Das habe ich gesagt.«
Mason lachte. »Wie kommen Sie denn darauf, daß ich die Tür geöffnet habe?«
»Ich habe Sie gesehen. Ich habe gesehen, wie Sie reingegangen sind.«

»Sie haben mich reingehen sehen?«
»Ganz recht, Sie haben richtig verstanden.«
Mason lachte wieder. »Sie haben uns hier zur Tür gehen sehen, genau da, wo wir jetzt stehen.«
»Das ist nicht wahr! Ich habe gesehen, wie Sie die Tür geöffnet haben und sofort ins Haus gegangen sind.«
»Nein, das haben Sie nicht«, erwiderte Mason. Dann wandte er sich an den Polizisten und bemerkte: »Sehen Sie, ich habe Ihnen gesagt, er versucht seine Aussage zu ändern, sobald er merkt, wie die Situation steht.«
»Ich ändere nicht meine Aussage. Das habe ich die ganze Zeit gesagt.«
»Das hat er auch mir erzählt«, bemerkte der Polizist. »Sie beide seien ins Haus gegangen. Das hat er schon gesagt, als ich ihn bei dem Restaurant einsteigen ließ, von dem aus er telefoniert hatte. Er sagte, zwei Personen seien ins Haus gegangen.«
»Er hat angenommen, sie würden reingehen«, unterbrach ihn Mason.
»Ich habe Sie reingehen sehen«, beharrte Caddo.
Mason wandte sich herablassend an den Polizisten: »Sehen Sie mal, was geschehen ist. Er hat uns hier zum Haus kommen sehen und hat angenommen, wir würden reingehen. Da ist er sofort losgerannt, um zu telefonieren. Jetzt, wo er einsieht, daß wir nicht reingegangen sind, und er uns auch nicht dabei gesehen hat, versucht er, alles umzudrehen.«
»Das ist nicht wahr!«
»Ich glaube es auch nicht«, meinte der Polizist. »Er hat mir gesagt, Sie wären reingegangen.«
»Verstehen Sie das denn nicht?« fragte Mason. »Hier hat er dreimal zugegeben, daß er sofort, als er uns hier heraufgehen sah, zum Telefon gelaufen ist.«
»Das allerdings«, meinte der Polizist zweifelnd.
»So habe ich es nicht gemeint«, fuhr Caddo auf. »Ich wollte sagen, sobald Sie hier die Treppe emporstiegen, wußte ich, was Sie vorhatten, und habe mich fertiggemacht, um loszugehen. Dann haben Sie die Tür geöffnet, und als Sie das taten, bin ich . . .«
»Sehen Sie«, unterbrach Mason ihn lachend, »er versucht sich herauszulügen. Ich habe es Ihnen ja gleich gesagt.«
»Das ist einfach nicht wahr«, wehrte sich Caddo.
»Das glaube ich aber doch«, erwiderte Mason.

»Das will ich dem Sergeant überlassen. Ich . . .«
Doch Mason unterbrach ihn. »Della, lesen Sie vor, was Caddo gesagt hat.«
Della Street hielt den Stenogrammblock so, daß das Licht auf das Blatt fiel, und dann las sie langsam vor:
»Mr. Caddo: Ich habe gar nicht gewartet. Sobald ich Sie an der Tür sah, wußte ich, was los war, und da bin ich zum Telefon gelaufen.
Mr. Mason: Das habe ich mir gedacht.
Mr. Caddo: Was ist daran nicht in Ordnung?
Mr. Mason: Sobald Sie uns zur Tür gehen sahen, sind Sie zum nächsten Telefon gerannt?
Mr. Caddo: Das habe ich bereits gesagt.
Mr. Mason: Allerdings. Beachten Sie bitte, was das bedeutet, Sergeant. Sobald er sah, wie wir hier zur Tür gingen, ist er zum Telefon gelaufen.
Mr. Caddo: Weil ich wußte, was Sie vorhatten. Ich wußte, daß Sie ins Haus wollten und ein Beweisstück gegen meine Frau einschmuggeln würden. Ich hatte Sie schon die ganze Zeit im Verdacht, Sie . . . He, Sergeant, die Frau schreibt das alles in Kurzschrift mit.«
»Da haben Sie's, Sergeant«, sagte Mason. »Sie hat es in Kurzschrift mitgeschrieben, schwarz auf weiß. Das hat der Mann Wort für Wort gesagt.«
»Das glaube ich auch«, meinte der Polizist. »Ich glaube, sie hat es richtig mitgeschrieben.«
»Nun, so habe ich es nicht gemeint«, lenkte Caddo ein. »Ich weiß, daß sie drin waren. Ich habe gesehen, wie sie die Tür geöffnet haben.«
Mason lachte auf. »Wie haben wir die Tür denn überhaupt aufgekriegt?«
»Keine Ahnung. Vielleicht war sie angelehnt, oder Sie hatten einen Schlüssel.«
»Wollen Sie mich durchsuchen?« fragte Mason und hielt die Arme hoch.
»Da Sie es nun mal vorgeschlagen haben, will ich es tun«, sagte der Polizist.
Zuerst tastete er Mason ab, um nach Waffen zu suchen, dann griff er in jede Tasche. »Sie scheinen nur Kleinigkeiten bei sich zu haben«, meinte er.
Mason fing an, seine Taschen auf den Boden auszuleeren, und

drehte jede von ihnen um, wenn er sie ausgepackt hatte. Dann legte er seine Sachen auf einen kleinen Haufen mitten ins Scheinwerferlicht des Polizeiwagens.
Plötzlich ging über der Haustür eine Lampe an, und eine schrille Frauenstimme rief aus einer Wohnung im Erdgeschoß: »Ich habe die Polizei angerufen. Ich weiß nicht, was Sie tun, aber . . .«
»Hier ist die Polizei«, antwortete der Polizist und zeigte seine Kennmarke.
»Ja, ich habe im Polizeirevier angerufen und . . .«
»Schon gut. Auf dem Revier wissen sie, daß ich hier bin«, beruhigte sie der Polizist, blickte aber auf den wachsenden Haufen Kleinkram, den Mason aus den Taschen holte.
»Bitte sehr«, sagte Mason und zeigte, daß er bei jeder Tasche das Innerste nach außen gedreht hatte. »Sie sehen keine Einbruchswerkzeuge dabei, nicht wahr?«
»Vielleicht war es ein Schlüssel«, meinte Caddo.
»Einen Schlüssel sehe ich auch nicht.«
»Dann hat ihn seine Sekretärin.«
»Wenn Sie irgendwelche Zweifel haben«, sagte Mason, »können Sie meine Sekretärin zum Polizeipräsidium mitnehmen, und dort lassen wir sie durch eine Kriminalbeamtin untersuchen, Sergeant. Aber . . .«
»Lassen Sie mich mal Ihre Handtasche sehen«, bat der Polizist Della Street.
Er öffnete sie, sah sich die verschiedenen Sachen an und holte einen Schlüsselbund hervor.
»Was ist das für ein Schlüssel?«
»Zu meiner Wohnung.«
»Und dieser hier?«
»Zu Mr. Masons Büro.«
»Und dieser?«
»Für die Garage.«
»Lassen Sie sich nichts vormachen«, warnte Caddo. »Woher sollen Sie wissen, was das für Schlüssel sind? Der angebliche Schlüssel zu Masons Büro kann für etwas ganz anderes sein. Sie . . .«
»Das ist mir ganz gleich«, erwiderte der Polizist, »außer, wenn es der Schlüssel zu dieser Tür ist. Das werden wir mal ausprobieren.«
Er steckte die Schlüssel nacheinander in das Schlüsselloch, doch keiner paßte.

»Nicht einmal der richtige Bart«, meinte er. Er steckte die Schlüssel wieder in Dellas Handtasche, klappte sie zu und gab sie ihr zurück.
»Sie hat ihn in den Strumpfhalter gesteckt«, behauptete Caddo.
»Woher wollen Sie wissen . . .«
»Jetzt halten Sie aber Ihren Mund«, befahl der Polizist. »Sie haben die ganze Zeit schon unrecht gehabt. Was, zum Teufel, wollen Sie eigentlich?«
»Ich will dafür sorgen, daß . . .«
»Sie haben hier auf der Lauer gelegen und das Haus im Auge behalten?«
»Ja.«
»Die ganze Nacht?«
»Die ganze Nacht.«
»Da scheint was faul zu sein, soweit ich das beurteilen kann.«
Mason lächelte.
»Ich sage Ihnen, der Kerl ist geschickt«, sagte Caddo ungeduldig. »Ich hatte mir schon gedacht, er . . .«
»Nun, Caddo, Sie haben es also selbst übernommen, die Wache für dieses Haus zu spielen. Das behaupten Sie doch?« schaltete sich Mason ein.
»Allerdings.«
»Warum haben Sie sich nicht einen Polizisten geholt, der bei Ihnen bleiben konnte?«
»Sie wissen genau, warum. Ich hatte doch nur einen Verdacht. Ich . . .«
»Sie haben heute nacht mit Lieutenant Tragg gesprochen, nicht wahr?«
»Ja.«
»Und da habe ich Tragg gesagt, Sie hätten gehört, wie Ihre Frau zugab, daß sie hier war und eine Auseinandersetzung mit Rose Keeling hatte.«
»So was habe ich nie gehört. Das oder etwas Ähnliches hat meine Frau nie gesagt.«
»Und obwohl Ihre Frau niemals so was gesagt hat, haben Sie sich, anstatt ins Bett zu gehen, in Ihren Wagen gesetzt und sind hier herausgefahren, um die Wohnung im Auge zu behalten, nicht wahr?«
»Ja.«
Mason lächelte. »Wenn Sie Rose Keeling nicht gekannt haben, woher wußten Sie dann, wo ihre Wohnung war?«

»Ich – ich hatte die Adresse.«
Lachend wandte sich Mason an den Polizisten. »Wenn Sie einen guten Fang machen wollen, knöpfen Sie sich diesen Burschen mal vor.«
Der Polizist nickte fast unmerklich.
Caddo wurde plötzlich erregt. »Sie können sich doch damit nicht zufrieden geben, Sergeant! Ich habe Sie angerufen, als ich diese Leute ins Haus gehen sah, und jetzt kommen Sie und lassen sich beschwatzen.«
»Das versucht ja keiner«, sagte der Polizist, »aber ich komme nicht ganz mit. Ich verstehe nicht, warum Sie sich hier herumtreiben, anstatt ins Bett zu gehen. Ich persönlich glaube auch nicht, daß Sie sie ins Haus haben gehen sehen. Ich glaube nicht, daß sie darin gewesen sind. Sie haben hier gestanden und geschellt. Also los, halten Sie Ruhe! Und jetzt machen Sie alle, daß Sie nach Hause kommen. Ich weiß, wer dieser Mann ist, und ich kann ihn jederzeit erreichen. Ich mache über den Vorfall Meldung.«
»Und ich auch«, schimpfte Caddo. »Wenn Lieutenant Tragg ... Verdammt noch mal, ich rufe Lieutenant Tragg selbst an.«
»Von mir aus können Sie gehen und ihn anrufen«, meinte der Polizist. »Aber ich glaube, es liegt nichts vor, das nicht morgen geregelt werden kann. Ich mache einen Bericht, Lieutenant Tragg kann tun, was er will.«
»Ich forderte im eigenen Interesse und im Interesse meines Klienten, daß die Polizei eine Wache stellt. Es muß dafür gesorgt werden, daß die Wohnung zu Beweiszwecken unverändert erhalten bleibt.«
»Wir haben zu wenig Leute«, warf der Polizist entschuldigend ein. »Es gibt viele Verbrechen und ...«
»Ich stelle diesen Antrag«, unterbrach ihn Mason. »Ich stelle bei der Polizei einen förmlichen Antrag. In Anbetracht der Tatsache, daß Caddo versucht hat, in die Wohnung zu kommen, verlange ich eine Wache.«
»Ich überlasse die Angelegenheit dem Präsidium«, resignierte der Polizist.
»Sie haben in Ihrem Wagen eine Funksprechanlage«, stellte Mason fest. »Gehen Sie und rufen Sie an!«
»Hast du es mitgekriegt, Jack?« rief der Polizist seinem Begleiter zu, der im Wagen sitzen geblieben war.
»Zum Teil.«

»Ruf im Präsidium an und sage, Mason fordere eine Wache für die Wohnung.«
»Mit der Begründung, ein Beteiligter sei gesehen worden, wie er verdächtig um das Haus schlich«, fügte Mason hinzu.
»Meinen Sie mich?« fragte Caddo.
»Allerdings.«
»Ich bin nicht verdächtig ums Haus geschlichen.«
»Also gut«, sagte Mason und lachte bissig. »Melden Sie dem Präsidium, einer der Hauptverdächtigen habe sich aus eigenem Antrieb auf Wache gestellt, um die Wohnung zu beobachten. Wenn die Mordkommission das hört, schicken sie bestimmt eine Wache.«
»Ist gut, einen Augenblick«, sagte der Polizist.
Er drehte das Fenster hoch, damit man ihn nicht sprechen hörte, während er mit dem Polizeipräsidium telefonierte.
Kurz darauf drehte er das Fenster wieder herunter. »Okay«, sagte er, »das Präsidium schickt eine Wache.«

18

Richter Osborn blickte von den Akten auf und sagte: »Strafsache Marilyn Marlow!«
»Die Anklage ist bereit«, verkündete James Hanover.
Mason erhob sich. »Euer Ehren, die bei Gericht anwesende Angeklagte wird durch Anwalt vertreten. Sie ist über ihre Rechte aufgeklärt und bereit, ins Verhör einzutreten. Die Anklage lautet auf Mord. Ich trete im Namen der Angeklagten auf.«
»Ich habe die Erklärung der Verteidigung vernommen«, sagte der stellvertretende Staatsanwalt Hanover, »und werde mit der Beweisaufnahme beginnen. Rufen Sie Dr. Thomas C. Hiller herein.«
Dr. Hiller wurde vereidigt und tat mit dröhnender Stimme kund, daß er auf Grund seiner fachlichen Qualifikation sachverständiger Zeuge sei. Er bestätigte, daß er zu Rose Keelings Wohnung beordert worden sei und als mutmaßliche Todeszeit zwölf Uhr Mittag des Tages bestimmt habe, an dem er dorthin gerufen worden war, möglicherweise eine halbe Stunde vor Mittag. Er habe die Tote sofort untersucht. Sie hatte einen schweren Schlag auf den Kopf erhalten, der sie bewußtlos machte.

Offensichtlich sei ihr, während sie bewußtlos war, ein Messer in den Rücken gestoßen worden, dessen Klinge annähernd einen und ein fünftel Zoll breit und an der dicksten Stelle etwa ein fünftel Zoll dick war. Über die Länge der Klinge konnte er natürlich nur soviel aussagen, daß sie etwa sieben Zoll in den Körper der Ermordeten eingedrungen war.
Als seine persönliche Meinung fügte Dr. Hiller hinzu, der Tod sei durch den Stich auf der Stelle eingetreten. Er führte aber auch aus, der Stich sei erst ausgeführt worden, nachdem der Körper zusammengesunken war und sich in der Lage befand, in der er aufgefunden wurde.
Es war ein beträchtlicher Blutverlust eingetreten. Der Stich war von hinten oder ein wenig von der Seite beigebracht worden. Mikroskopische Untersuchungen der Nägel hatten unter anderem ergeben, daß die Ermordete kurz vor dem tödlichen Messerstich gebadet hatte.
»Verhören Sie«, schnarrte Hanover hochmütig.
»Nicht nötig«, meinte Mason.
Lieutenant Tragg wurde in den Zeugenstand gerufen.
Er nannte seinen Beruf und gab an, daß er an dem Mordtag in Rose Keelings Wohnung gerufen worden war.
Als er aufgefordert wurde, den Zustand der Wohnung bei seiner Ankunft zu beschreiben, stellte er fest, Perry Mason und seine Sekretärin Della Street seien in der Wohnung mit dem Körper der Ermordeten allein gewesen.
Dann beschrieb er weiter den Zustand der Wohnung, wobei er von Zeit zu Zeit Fotos ansah, die man ihm vorlegte und die als Beweisstücke galten, weil sie unter Aufsicht der Polizei angefertigt worden waren.
Dann fragte Hanover Tragg, was er unternommen habe, um die Mordwaffe zu finden.
»Schildern Sie dem Gericht genau, was Sie unternommen haben.«
»Ich habe die Wohnung durchsucht und nach dem Messer gefahndet. Aber es war nirgends zu finden.«
»Jetzt frage ich Sie, haben Sie ein Auto durchsucht, das der Angeklagten gehört?«
»Das habe ich getan.«
»Und wo?«
»In einer öffentlichen Garage.«
»Und wissen Sie, wer es dort hingestellt hatte?«

»Ich weiß nur, was man mir berichtet hat.«
»Das können Sie natürlich nicht vorbringen. Ist der Eigentümer der Garage, der Ihnen die Auskunft gegeben hat, im Saal?«
»Ja.«
Hanover schmunzelte.
»Sie brauchen ihn nicht aufzurufen«, bemerkte Mason. »Ich gebe zu, daß ich den Wagen meiner Klientin in eine öffentliche Garage eingestellt habe, während sie ein Sanatorium aufsuchte, als sie auf Grund einer *Habeas-Corpus*-Verfügung freigelassen wurde.«
»Um so besser«, meinte Hanover. »Damit sparen wir Zeit. Danke sehr.«
Er öffnete eine kleine Tasche, holte eine Schachtel hervor und ging zum Zeugenstand. Dann nahm er ein Messer aus der Schachtel, das mit eingetrocknetem Blut befleckt und verkrustet war.
»Lieutenant Tragg, ich frage Sie, haben Sie dieses Messer schon einmal gesehen?«
»Ja, das habe ich. Ich erkenne es daran, daß im Griff die Anfangsbuchstaben eines Namens eingeritzt sind. Ich habe das Messer unter einer Matte im Kofferraum des Autos der Angeklagten gefunden. Als ich es fand, war es genau in demselben Zustand wie jetzt, abgesehen davon, daß einige der eingetrockneten Blutflecken zu chemischen Untersuchungen im Polizeilabor benutzt worden sind. Das hat ihr Aussehen ein wenig verändert. Außerdem sieht das Messer etwas anders aus, weil der Griff und ein Teil der Klinge eingepudert worden sind, um eventuell vorhandene Fingerabdrücke sichtbar zu machen.«
»Haben Sie welche gefunden?«
»Nein, wir haben nichts entdeckt. Der Griff war sehr sorgfältig abgewischt worden, um alle Fingerabdrücke zu entfernen.«
»Das ist ein Schluß des Zeugen«, protestierte Mason.
Lieutenant Tragg lächelte. »Na, dann will ich es mal so sagen: Auf dem Griff waren absolut keine Fingerabdrücke vorhanden, auch nicht die geringsten. Nicht einmal der leichteste Staub.« Dann fügte er triumphierend hinzu: »Und als ein Mann mit beträchtlicher Erfahrung in Mordfällen und dem Aufspüren von Fingerabdrücken weiß ich, daß so etwas nicht vorkommen kann, wenn nicht der Griff sehr sorgfältig abgewischt worden ist.«
»Haben Sie vor, dieses Messer als Beweis vorzubringen?« fragte Mason den Staatsanwalt.

»Allerdings«, antwortete Hanover.

»Unter diesen Umständen habe ich nichts dagegen einzuwenden«, sagte Mason. »Bringen Sie es ruhig als Beweis vor.«

Richter Osborn schien ziemlich erstaunt zu sein. »Bisher ist natürlich noch nicht dargelegt worden, daß dies die sogenannte Mordwaffe ist. Außer der Tatsache, daß die Ermordete offensichtlich durch einen Messerstich starb und daß die Ausmaße des Messers ungefähr der Länge der Wunde entsprechen, liegt bis jetzt kein Beweis vor.«

»So ist es«, fuhr Hanover fort. »Ich habe noch andere Beweise, Euer Ehren, die ich vorbringen wollte.«

»Der Staatsanwalt wünscht aber, daß dieses Messer zum Beweis entgegengenommen wird«, bemerkte Mason. »Es ist festgestellt worden, daß es das Messer ist, das im Auto der Angeklagten gefunden wurde. Ich habe nichts dagegen, daß es als Beweis anerkannt wird!«

»Als die Mordwaffe?« wollte Hanover wissen.

Mason lächelte kalt. »Ich habe nichts dagegen, daß es als ein Messer, das hinten im Auto der Angeklagten gefunden worden ist, zum Beweis zugelassen wird.«

»Also gut«, schnarrte Hanover. »Lassen Sie es unter dieser Bezeichnung als Beweisstück gelten, und dann wollen wir weiter sehen.«

Richter Osborn spitzte die Lippen, als überlegte er, ob er einen Einwand machen sollte. Dann entschloß er sich, es nicht zu tun, und sagte: »Gut, das Messer wird zum Beweis anerkannt und vom Protokollführer mit der laufenden Nummer versehen. Weiter, meine Herren!«

»Jetzt, Euer Ehren, möchte ich gern Lieutenant Tragg für einen Augenblick entschuldigen, einen anderen Zeugen in den Zeugenstand rufen und in einigen Minuten wieder Lieutenant Tragg bitten.«

»Ich habe nichts dagegen«, sagte Mason.

Tragg verließ den Zeugenstand.

»Rufen Sie Sergeant Holcomb auf«, bat Hanover.

Sergeant Holcomb wurde vereidigt und nach Name, Alter, Adresse und Beruf gefragt. Dann setzte er sich bequem auf dem Zeugenstuhl zurecht.

»Sie kennen die Angeklagte Marilyn Marlow persönlich?« fragte Hanover.

»Ja.«

»Und haben Sie jemals mit ihr über ihr Verhältnis zu Rose Keeling gesprochen? Das ist eine Vorfrage, Sergeant. Beantworten Sie sie mit ja oder nein.«
»Ja.«
»Wann war das?«
»Am siebzehnten dieses Monats.«
»Also an dem Tag, als die Leiche von Rose Keeling in ihrer Wohnung gefunden wurde?«
»Ganz recht.«
»Und wo haben Sie mit Miss Marlow gesprochen?«
»Im Büro der Mordkommission im Polizeipräsidium.«
»Hat die Angeklagte Marilyn Marlow Ihnen damals gesagt, ob sie an diesem Tag in der Wohnung von Rose Keeling war?«
»Das hat sie getan.«
»Was hat sie gesagt?«
»Einen Augenblick, bitte«, unterbrach Mason. »Dieser Zeuge hat nichts darüber berichtet, ob die Aussage freiwillig oder unter Zwang gemacht worden ist.«
»Das braucht nicht angegeben zu werden, Euer Ehren«, sagte Hanover. »Es handelt sich hier nicht um ein Geständnis, sondern nur um eine Art Zugeständnis. Es ist allgemein anerkannt, daß eine solche Aussage nicht unbedingt freiwillig erfolgen muß.«
»Immerhin glaube ich«, beharrte Mason, »daß das, was die Anklage Zugeständnis nennt, die Rechte der Angeklagten betrifft, so daß ich berechtigt bin, zu untersuchen, ob es sich um eine freiwillige Aussage handelt. Euer Ehren, darf ich dazu einige Fragen an Sergeant Holcomb richten?«
»Gut, stellen Sie ruhig Fragen«, sagte Richter Osborn.
»Waren mehrere Polizisten anwesend, als diese Aussage gemacht wurde?« fragte Mason Sergeant Holcomb.
»Allerdings.«
»Die Polizisten saßen in einem Kreis um die Angeklagte herum?«
»Sie saßen so, daß sie sie verstehen konnten.«
»Wie war das Zimmer beleuchtet?«
»Mit elektrischen Lampen«, antwortete Sergeant Holcomb. »Petroleumlampen hatten wir schon abgeschafft, bevor ich meinen Beruf ergriff.«
Eine Welle der Belustigung ging durch den Zuschauerraum.
»Es stand eine große Lampe im Zimmer?«

»Ja.«
»Und ihr Licht fiel direkt auf das Gesicht der Angeklagten?«
»Es ist unmöglich, einen Raum zu beleuchten, ohne daß etwas Licht auf das Gesicht des Angeklagten fällt. Wir geben uns Mühe, sie gut zu behandeln, aber so gut geht es nun auch wieder nicht.«
Die Zuschauer kicherten.
»War die Lampe nicht gerade so gestellt, daß das Licht besonders auf das Gesicht der Angeklagten fiel?«
»Sie saß nun einmal da«, meinte Sergeant Holcomb.
»Und blickte ins Licht?«
»Allerdings.«
»Wer hat die Angeklagte verhört?«
»Ich.«
»Und die anderen haben sie nichts gefragt?«
»Doch, einige von ihnen.«
»Waren es nicht vielleicht alle, die sie gefragt haben?«
»Ja, das kann schon sein.«
»Hat während der Zeit, zu der die Angeklagte im Zimmer war, jemand den Raum betreten?«
»Woher soll ich das wissen? Ich habe nicht über jeden, der kam und ging, Buch geführt. Vielleicht ist jemand reingekommen, vielleicht auch nicht.«
»Und nach Ihrer persönlichen Meinung?«
»Schon möglich.«
»Hatten Sie nicht eine junge Frau gebeten, ins Zimmer zu kommen?«
»Ich glaube, das kann schon sein.«
»Und hatten Sie diese Frau gebeten, die Angeklagte zu identifizieren?«
Sergeant Holcomb wand sich auf seinem Stuhl. »Nun, ja.«
»Hatte diese Frau die Angeklagte wirklich schon einmal gesehen?«
»Das weiß ich nicht. Ich kann doch nicht sagen, wen diese Frau schon mal gesehen hat und wen nicht!«
»Sie hatten der Frau, bevor sie ins Zimmer trat, gesagt, sie solle zur Tür hereinkommen, auf die Angeklagte zeigen und sagen: ›Das ist die Frau‹ oder etwas Ähnliches?«
»Ich hatte sie gebeten, hereinzukommen und die Frau zu identifizieren.«
»Wer war diese Frau, die Sie ins Zimmer kommen ließen, um

die Angeklagte zu identifizieren?«
»Eine Nachtstenotypistin im Verkehrsdezernat.«
»Und kurz darauf haben Sie Lieutenant Tragg ein Zeichen gegeben, er solle hereinkommen?«
»Das ist schon möglich.«
»Und er hat nach einem vorher besprochenen Plan alle Polizisten weggeschickt und die Angeklagte in sein Büro mitgenommen?«
»Na und? Das ist doch kein Verbrechen!«
»Da haben Sie's, Euer Ehren, ein typischer Fall von Verhör dritten Grades.«
»Ich glaube nicht, daß man da noch von Freiwilligkeit sprechen kann«, sagte Richter Osborn. »Also weiter, Mr. Hanover!«
»Hat die Angeklagte damals etwas erwähnt, das mit ihrer Anwesenheit in Rose Keelings Wohnung zusammenhängt?« fragte Hanover.
»Das hat sie getan. Sie hat gesagt, sie habe Rose Keeling besuchen wollen; Rose Keeling sei tot gewesen, und sie, die Angeklagte, sei ans Telefon gegangen und habe Perry Mason angerufen. Sie sei dafür verantwortlich, daß Perry Mason dort war. Sie hat zugegeben, daß sie zu der Zeit in Rose Keelings Wohnung war, als der Mord begangen wurde, und daß sie mit einem Schlüssel ins Haus gekommen sei, den Rose Keeling ihr gegeben habe.«
»Kreuzverhör!« triumphierte Hanover.
»Die Angeklagte hat Ihnen gegenüber zugegeben, daß sie zu der Zeit, als der Mord begangen wurde, in der Wohnung war?« begann Mason.
»Nun, sie hat gesagt, sie sei dagewesen. Und es war etwa zur Mordzeit, denn die Polizei war schon kurz nach Rose Keelings Tod da.«
»Aber gesagt hat sie Ihnen nicht, daß sie gerade zur Mordzeit in der Wohnung war?«
»Nein, das hat sie nicht.«
»Oder ungefähr zur Mordzeit?«
»Nein, das hat sie auch nicht gesagt.«
»Oder daß Sie etwas über den Mord wüßte?«
»Ebenfalls nicht.«
»Und hat sie Ihnen gesagt, sie sei mit einem Schlüssel ins Haus gekommen?«
»Sie hat gesagt, sie habe einen Schlüssel gehabt.«

»Aber hat sie gesagt, sie habe ihn benutzt?«
»Nein, das hat sie nicht.«
»Hat sie nicht vielmehr gesagt, sie habe die Tür offen oder leicht angelehnt gefunden?«
»Ja, es ist möglich, daß sie so was behauptet hat, aber sie hatte den Schlüssel und . . .«
»Was hat sie Ihnen gegenüber ausgesagt?«
»Ich glaube, sie hat gesagt, sie habe die Tür angelehnt vorgefunden, aber sie hatte den Schlüssel.«
»Ich danke Ihnen sehr«, sagte Mason mit spöttisch übertriebener Höflichkeit. »Das genügt, Sergeant Holcomb. Haben Sie vielen Dank, daß Sie ein so fairer und unvoreingenommener Zeuge waren.«
Sergeant Holcomb sprang auf, blickte Mason höhnisch an und verließ den Zeugenstand.
»Jetzt rufen wir wieder Lieutenant Tragg auf«, sagte Hanover. »Begeben Sie sich bitte wieder in den Zeugenstand, Lieutenant Tragg!«
Tragg kam nach vorn.
Aus Hanovers Stimme klang der Triumph der Überlegenheit. »Nun, Lieutenant, als Sie in Rose Keelings Wohnung kamen, was haben Sie im einzelnen vorgefunden?«
»Das Haus ist ein zweistöckiges Mietshaus«, erklärte Tragg. »Die Wohnung, die Rose Keeling gemietet hatte, liegt im zweiten Stock auf der Südseite.«
»Ich zeige Ihnen jetzt einen Plan und mehrere Fotos und frage Sie, ob Sie sie wiedererkennen.«
»Allerdings«, meinte Tragg. »Dies ist eine Aufnahme des Hauses. Diese Zeichnung zeigt den Grundriß der Wohnung, in der die Leiche gefunden wurde. Auf dieser Karte ist die Lage der Räume zu sehen, und diese Striche zeigen ungefähr die Lage der Leiche an. Das Foto zeigt das Schlafzimmer mit der Leiche und dieses das Innere des Badezimmers. Auf diesem ist das Wohnzimmer zu sehen, und auf diesem das Schlafzimmer aus einer anderen Perspektive. Hier habe ich ein Großfoto von der Leiche. Von allen diesen Karten und Fotos kann ich sagen, daß sie das zeigen, was ich soeben gesagt habe. Mit anderen Worten, ich bestätige ihre Echtheit.«
»Ich beantrage, daß sie numeriert und als Beweisstücke anerkannt werden«, erklärte Hanover.
»Ich habe nichts dagegen«, warf Mason ein. »Wir wollen sehen,

daß wir weiterkommen.«
Der Gerichtsbeamte stempelte die verschiedenen Papiere mit fortlaufenden Nummern ab.
»Und nun, Lieutenant Tragg«, fuhr der Staatsanwalt fort, »komme ich zu Foto Nummer vier. Es zeigt zwei Koffer.«
»Ja.«
»Haben Sie diese beiden Koffer vorgefunden, als Sie zum erstenmal in die Wohnung kamen?«
»Ja.«
»War etwas in den Koffern, und wenn ja, was?«
»Kleidungsstücke«, sagte Tragg und fügte wie zufällig hinzu: »Sie packte gerade ihre Koffer, als sie ermordet wurde.«
»Tatsächlich?« rief Hanover, und dann fragte er beiläufig: »Um eine Reise zu machen?«
»Allerdings, sie hatte ihre Koffer für eine größere Reise gepackt«, sagte Lieutenant Tragg. »Sie war damit noch nicht fertig, als sie ermordet wurde.«
»Aha! Und hier auf diesem Foto vom Wohnzimmer sehe ich ein Telefon.«
»Ja, das stimmt.«
»Haben Sie etwas mit dem Telefon gemacht, und wenn ja, was?«
»Wir haben es sehr sorgfältig nach Fingerabdrücken abgesucht.«
»Und haben Sie welche gefunden?«
»Nur von einer einzigen Person«, sagte Tragg. »Die von Mr. Perry Mason, dem Verteidiger der Angeklagten.«
Richter Osborn lehnte sich vor. »Was soll das heißen?« fragte er.
»Es waren nur die Fingerabdrücke einer einzigen Person darauf, nur die von Perry Mason.«
»Wirklich keine anderen?«
»Nein.«
»Haben Sie irgendwelche Erklärungen . . .? Ach, fahren wir fort, Mr. Hanover.«
»Ich komme gleich darauf zurück, Euer Ehren«, sagte der Staatsanwalt lächelnd. »Lieutenant Tragg, was geschah, als Sie in die Wohnung kamen?«
»Als wir zum erstenmal zu der Wohnung kamen, geschah das auf Grund eines Anrufs, den wir von Mr. Perry Mason erhalten hatten. Ihn und seine Sekretärin, Miss Street, haben wir dann dort angetroffen.«

»Haben Sie mit ihnen gesprochen?«
»Ja, mit Mr. Mason. Er hat mir gesagt, er habe die Tür offen gefunden und sei ins Haus gegangen, und dort habe er die Leiche entdeckt und die Polizei angerufen. Er behauptete, er habe auch seine Klientin, Marilyn Marlow, angerufen.«
»Hat er Ihnen angedeutet, daß Miss Marlow in der Wohnung gewesen ist?«
»Nein, ganz bestimmt nicht.«
Richter Osborn runzelte drohend die Stirn.
»Hat die Angeklagte später eine Erklärung abgegeben, was sie in der Wohnung tat?«
»Ja, sie hat gesagt, sie sei mit Rose Keeling zum Tennisspielen verabredet gewesen.«
»Hier auf dieser Aufnahme des Schlafzimmers sehe ich Tennisschuhe, einen Tennisschläger und eine Dose für Tennisbälle.«
»Das stimmt. Die habe ich auch gesehen.«
»Haben Sie darüber mit der Angeklagten gesprochen?«
»Ja.«
»Was sagten Sie zu ihr?«
»Ich beschuldigte die Angeklagte, diese Sachen herausgestellt zu haben, nachdem sie Rose Keeling ermordet hatte, um so ihre Geschichte mit dem Tennisspiel beweisen zu können.«
»Und was hat sie dazu gesagt?«
»Sie wollte es nicht zugeben.«
»Hat Ihnen die Angeklagte überhaupt einmal zu erklären versucht, wie es kam, daß Rose Keeling sie zum Tennisspielen einlud, obschon sie in Eile ihre Sachen zusammenpackte, um die Stadt so schnell wie möglich zu verlassen?«
»Sie hat nichts erklärt«, sagte Tragg und grinste.
»Weiter! Haben Sie mit ihr über einen Brief gesprochen, den sie von Rose Keeling erhalten hat?«
»Allerdings.«
»Was hat sie dazu gesagt?«
»Sie sagte, sie habe ihn vernichtet.«
»Ich gebe Ihnen jetzt die Durchschrift eines handgeschriebenen Briefes, der an Marilyn Marlow gerichtet ist und Rose Keelings Unterschrift trägt. Ich frage Sie, haben Sie diese Durchschrift schon einmal gesehen?«
»Ich erlaube mir zu bemerken, Euer Ehren, daß dies keineswegs als Beweis gewertet werden kann«, warf Mason ein.

»Marilyn Marlow hat den Brief vernichtet«, entgegnete Hanover, »wir sind gezwungen, die Durchschrift zu benutzen.«
»Das können Sie natürlich«, sagte Mason, »wenn Sie zweierlei nachweisen. Erstens, daß das Original vernichtet oder nicht erreichbar ist, und zweitens, daß dies tatsächlich eine Durchschrift des Originals ist.«
Hanover meldete sich zu Wort.
»Angesichts dieses technischen Einwandes, Euer Ehren, muß ich andere Zeugen heranziehen, die ich eigentlich nicht zitieren wollte. Ich glaube, es steht außer Zweifel, daß dies eine echte Kopie ist. Es würde die Sache sehr vereinfachen, wenn ich die Zeugen nicht beizuziehen brauchte.«
»Sie behaupten, eine Kopie des Briefes zu besitzen. Wenn Sie sie als Beweis anerkannt haben wollen, müssen Sie beweisen, daß sie eine echte Durchschrift ist. Sie müssen nachweisen, daß es die Handschrift der Person ist, von der Sie behaupten, sie habe den Brief unterschrieben, und außerdem müssen Sie noch beweisen, daß die Angeklagte diesen Brief überhaupt empfangen hat.«
»Also gut, wenn Sie es so wollen«, knurrte Hanover ärgerlich. »Dann werde ich es genauso machen wie Sie; Euer Ehren, ich sehe, es geht auf Mittag zu. Wenn sich das Gericht bis zwei Uhr vertagt, glaube ich, die Zeugen beschaffen zu können, die umständlich etwas identifizieren müssen, von dem die Angeklagte genau weiß, daß es echt ist.«
»Es liegt bei Ihnen«, sagte Mason. »Erbringen Sie den Beweis, wenn Sie wollen.«
»Also gut«, sagte der Richter, »dann vertagen wir uns bis zwei Uhr. Die Angeklagte wird in Haft gehalten und wieder vorgeführt. Bis zwei Uhr, meine Herren.«

19

Perry Mason und Della Street saßen in einer Nische ihres Lieblingsrestaurants in der Nähe des Justizpalastes.
Mason nippte an einem Glas Tomatensaft. »Hanover versucht den Fall zu gewinnen, indem er den Eindruck erweckt, als ob ich Advokatentricks anwende.«
Sie nickte. »Er scheint Richter Osborn zu beeindrucken.«

»Osborn ist ein fairer, aufrichtiger Richter, aber er hat nicht viel Praxis. Sein Terminkalender ist überfüllt, und es kommt ihm darauf an, alles schnell zu erledigen. Er fällt auf solche Tricks herein, während ein Richter, der mit den rauhen und verwickelten Prozeßmethoden vertrauter ist, erkennen würde, was Hanover vorhat. Aber dann würde Hanover es auch nicht versuchen. Er ist schlau und kennt die verschiedenen Richter. Er weiß, wie sie reagieren.«

Der Kellner brachte Salat und gesalzenes Gebäck.

»Ja, Della, jetzt kennen wir ihre Atombombe. Dieses Messer ist das Beweisstück, das wir erklären müssen, sonst wird unsere Klientin verurteilt.«

»Was kann man da überhaupt erklären? Es ist in ihrem Auto versteckt gewesen«, meinte Della. »Gott, Chef, das sind ja schlimme Aussichten für Marilyn! Das Messer entscheidet bestimmt den Fall gegen sie.«

»Nicht unbedingt, Della. Es gibt zwei Möglichkeiten. Entweder hat Marilyn Marlow mit diesem Messer Rose ermordet, oder jemand anders versucht, ein Verbrechen auf sie abzuwälzen.«

»Robert Caddo?« fragte Della Street hoffnungsvoll.

Mason spielte mit seiner Gabel. »Das möchte ich auch gern wissen. Die Tatsache, daß Dolores Caddo nie bei Marilyn Marlow war und eine Szene zu machen versuchte, ist vielleicht bedeutsam. Sie hat mir gegenüber zugegeben, daß sie bei Rose Keeling gewesen ist. Ich glaube, es steht außer Zweifel, daß sie die Wahrheit gesagt hat. Zweifellos erklärt ein Besuch von Dolores den zerrissenen Tennisanzug und die Tintenspritzer.

Aber irgendwas ist dazwischengekommen, ehe Mrs. Caddo zu Marilyn Marlow ging. Nehmen wir jetzt mal an, Mrs. Caddo sei um elf Uhr dreißig bei Rose Keeling gewesen. Genau läßt sich das nicht feststellen, aber wir können annehmen, daß es war, kurz nachdem Marilyn fortging. Mrs. Caddo hat geläutet und Rose Keeling daraufhin wahrscheinlich auf den elektrischen Türöffner gedrückt.«

Della nickte. »Weiter, Chef«, bat sie.

»Dolores ging also nach oben und machte eine Szene. Dabei hat sie mit Tinte gespritzt, und Rose hat sich ins Badezimmer geflüchtet. Dolores hat nach ihr gegriffen, ihren Tennisanzug am Hals erwischt und aufgerissen. Da hat Rose sich im Badezimmer eingeschlossen.

Wenn es wirklich so war, hat Marilyn eine kleine Bestätigung für ihre Geschichte, daß Rose Keeling Tennis spielen wollte. Und wenn dieser Teil der Geschichte wahr ist, kann der Rest auch stimmen.
Rose hat nicht ein-, sondern ausgepackt. Sie hat Marilyn vorgeschlagen, mit ihr Tennis zu spielen, und als Marilyn die Wohnung verlassen hatte, hat sie den Tennisanzug angezogen. Sie holte ihre Tennissachen aus dem Schrank, und da schellte es. Sie ging oben an die Treppe und drückte auf den Türöffner. Dolores Caddo kam ins Haus und ging nach oben, wobei sie wahrscheinlich freundlich lächelte, bis sie oben war. Dann wird sie ohne Vorrede gesagt haben: ›Du bist also das Weib, das sich mit meinem Mann abgibt!‹ Und dann bespritzte sie sie mit Tinte aus einem Füller, den sie eigens für diesen Zweck in der Hand hielt.
Rose versuchte ihr zu erklären, daß sie sich mit keinem Ehemann eingelassen habe, Dolores griff nach ihr und versuchte sie zu schlagen. Rose konnte sich aber losreißen, und dabei wurde der tintenbespritzte Tennisanzug zerrissen. Dann rannte sie ins Badezimmer und schloß sich ein. Dolores fand wohl, sie habe genug getan, um ihren Mann in Verlegenheit zu bringen. Ich glaube nicht, daß Dolores so über die Stränge schlägt, wie sie es erzählt. Sie macht nur eine Szene, um ihren Mann zu beeindrucken, und damit er es sich zweimal überlegt, bevor er mit einer anderen geht.
Außerdem war Dolores offen genug, mir zu erzählen, daß sie bei Rose Keeling war. Erst als ich ihr sagte, daß Rose ermordet worden sei, dachte sie darüber nach und kam zu dem Entschluß, sich möglichst aus der ganzen Sache herauszuhalten. Deshalb hat sie Lieutenant Tragg belogen.
Sie änderte ihre Aussage mir gegenüber, weil sie erst durch mich erfuhr, daß Rose Keeling ermordet worden war. Dann kann sie sie natürlich nicht ermordet haben.«
»Und ihr Mann?«
»Bei dem«, sagte Mason, »ist die Situation ganz anders. Im Schlafzimmer lag etwas Zigarrenasche. Zum Teufel, ich möchte doch gar zu gern wissen, ob die verbrannte Stelle auf dem Parkett, wo die Zigarette ausbrannte, von einer Zigarette stammt, die Rose fallen ließ, als sie sich mit Dolores Caddo zankte, oder ob der Mörder sie fallen ließ.
Nach ihrem Bad kann Rose Keeling sie kaum fallen gelassen

haben, und außer Dolores Caddos Besuch hatte sie keine Veranlassung, sie fallen zu lassen, ehe sie baden ging.«
»Aber der Mörder kann sie dahin geworfen haben«, meinte Della.
»Rose Keeling hat keine Zigarre geraucht. Die Zigarrenasche beweist, daß ein Mann dagewesen ist. Wenn in dem Augenblick, in welchem der Mord begangen wurde, eine Zigarre und eine Zigarette vorhanden waren, wird der Fall sehr kompliziert. Ich bin überzeugt, daß Rose Keeling die Zigarette fallen gelassen hat, als Dolores nach ihr griff, aber ich weiß nicht, wie wir das beweisen sollen.«
»Irgendwie habe ich das Gefühl, daß wir keine Schwierigkeiten hätten, den Fall aufzuklären, wenn wir etwas genauer wüßten, was Robert Caddo am Siebzehnten mittags getan hat«, meinte Della.
»Er ist kein großer Raucher«, wandte Mason ein. »Vielleicht raucht er Zigarren. Ich hab's aber noch nie gesehen, und Zigarren habe ich in seiner Tasche auch noch nicht entdeckt.«
»Das stimmt«, mußte Della Street zugeben.
»Na gut, dann wollen wir mal zu Ende essen. Ich bin gespannt, was heute nachmittag passiert«, schloß Mason.
Er machte sich an seinen Salat, und als Della und er fertig waren, zahlte er die Rechnung und ging mit ihr hinüber zum Justizpalast.
Plötzlich griff Della Street nach seinem Arm.
»Achtung, Chef, sehen Sie, was ich sehe?«
Mason blieb stehen und folgte Dellas Blick.
Robert Caddo ging, begleitet von Palmer und Ralph Endicott und Lorraine Endicott-Parsons, auf das Gerichtsgebäude zu, und gerade, als Della Street sprach, holte Palmer Endicott sein Zigarrenetui hervor. Robert Caddo nahm sich eine Zigarre und biß mit der Übung des Zigarrenrauchers die Spitze ab, zündete ein Streichholz an und drehte die Zigarre beim Anzünden, damit sie gleichmäßig anbrannte. Dann setzte er seinen Weg fort. Die Zigarre hatte er in einen Mundwinkel geschoben, und er sah aus wie ein Mann, der sich nach einem guten Mittagessen auf eine ebenso gute Zigarre freut und mit sich und der Welt zufrieden ist.

20

Als das Gericht wieder zusammentrat, stellte Richter Osborn seine Frage. »Sind Sie bereit, meine Herren, fortzufahren in der Strafsache Marlow?«

»Die Verteidigung ist bereit«, sagte Mason.

»Die Staatsanwaltschaft desgleichen«, verkündete Hanover. »Ich habe das Vergnügen, dem Gericht mitzuteilen, daß sich die weiteren Zeugen, die ich hinzuzuziehen wünschte, hier befinden, so daß ich die Briefkopie behandeln kann. Soviel ich weiß, befand Lieutenant Tragg sich im Zeugenstand, aber mit Billigung des Gerichts möchte ich den Zeugen Tragg zunächst noch einmal zurückstellen und Ralph Endicott hören.«

»Ich habe nichts dagegen«, meinte Mason. »Daß wir uns aber recht verstehen: ich wünsche, daß Polizeilieutenant Tragg wieder befragt wird, denn ich möchte ihm zu einigen Punkten seiner Aussage noch Gegenfragen stellen.«

»Dazu wird Ihnen reichlich Gelegenheit gegeben«, räumte Richter Osborn ein.

»Ich rufe den Zeugen Ralph Endicott«, rief Hanover.

Ralph Endicott nickte Mason ein wenig säuerlich zu, nahm seinen Platz im Zeugenstand ein und beantwortete die einleitenden Fragen, wobei er erklärte, er sei der Bruder des verstorbenen George P. Endicott und habe Rose Keeling gekannt.

»Nun zur Sache«, sagte Hanover leise. »Haben Sie von Rose Keeling die Durchschrift eines Briefes erhalten, den sie mit der Post an die Angeklagte geschickt hatte?«

»Ja, das habe ich.«

»Wie ging die Sache vor sich?«

»Ich erhielt von Miss Keeling einen Briefumschlag, der in ihrer Handschrift geschrieben war.«

»An wen war der Brief adressiert?«

»An Marilyn Marlow.«

»Der Angeklagten in dieser Strafsache?«

»Ja, Sir.«

»Ich zeige Ihnen die angebliche Durchschrift dieses an Marilyn Marlow adressierten Briefes und frage Sie, ob Sie den Brief zuvor gesehen haben.«

»Ja, das habe ich. Er wurde mir von Rose Keeling zugestellt.«

»Und der Brief zeigt die Schriftzüge der verstorbenen Rose Keeling?«

»Ja, Sir. Ich habe ihre Handschrift gesehen und ihre Unterschrift sehr sorgfältig geprüft. Ihre Unterschrift steht unter dem angeblichen Testament meines verstorbenen Bruders.«
»Und wissen Sie nur dadurch, daß der Brief die Handschrift Rose Keelings aufweist?«
»Nein, Sir. Ich habe darüber mit Rose Keeling gesprochen. Sie sagte mir, der Brief sei von ihr geschrieben.«
»Fragen Sie«, sagte Hanover zu Perry Mason.
»Wann erfuhren Sie von ihr, daß der Brief von ihr stamme?« forschte Mason.
»Das war am Siebzehnten.«
»An dem Tage, als sie starb?«
»Ja, Sir.«
»Und wo fand diese Unterhaltung statt?«
»In ihrer Wohnung, und zwar im Wohnzimmer.«
»Und um welche Zeit?«
»Gegen acht Uhr morgens.«
»Und wie kam es, daß Sie zu einer solchen Stunde dort waren?«
»Sie rief mich an und bat mich zu kommen.«
»Sie unterhielten sich um diese Zeit mit ihr?«
»Ich unterhielt mich mit ihr, ja.«
»Und was erzählte sie Ihnen dabei?«
»Herr Vorsitzender«, schaltete Hanover sich ein, »der Verteidiger weicht vom Beweisthema ab. Meine Fragen an diesen Zeugen bezogen sich allein auf den Brief. Wenn der Herr Verteidiger einen Fischzug vorhat und alles wissen will, worüber sie sprachen . . . nun, Herr Vorsitzender, ich erhebe Einspruch wegen unzulässiger Befragung.«
Mason meldete sich zu Wort. »Ich glaube, Euer Ehren, es ist eine elementare Beweisregel, daß ich im Gegenverhör über eine Unterhaltung das Recht habe, die gesamte Unterhaltung herauszustellen.«
»Ich habe meine Frage nicht auf die Unterhaltung bezogen«, verteidigte Hanover seinen Standpunkt.
Mason lächelte. »Sie fragten, woher er wisse, daß sie den Brief schrieb, und er antwortete, er kenne ihre Handschrift, und überdies habe sie ihm bestätigt, daß es sich um ihre Handschrift handle. Darauf fragte ich nach der Unterhaltung, und es ergab sich, daß die Bestätigung während der Unterhaltung in ihrer Wohnung stattfand. Und nun frage ich nach der gesamten Unterhaltung.«

»Einspruch wird verworfen«, entschied Richter Osborn.
»Nun«, fuhr Endicott fort, »sie rief mich an und bat mich, zu ihr zu kommen. Sie sagte, sie hätte für mich eine Kopie des Briefes, den sie Marilyn Marlow geschickt hatte.«
»Das sagte sie noch am Telefon?«
»Ja.«
»Und dann gingen Sie in ihre Etagenwohnung und führten mit ihr eine Unterredung?«
»Ja, Sir.«
»Und was sagte sie?«
»Sie sagte, Eleanore Marlow habe ihr Geld versprochen, wenn sie bei einem erschlichenen Testament als Zeugin fungiere. Sie habe tausend Dollar dafür bekommen, und sie wisse, daß das Testament erschlichen sei und mein Bruder seinen Inhalt nicht gekannt hätte. Sie zweifelte sehr, ob er es überhaupt unterzeichnet hat, sie sei beim Vollzug der Unterschrift nicht im Zimmer gewesen. Unter diesen Umständen hielt sie es für richtig, mir die tausend Dollar zurückzuerstatten, die sie von Eleanore Marlow hatte. Denn sie wußte, daß das Geld aus dem Verkauf von Juwelen stammte, die gleichfalls unrechtmäßig in Mrs. Marlows Besitz gelangten. Sie wollte ihr Gewissen erleichtern und gab mir einen Scheck über tausend Dollar.«
»Das war die Unterhaltung in ihrer Wohnung?«
»Das stimmt. Jawohl.«
»Am Morgen des Siebzehnten?«
»Ja, Sir.«
»Und dabei gab sie Ihnen den Scheck, der also auch die Unterschrift von Rose Keeling trägt, nicht wahr?«
»So ist es.«
»Und als Sie von der Echtheit der Unterschrift Rose Keelings unter diesem Brief sprachen, ließen Sie sich vermutlich zum Teil durch einen Vergleich mit der Unterschrift leiten, die Sie auf dem Scheck gesehen hatten?«
»Ja, Sir.«
»Und woher wissen Sie, daß *die* echt war?«
»Zum einen, weil ich sah, wie sie unterschrieb, zum zweiten, weil die Bank ihn annahm und bestätigte.«
»Sie haben den Scheck bei sich?«
»Das hab' ich.«
»Ich möchte ihn sehen«, sagte Mason.
»Ich protestiere«, hielt Hanover entgegen, »das gehört nicht

hierher und ist unerheblich.«
»Es ist eines der Dokumente, das im Zusammenhang mit diesem Brief wesentlich ist«, entgegnete Mason.
»Aber sie hat selbst gesagt, sie hätte den Brief geschrieben«, erwiderte Hanover.
»Das sagt der Zeuge uns«, parierte Mason. »Leider ist Rose Keeling nicht mehr unter uns, um diese Bekundung zu bestätigen oder abzustreiten. Der Zeuge hat, wenn ich das wiederholen darf, bekundet, er beziehe sich für die Echtheit einer gewissen Unterschrift auf ein anderes Dokument, das er in Händen hat. Ohne Zweifel bin ich unter diesen Umständen berechtigt, dieses Dokument zu prüfen.«
»Wahrscheinlich haben Sie recht«, sagte Hanover nicht gerade liebenswürdig. »Wenn Sie den Prozeß in die Länge ziehen wollen, finden Sie stets eine legale Ausrede. Zeigen Sie ihm den Scheck, Mr. Endicott.«
Ralph Endicott öffnete seine Brieftasche, nahm den bestätigten Scheck heraus, den er damals Mason gezeigt hatte, und sagte: »Sehen Sie sich vor mit dem Scheck. Ich möchte nicht, daß etwas damit geschieht. Er ist ein Beweismittel.«
»Das ist er in der Tat«, sagte Mason. »Um eine Verwechslung auszuschließen, soll er sogleich abgestempelt werden.«
Der Gerichtsschreiber versah den Scheck mit dem Identifizierungsstempel.
»Um wieviel Uhr verließen Sie Rose Keelings Wohnung?«
»Das habe ich schon mit Ihnen und Polizeileutenant Tragg durchgesprochen. Ich ging gegen acht Uhr dreißig. Ich kann über jede Minute dieses Tages Rechenschaft ablegen.«
»Das wäre für den Augenblick alles«, sagte Mason. »Vielleicht werde ich Ihnen später noch ein oder zwei Fragen stellen. Herr Vorsitzender, ich möchte, daß dieser Scheck fotografiert wird.«
»Einverstanden«, meinte Richter Osborn.
»Nun, ich bleibe hier, bis ich meinen Scheck wiederhabe«, erklärte Endicott trotzig. »Ich habe nichts dagegen, daß Sie ihn fotografieren, aber ich will ihn wiederhaben.«
»Wir können eine Fotokopie während der ersten Beratung des Gerichts machen lassen«, ließ der Schreiber sich vernehmen. »Es dauert etwa zehn Minuten.«
»Sehr schön«, sagte Richter Osborn und lächelte Endicott an. »Ich denke, Mr. Endicott will ohnehin noch bleiben.«
»Jawohl, ich bleibe«, entgegnete Endicott und marschierte zu

seinem Bruder und seiner Schwester in den Zuhörerraum.
»Bitte noch einmal Lieutenant Tragg«, rief Hanover.
Tragg trat wieder in den Zeugenstand.
»Lieutenant, Sie sehen hier den Durchschlag eines Briefes an Marilyn Marlow. Ich frage Sie, woher haben Sie diesen Durchschlag?«
»Ich bekam ihn von Mr. Ralph Endicott.«
»Was taten Sie später damit?«
»Ich zeigte ihn der Angeklagten.«
»Und was sagte sie dazu?«
»Sie gab zu, das Original des Briefes mit der Post bekommen und vernichtet zu haben.«
»Bitte, Herr Rechtsanwalt«, sagte Hanover.
»Lieutenant Tragg«, begann Mason, »Sie haben ausgesagt, Sie hätten die Angeklagte wiederholt gefragt, ob sie die Tennissachen, so wie das Foto es zeigt, nahe der Tür zum Ankleideraum abgelegt hätte, um ihre Geschichte damit glaubhaft zu machen. Aber sie hätte sich geweigert, das zuzugeben.«
»Das stimmt.«
»Wird dadurch nicht eine Tatsache in einer Weise vorgetragen, die ein Vorurteil verrät, Lieutenant?«
»Wie meinen Sie das?«
»Mit anderen Worten, es deutete keine Spur darauf hin, daß *sie* die Tennissachen an der Tür abgelegt hatte, nicht wahr?«
»Nun, ich war ziemlich sicher, daß sie es doch getan hatte. Wenn Rose Keeling ihr am Tage zuvor diesen Brief geschrieben hatte, ihre Sachen einpackte, um am Siebzehnten die Stadt zu verlassen, ein Bad nahm und annähernd reisefertig war, so hatte sie bestimmt nicht vor, Tennis zu spielen.«
»Aber Lieutenant, woher wissen Sie, daß sie ihre Sachen einpackte?«
»Weil sie zwei Koffer packte. Einer von ihnen war fertig gepackt, und der andere war etwa halb gepackt.«
»Sie meinen, der andere war halb *aus*gepackt, nicht wahr?«
»Ich meine gepackt! Sie war beim Packen.«
»Woher wissen Sie, daß sie nicht *auspackte*?«
»Wie weiß man so etwas?« gab Tragg zur Antwort. »Man sah es. Die Frau packte.«
»Lieutenant, Sie sehen hier eine Fotografie des Schlafzimmers. Beachten Sie bitte den Haufen Kleidungsstücke, die gefaltet auf der Kommode liegen.«

»Ja, Sir.«
»Haben Sie die Sachen gesehen?«
»O ja.«
»Was waren es für Sachen?«
»Kleidungsstücke, die sie gefaltet und zum Einpacken bereitgelegt hatte.«
»Haben Sie das Bündel untersucht?« forschte Mason.
»Ja, Sir.«
»Sie haben es nicht auseinandergelegt, aber durchgesehen?«
»Ich habe hier und da einen Blick hineingeworfen, um zu sehen, was darin war.«
»Und was war darin?«
»Etwas Unterwäsche, ein Nachthemd, ein paar Taschentücher, Strümpfe, Kleinigkeiten.«
»Und sie waren in verschiedener Größe aufgefaltet, Lieutenant, nur die äußeren Dimensionen des Stapels waren so, wie das Bild sie zeigt?«
»Ganz recht. Ein Teil der Sachen war schmal, wie Handtücher und Unterwäsche, aber die äußeren Dimensionen des ganzen Stapels paßten gerade zur Größe des Koffers.«
»Und deshalb meinen Sie, sie war dabei, die Sachen in den Koffer zu packen.«
»Richtig. Sie hatte sie in der passenden Größe gefaltet.«
»Glauben Sie, daß das geht?«
»Natürlich geht das. Der Beweis ist ja da.«
»Ließe der Beweis nicht ebenso den Schluß zu, daß die Sachen im Koffer verpackt waren, dann herausgenommen und auf die Kommode gelegt wurden?«
»Nein.«
»Ich meine, der Zeuge braucht keine Schlüsse zu ziehen«, sagte Hanover zum Richter.
»Er hat sich selbst als Experten hingestellt«, hielt Mason ihm entgegen, »als er unter Eid aussagte, daß die Verstorbene zur Zeit ihres Todes mit Packen beschäftigt war. Ich möchte ihm beweisen, daß er sich irrt.«
»Bitte versuchen Sie es!« forderte Hanover ihn heraus.
Mason stieß lächelnd seinen Stuhl zurück, erhob sich und sagte zu Della: »Bitte, geben Sie mir das Paket.«
Della Street händigte ihm einen großen Einkaufsbeutel aus.
Mason zog unter seinem Tisch einen Koffer hervor und ging zu Lieutenant Tragg hinüber. »Lieutenant, Sie sagen, man kann

Kleidungsstücke so falten, daß sie genau in einen Koffer passen, ohne sie dabei in den Koffer zu legen. Hier habe ich ein paar Stücke Damenunterwäsche und andere Kleidungsstücke. Nun los, zeigen Sie, wie man sie faltet, so daß sie genau in diesen Koffer passen. Tun Sie's, ohne die Sachen in den Koffer selbst zu legen.«

»Das ist leicht«, sagte Lieutenant Tragg und tauchte in den Beutel voll Sachen, um – zu seiner Verwirrung und zum Vergnügen des Publikums – mit einem Seidenschlüpfer wieder aufzutauchen.

»Ich halte das nicht für einen fairen Test«, wandte Hanover ein.

»Warum ist das kein fairer Test?« fragte Mason unschuldig. »Der Lieutenant sagt, es geht. Soll er es uns zeigen.«

»Es ist 'ne Kleinigkeit«, ließ Tragg sich vernehmen. »Geben Sie mir nur einen Tisch oder so etwas, wo ich das Zeug hinlegen kann, und ich zeige Mr. Mason, wie's gemacht wird.«

Er schielte zum Koffer und breitete das Höschen auf dem Tisch aus. Als nächstes zog er eine Bluse aus dem Einkaufsbeutel.

»Natürlich habe ich nicht zuviel Erfahrung«, warf Tragg ein, »solche Sachen zu falten, daß sie glatt liegen.«

»Das wird nicht verlangt«, sagte Mason. »Sie brauchen hier keine Vorführung im richtigen Packen zu geben, wie eine Frau es vielleicht tun würde. Sie sollen dem Gericht ganz einfach zeigen, wie man diese Sachen auf einen Haufen legt, so daß er genau in den Koffer paßt.«

Lieutenant Tragg begann, die Bluse zu falten. Dann beobachtete er die Ecken mit einer gewissen Beunruhigung. Dennoch griff er beherzt in den großen Beutel, brachte weitere Sachen zum Vorschein und ordnete sie in Form eines rohen Quadrates an.

»Ich denke, das wird gehen«, sagte er.

Mason sah auf den Kleiderstapel und senkte ihn in den Koffer. »Sie haben hier noch eineinhalb Zoll Spielraum, Lieutenant.«

»Nun, ich mach's noch mal, diesmal größer«, entgegnete Tragg ungeduldig.

Er legte die Sachen anders zurecht.

Wieder paßte Mason sie in den Koffer. »Und jetzt«, sagte er, »ist es dreiviertel Zoll zu breit. Ich muß die Ecken umbiegen, um das Zeug in den Koffer zu bekommen.«

»Machen wir's so«, schlug Tragg vor, »lassen Sie mich nur ein Stück hineinlegen, damit ich die Maße habe, und dann will ich . . .«

»Aber so können Sie's nicht machen«, sagte Mason, »weil der Stapel mehrere Kleidungsstücke enthalten muß. Es sind nur wenige Stücke hier, die groß genug wären, um ein genaues Modell abzugeben.«
»Nun, lassen Sie mich zwei oder drei hineinlegen, und dann will . . .«
»Aber wenn Sie das tun«, unterbrach Mason ihn, »packen Sie den Koffer *aus.*«
Tragg wurde ungeschickt und verwirrt, als ihm das Ausmaß seines Dilemmas zu dämmern begann.
»Es hat also jetzt den Anschein«, sagte Mason, »daß die Kleidungsstücke, die Sie auf der Kommode liegen sahen, mit dem Einlegen in den Koffer gefaltet und dann herausgenommen und auf die Kommode gelegt wurden. Ist das richtig?«
»Nun, ich weiß nicht, ob sie *ganz genau* in den Koffer paßten.«
»Das haben Sie aber gesagt.«
»Es kam mir jedenfalls so vor.«
»Und die Ecken waren vollkommen glatt und gleichmäßig? In Form eines Rechtecks?«
»Auf drei Seiten, ja.«
»Versuchen Sie«, schlug Mason vor, »den Stapel Kleidungsstükke so zu falten, daß die Seiten ein exaktes Rechteck bilden, aber bitte ohne eine Schachtel oder einen Koffer als Modell zu benutzen.«
»Gut, gut«, sagte Tragg müde, »Sie gewinnen. Sie packte aus. Das heißt, sie hatte einige Kleidungsstücke aus dem Koffer genommen und oben auf die Kommode gelegt.«
»Genau«, sagte Mason. »Sie hatten also unrecht, als Sie sagten, sie *packte* zu der Zeit, als sie umgebracht wurde. Sie meinten wohl, sie packte *aus.* Ist das richtig?«
»Ich glaube noch immer nicht, daß sie auspackte«, entgegnete Tragg.
»Aber Sie haben keine andere Erklärung?«
»Na schön. Ich nehme meine Aussage insoweit zurück, als ich mich über das Packen zur Zeit der Tat ausließ.«
»Vielen Dank, Lieutenant«, sagte Mason. »Es kommt nun heraus, daß die Geschichte, die uns die Angeklagte erzählt hat, nicht so völlig unwahrscheinlich ist. Miss Keeling könnte eine Partie Tennis vorgeschlagen haben.«
»Nun, sie würde wohl kaum ein Bad genommen haben, bevor sie Tennis spielte.«

»Aber im Baderaum fanden Sie im Wäschepuff einen zerrissenen und mit Tinte befleckten Tennisdreß, nicht wahr?«
»Das stimmt.«
»Und wenn jemand in die Wohnung gekommen wäre, nachdem Miss Keeling, um Tennis zu spielen, den Tennisdreß angezogen hatte, sie mit Tinte bespritzte, ihr den Dreß zerriß? Wenn Miss Keeling dann in den Baderaum ging und dort abwartete, bis ihr Angreifer sich verzogen hatte, würde man dann nicht vernünftigerweise von ihr erwarten, daß sie den zerrissenen Dreß auszog und ein Bad nahm, um die Tintenflecken auf ihrer Haut abzuwaschen? Stimmt das nicht?«
»Oh, sicher«, sagte Tragg sarkastisch, »machen Sie nur weiter so. Sie können eine Erklärung für alles finden, vorausgesetzt natürlich, daß Sie diese Unmöglichkeiten zugestehen. Nun beweisen Sie nur noch, daß jemand sie besuchte und mit Tinte bespritzte.«
»Ich danke Ihnen«, schloß Mason. »Ich glaube, das werde ich tun. Das ist, glaube ich, alles.«
»Das ist alles, Lieutenant«, sagte auch Hanover.
»In Anbetracht dessen«, sagte Richter Osborn, »daß Mr. Endicott seinen Scheck wiederhaben will, halte ich es für richtig, daß das Gericht sich für fünfundzwanzig Minuten zurückzieht. Der Protokollführer wird inzwischen eine Fotokopie des Schecks anfertigen. Die Kopie kann statt des Originals als Beweisstück für die Handschrift der Toten zu den Akten genommen werden.«
Richter Osborn zog sich zurück. Die Reporter, entzückt, ihren interessierten Lesern ein verlockendes Bild bieten zu können, drängten sich um den verwirrten Lieutenant Tragg und blitzten eine Reihe Bilder, auf denen der Polizist zu sehen war, wie er versuchte, Damenunterwäsche in Form eines Rechtecks auf dem Tisch aufzubauen.
Masons Blick fiel auf Paul Drake, als der große Detektiv sich von der Zuschauerbank erhob, von der aus er dem Verfahren gefolgt war.
Drake kam grinsend nach vorn. »Du hältst die Leute in Atem, Perry«, sagte er.
Masons Gesichtszüge zeigten die nervöse Spannung, in der er sich befand.
»Schnell, Paul«, sagte er mit leiser Stimme, »ich brauche dich.«
»Worum geht's?«
»Wir müssen uns mit den nackten Tatsachen unseres Falles aus-

einandersetzen. Rose Keeling hatte gepackt, um irgendwohin zu fahren. Plötzlich begann sie, ohne ersichtlichen Grund auszupacken. Sie gab Ralph Endicott einen Scheck über tausend Dollar. Nachdem sie Marilyn Marlow geschrieben hatte, Marilyns Mutter sei eine Betrügerin und das Testament ungültig, wurde sie plötzlich freundlich und wollte mit Marilyn Tennis spielen. Bringt dich das nicht auf eine Idee?«

»Was meinst du?« fragte Drake.

»Es gibt nur eine logische Erklärung. Paul, das Alibi Ralph Endicotts ist ohne Zweifel hieb- und stichfest?«

»Ohne Zweifel. Ich habe es überprüft und nochmals überprüft.«

»Schön«, sagte Mason, »dann gibt es nur noch eine Erklärung. Ich möchte, daß du dich an die Tür dieses Saales stellst und dort stehen bleibst.«

»Warum?« fragte Drake.

»Bleib nur dort stehen, das ist alles. Solange das Gericht nicht wieder zusammentritt, brauchst du nicht dort zu stehen. Aber sobald Richter Osborn kommt, gehst du und beziehst draußen vor der Tür Stellung, so daß du hörst, was geschieht. Und ich möchte, daß du dort bleibst.«

»Das ist alles?«

»Nein. Noch etwas. Du hast ein paar Leute hier, die dir helfen?«

»Ein paar der besten.«

»Gut. Dann gib jetzt rasch einem von ihnen diese Vorladung unter Strafandrohung. Sie ist für den Kassierer der Bank bestimmt, bei der Rose Keeling ihr Konto hatte und auf die der Scheck ausgestellt ist. Es ist der Kassierer, der den Scheck bestätigt und Roses Unterschrift darauf akzeptiert hat. Ich möchte, daß der Mann hierhergebracht wird, desgleichen Rose Keelings Kontoauszug für die letzten sechzig Tage. Schicke einen von deinen Leuten mit einem Taxi los. Er soll zur Bank rasen, sich den Kassierer schnappen und ihn flugs herbringen. Sag ihm, er hat sofort zu erscheinen.«

»Okay. Sonst noch was?«

»Das«, sagte Mason, »ist alles. Aber ich verlass' mich darauf, daß du an der Tür des Gerichtssaal stehst, wenn das Gericht zusammentritt.«

Ehe der Protokollführer mit der Fotokopie des bestätigten Schecks zurückkehrte, waren etwa dreißig Minuten vergangen. Richter Osborn, dem man von der Verzögerung Mitteilung gemacht hatte, wartete im Beratungszimmer. Die Pause hatte sich automatisch verlängert.

Als die dreißig Minuten vergangen waren, sagte der Richter, als er die Sitzung wieder eröffnete: »Leider wurde unser Protokollführer aufgehalten. Dafür haben wir jetzt aber auch die Fotokopie unseres bestätigten Schecks, den Sie, Mr. Mason, als Beweisstück ins Verfahren nehmen wollen, wenn ich mich nicht irre?«

»Sie irren sich nicht, Euer Ehren.«

»Sehr schön. Ich übernehme nun die Fotokopie als Beweisstück. Wir kommen überein, meine Herren, für den gesamten Prozeß die Fotokopie an Stelle des Originals zu übernehmen, und können daher den Originalscheck nunmehr wieder Mr. Ralph Endicott aushändigen.«

»Einverstanden«, sagte Hanover.

»So hatte ich's vor, Euer Ehren«, stimmte Mason zu.

»Protokollführer, übergeben Sie Mr. Ralph Endicott das Original des bestätigten Schecks«, sagte Richter Osborn.

»Darf ich Sie bitten, Mr. Endicott, den Scheck hier in Empfang zu nehmen.«

In diesem Augenblick sah Mason, der die Saaltür im Auge behalten hatte, Drakes Mann mit dem Kassierer der Central Security-Bank eintreten.

Während der Protokollführer Endicott den bestätigten Scheck übergab, verließ Mason seinen Platz, um den Kassierer zu begrüßen.

»Mr. Stewart Alvin?« fragte er im Flüsterton.

»Der bin ich.«

»Ich möchte, daß Sie als Zeuge auftreten. Sie haben den Kontoauszug bei sich?«

»Ja, Sir.«

»Augenblick«, sagte Mason. »Warten Sie bitte gleich hier.«

Er ging zu seinem durch ein Gitter abgegrenzten Platz zurück und beugte sich über Marilyn Marlow. »Marilyn«, sagte er, »ich riskiere etwas. Ich glaube, ich weiß, wie alles kam. Ich hatte nicht Zeit, mir Gewißheit zu verschaffen.« Dann richtete er sich auf und wandte sich an Richter Osborn. »Euer Ehren, ich habe einen Zeugen, den ich außerhalb der Reihenfolge zu vernehmen bitte. Ich nehme an, daß der stellvertretende Herr Staatsanwalt dagegen nichts einzuwenden hat, weil es meiner Ansicht nach auch in seinem Interesse liegt, sich dieses Zeugen zu bedienen.«

»Wer ist es?« fragte Hanover sogleich mißtrauisch.

»Mr. Stewart Alvin, Kassierer der Central Security-Bank. Seine Unterschrift steht als Bestätigung auf dem Scheck. Ich möchte ihn über die Bestätigung befragen. Ich nehme an, daß der stellvertretende Herr Staatsanwalt die Gelegenheit begrüßen wird, sich von ihm die Unterschrift Rose Keelings klarstellen zu lassen.«

»Sehr gut«, sagte Hanover, »bringen Sie den Zeugen«, und dann setzte er feixend hinzu, »und wenn Sie's nicht tun, tue ich's.«

»Treten Sie in den Zeugenstand, Mr. Alvin«, sagte Mason.

Alvin wurde nach Vorschrift vereidigt, beantwortete die Fragen zur Person und wandte sich dann erwartungsvoll Mason zu.

»Zum Zwecke dieses Verhörs«, sagte Mason, »wird es besser sein, dem Zeugen statt der Fotokopie das Original des bestätigten Schecks zu zeigen. Wenn Mr. Ralph Endicott sich neben den Zeugen stellen will, kann er dem Zeugen den Scheck zeigen, während ich frage.«

Ralph Endicott nahm seinen Platz neben dem Zeugenstand ein.

»Sie haben einen Scheck bestätigt, der angeblich von Rose Keeling in der Höhe von tausend Dollar zahlbar an Ralph Endicott auf Ihre Bank ausgestellt wurde? Er trug das Datum vom Siebzehnten des Monats?« fragte Mason.

»Ich glaube, so war es, Sir.«

»Bitte, zeigen Sie ihm den Scheck, Mr. Endicott.«

Endicott händigte dem Kassierer den Scheck aus.

»Es stimmt. Ja, Sir. Das ist der Scheck und das ist meine Unterschrift. Er wurde um zehn Minuten nach zehn am Morgen des Siebzehnten bestätigt.«

»Weiter«, sagte Hanover spöttisch, »fragen Sie ihn nach Rose Keelings Unterschrift.«

Mason verbeugte sich. »Und das ist Rose Keelings Unterschrift?«

»Das stimmt.«

»Sie waren mit Rose Keeling persönlich bekannt?«

»Ich kannte ihre Unterschrift.«

»Und waren mit ihr persönlich bekannt?«
»Ja, ich kannte sie, wenn ich sie sah.«
»Sie wußten, daß sie Krankenschwester war?«
»Ja.«
»Nun, können Sie uns genau schildern, was geschah, als Mr. Endicott auftauchte und Sie um Bestätigung des Schecks bat?«
»Aber ja. Ich nahm den Scheck, erkannte die Unterschrift Rose Keelings, wußte jedoch, daß ich ihr Konto nachsehen mußte, und entschloß mich, gleichzeitig ihre Unterschrift zu prüfen.«
»Warum taten Sie das?«
»Sie hatte gewöhnlich kein sehr hohes Konto, und wie ich mich erinnere, kam mir der Gedanke, daß ein Scheck über tausend Dollar für sie schon sehr viel war. Ich wollte mich vergewissern, ob der Scheck Deckung hatte. Während der Kontenkontrolle entschloß ich mich, vorsichtshalber gleichzeitig ihre Unterschrift zu prüfen.«
»Sie verglichen also die Unterschrift auf dem Scheck mit ihrer Unterschrift in den Kontenunterlagen?«
»Ja, Sir.«
»Und stellten fest, daß sie tausend Dollar auf dem Konto hatte?«
»Ganz recht.«
»Erinnern Sie sich des genauen Kontenstandes?«
»Ich darf mein Gedächtnis auffrischen?«
»Tun Sie das.«
Der Kassierer sah in seinen Unterlagen nach. »Der genaue Kontenstand belief sich auf eintausendeinhundertzweiundsechzig Dollar und achtundvierzig Cent.«
»Wenn der Scheck eine Woche zuvor präsentiert worden wäre, hätte er auch Deckung gehabt?« fragte Mason.
Der Kassierer lächelte und schüttelte den Kopf.
»Wie kam es, daß er an diesem besonderen Tag Deckung hatte?«
»Sie hatte kurz vor Büroschluß am Nachmittag des Sechzehnten tausend Dollar in bar eingezahlt.«
»Vielen Dank, Mr. Alvin«, sagte Mason. »Das ist alles.«
»Keine Gegenfragen«, sagte Hanover.
Der Kassierer nahm seine Aktentasche auf und verließ den Zeugenstand.
»Einen Augenblick nur«, sagte Mason. »Ich hätte noch eine Frage an Mr. Ralph Endicott. Er ist bereits vereidigt. Kommen Sie

doch bitte noch einmal zurück, Mr. Endicott.«
»Fortsetzung des Kreuzverhörs?« fragte Richter Osborn.
»Darum bitte ich«, sagte Mason. »Nur eine oder zwei Fragen.«
Endicott glitt in den Zeugensitz.
»Sie haben die Aussage des Kassierers der Central Security-Bank gehört?« fragte Mason.
»Ja, Sir.«
»Sie haben ihm den Scheck zur Bestätigung vorgelegt?«
»Ja, Sir.«
»Wissen Sie, daß der Scheck auf der Rückseite eine verschmierte Tintenspur hat? Es ist die verwischte Spur eines Daumenabdrucks.«
»Ja, Sir. Das habe ich Ihnen bereits vor einigen Tagen erklärt, als Sie mich zum erstenmal danach fragten.«
»Und wie lautete die Erklärung?«
»Als ich den Scheck bei der Bank präsentierte, wollte ich auf der Rückseite unterschreiben. Ich bekam vom Füllhalter etwas Tinte an den Finger, und dadurch erschien mein Daumenabdruck hinten auf dem Scheck.«
»Genau das«, sagte Mason. »Nun fällt mir aber auf, daß diese Tinte von anderer Sorte und Qualität ist als die auf der Vorderseite des Schecks.«
»Das stimmt.«
»Und das kommt daher, daß Sie einen Kugelfüller benutzen mit einer Tinte, die unter Druck in die Feder gefüllt wird und sich von der Tinte im Füllhalter, mit dem Rose Keeling gewöhnlich ihren Namen zeichnete, unterscheidet.«
»Ich weiß nicht, welche Art von Feder sie benutzt«, sagte Endicott argwöhnisch.
»Beachten Sie bitte die Verschattung in den Schriftzügen auf dem Scheck, den Sie haben, Mr. Endicott. Das ist von Rose Keeling geschrieben.«
»Ja, Sir.«
»Und Sie bemerken die Verschattung?«
»Ja, Sir. Jetzt, da Sie meine Aufmerksamkeit darauf lenken, bemerke ich sie.«
»Und solche Verschattungen sind bei Benutzung eines Kugelfüllers unmöglich. Gleichgültig, wieviel Druck man anwendet, die Strichbreite bleibt dieselbe?«
»Ich denke, das ist richtig. Ja.«
»Aber Sie benutzen eine Kugelfeder, und Rose Keeling bediente

sich gewöhnlich eines herkömmlichen Füllhalters?«
»Das ist offenbar so.«
»Aber dieser Brief, den sie Marilyn Marlow schickte und von dem man Ihnen einen Durchschlag sandte, muß mit einem Kugelfüller geschrieben worden sein?«
»Ganz offenbar. Ja, Sir.«
»Mit Ihrem?« fragte Mason.
»Wie kommen Sie zu dieser Frage?«
Mason lächelte und sagte: »Weil alles darauf hindeutet, Mr. Endicott, daß Sie Rose Keeling am Sechzehnten besuchten, Sie mit baren tausend Dollar bestachen, ihr diesen Brief diktierten und sie veranlaßten, ihn Marilyn Marlow zu schicken. Um sich zu decken, nahmen Sie für sich selbst eine Durchschrift mit.«
»Das ist nicht wahr!« entgegnete Endicott wild.
»Und am folgenden Tag«, fuhr Mason unbewegt fort, »änderte Rose Keeling ihre Meinung. Sie rief Sie an und sagte, sie wolle nicht mehr mitmachen, sie würde Marilyn die ganze Geschichte erzählen und Ihnen die tausend Dollar zurückgeben. Sie besuchten sie und versuchten, sie zu überreden, das nicht zu tun, aber dennoch gab sie Ihnen den Tausenddollarscheck. Ist es nicht so?«
Endicott feuchtete mit der Zunge die Lippen an. »Nein, Sir«, sagte er, »das ist *nicht* so.«
Mason lächelte. »Nein, Mr. Endicott, *ich* glaube auch nicht, daß es so ist.«
»Ich bin froh, daß Sie das nicht glauben, denn das wäre eine ungerechtfertigte Beschuldigung.«
»Aber der Grund, weshalb ich nicht glaube, daß es so ist«, fuhr Mason fort, »ist der: ich glaube nicht, daß Sie derjenige waren, der die Frau am folgenden Tag aufsuchte.«
»Was meinen Sie?«
»Darf ich Ihren Füllhalter sehen, den Sie in der Tasche tragen?« bat Mason.
Endicott händigte ihn aus, griff dann, nachdem er über die Situation nachgedacht hatte, wieder danach, um ihn zurückzubekommen.
Mason war schneller, löste die Kappe des Halters und sagte: »Aber *das* ist keine Kugelfeder. Und Ihr Name ist auch darauf. Es ist ein gewöhnlicher Füller mit großer Spitze und Gummifüllsack.«
»Das ist ein alter«, sagte Endicott. »Der neue ist ein Kugelfül-

ler. Ich habe ihn jemandem geliehen und nicht zurückbekommen – oder wenn ich ihn zurückbekommen habe, habe ich ihn verloren. Ich habe ihn schon seit Tagen gesucht und nicht gefunden.«

»Sie sagen, das ist Ihr Daumenabdruck auf der Rückseite des Schecks. Wie wär's, wenn Sie hier Ihren Daumenabdruck gäben, damit wir sehen, ob er damit übereinstimmt?«

»Aber, Euer Ehren«, protestierte Hanover, »das gehört nun wirklich nicht hierher! Wir befinden uns im Kreuzverhör. Der Daumenabdruck steht in keiner Beziehung zum Beweisthema.«

»Aber ja«, widersprach Mason. »Der Mann hat beschworen, es sei sein Daumenabdruck. Ich behaupte, er ist es nicht. Und dieser Mann kann wegen Meineides belangt werden. Bitte, Mr. Endicott, geben Sie uns Ihren Daumenabdruck. Ich fordere Sie auf, das zu tun!«

»Sie wissen, daß es mein Daumenabdruck ist«, rief Endicott aus.

Mason lächelte. »Er ist es nicht, Mr. Endicott! Es ist der Daumenabdruck Ihres Bruders, Mr. Palmer Endicott. Ich fordere Mr. Palmer Endicott auf, vorzutreten. Treten Sie vor und geben Sie vor dem Gericht den Eid ab, Mr. Endicott. Sie ... Halten Sie ihn!«

Palmer Endicott, der auf die Tür zugelaufen war, hastete aus dem Gerichtssaal.

Paul Drake, der an der Tür stand, tat einen Schritt nach vorn und ergriff den Fliehenden. Beide krachten auf dem Korridor zu Boden, ohne daß Paul Drake seinen festen Griff um Endicott lockerte, obgleich der kleine Mann um sich trat, sich loszuschütteln versuchte und die Arme um sich schleuderte, um Drake mit den Fäusten ins Gesicht zu schlagen.

Im Gerichtssaal brach die Hölle los.

22

Mason saß in seinem Büro und grinste Della Street an. »Della«, sagte er, »ich glaube, das muß gefeiert werden. Diese Woche ist die Eisrevue hier. Bestellen Sie vier der besten Plätze, die Sie bekommen können, und lassen Sie einen Tisch in unserem Lieblingsnachtclub reservieren.«

Della Street erledigte das telefonisch.
Sie hatte kaum zu Ende gesprochen, als an der Tür Paul Drakes Geheimklopfzeichen zu vernehmen war.
Della Street öffnete.
Drake kam ins Büro, nahm in dem großen Ledersessel seine Lieblingsstellung ein und kratzte sich am Kopf. »Wie du das machst, ist mir ein Rätsel.«
Mason grinste. »Ein Mordfall ist wie ein Puzzlespiel; man muß nur die einzelnen Teile aneinanderlegen. Wenn man die richtige Lösung hat, ergänzen alle Teile sich zu einem Bild. Scheint ein Teil nicht zu passen, bedeutet das mit ziemlicher Sicherheit, daß man nicht die richtige Lösung hat.«
»Heute abend haben Sie Ausgang, Paul«, verkündete Della Street. »Sie, Marilyn Marlow, der Chef und ich sehen uns die Eisrevue an, und anschließend hauen wir in einem Nachtlokal auf die Pauke.«
»Von mir aus gern«, sagte Drake. »Sie ist ein reizendes Kind.«
»Leider«, bemerkte Mason zu Della, »waren Sie voreilig.«
»Aber Sie sagten mir doch, ein Tisch für vier Personen«, sagte Della Street verwundert.
»Wir nehmen nicht Paul Drake mit. Kenneth Barstow ist der vierte Mann.«
»Das gefällt mir!« rief Drake aus.
»Mir gefällt's *wirklich*«, meinte Della. »Ich war über die Entwicklung des Falles betroffen. Sie hätten das Gesicht des Chefs sehen sollen, als Richter Osborn die Einstellung des Verfahrens gegen Marilyn Marlow verkündete.«
»Was war mit seinem Gesicht?« wollte Drake wissen. »Es zeigte Erleichterung?«
»Von wegen Erleichterung!« entgegnete Della. »Es zeigte Lippenstiftspuren! Man hätte meinen können, er wäre Marilyn Marlows Märchenprinz.« – »Barstow war geschlagen?«
»Es sah jedenfalls so aus«, lächelte Della. »Natürlich war das arme Mädchen außer sich. Andererseits war die Zuneigung zwischen Marilyn Marlow und Kenneth Barstow bisher einseitig.«
»Machen Sie sich nichts vor«, meinte Drake. »Barstow hat sich in sie verliebt wie ein Jüngling. Er kaute an den Fingernägeln bis fast an die Knochen, als ihr eine Fahrkarte nach San Quentin gewiß schien.«
»Jedenfalls«, entschied Della Street, »sollten Sie mit Freuden auf einen Abend in der Eisrevue verzichten, wenn Sie einem Ih-

rer Leute dadurch eine Chance geben.«
»Es würde mich beruhigen, wenn Perry mir sagte, woher er wußte, was geschehen war.«
»Der Daumenabdruck«, sagte Mason, »war der Schlußstrich.«
»Woher wußtest du, daß es Palmer Endicotts Fingerabdruck war? Es hatte den Anschein, als ob Ralph mit seiner Behauptung, es sei sein Abdruck, hübsch fest im Sattel säße.«
»Täusche dich nicht: Palmer Endicott ist schlau. Offenbar hat er das ganze Ding eingefädelt. Werfen wir einen Blick auf das Beweismaterial:
Rose Keelings Füllhalter hatte eine weiche Spitze. Sie verschattete die Züge ihrer Unterschrift und verschattete die Schrift auf dem Scheck. Aber Ralph Endicott war in der Lage, mir den klaren Kohledurchschlag eines Briefes zu zeigen, den sie mit Feder und Tinte an Marilyn Marlow geschrieben hatte. Ihr Füller mit der weichen Spitze konnte unmöglich eine solche Kohledurchschrift machen. Der Brief war mit einer Kugelfeder geschrieben worden. Du wirst wissen, daß diese Kugelfedern andere Tinte brauchen als der Füllhalter. Der Fingerabdruck auf der Rückseite des Schecks rührte von Tinte aus einer Kugelschreibfeder her.
Ralph Endicott sagte, es handle sich um seinen Fingerabdruck. Offenbar hatte er als einziger Kontakt mit Marilyn Marlow gehabt. Palmer kannte sie angeblich überhaupt nicht. Ralph Endicott hatte ein perfektes Alibi. Palmer Endicott hatte es offenbar nicht. Als sich ergab, daß Palmer Endicott seinen Fingerabdruck auf dem Scheck hinterlassen hatte, erschloß sich deshalb eine Lösung des Falles.
Die Bedeutung des Fingerabdruckes war noch keinem von den Endicotts aufgegangen, als ich zu ihnen herausfuhr und Ralph mir erzählte, wie alles vor sich gegangen sei. Es war eine Mischung von Dichtung und Wahrheit, was die Endicotts mir auftischten. Dann lenkte ich die Aufmerksamkeit auf den Fingerabdruck, und natürlich mußte Ralph Endicott dann darauf bestehen, es sei sein Abdruck.
Ich bat ihn, diese Behauptung zu beweisen.
Ralph Endicott ist kein Schnelldenker. Er sah keinen Ausweg aus diesem Dilemma. Wie erwartet, entrüstete er sich, als ich an seinem Wort zweifelte, und forderte mich auf, das Haus zu verlassen. Das war jedoch eine durchsichtige Ausflucht.
Palmer Endicott aber *war* ein schneller Denker. Er erkannte so-

fort, daß der Fingerabdruck auf dem Scheck von seinem rechten Daumen stammen mußte. Deshalb gab er vor meinen Augen Ralph Endicott den Wink, und tat es so geschickt, daß er mich für den Moment zum Narren hielt.

Palmer Endicott bestand darauf, daß Ralph seine Fingerabdrükke gäbe, und Palmer ging ins Nebenzimmer, um Papier und Stempelkissen zu holen. Er kam mit dem Papierbogen zurück und zeigte ihn uns oberflächlich, damit wir sehen könnten, daß er leer war. Aber natürlich hielt er das Stück Papier mit seinem rechten Daumen und Zeigefinger, und er hatte seinen rechten Daumen mit Tinte versehen, ehe er das Stück Papier anfaßte. Als er das Papier niederlegte, war daher der Abdruck seines rechten Daumens bereits auf dem Papier.

Ich glaube nicht, daß Ralph Endicott bis dahin verstanden hatte, was geschah, aber um Zeit zu gewinnen, ging er hinüber zum Tisch, in der Hoffnung, ihm oder einem der anderen würde, ehe er mir die Fingerabdrücke gäbe, eine Idee kommen, wie man die Abdrücke meiner Prüfung entzöge.

Als Ralph Endicott zum Tisch kam, fand er kein leeres Stück Papier vor, sondern ein Blatt mit Palmer Endicotts rechtem Daumenabdruck. Er verstand sofort. Er wußte, daß er gerettet war, rollte die vier Finger seiner rechten und alle fünf seiner linken Hand ab und brachte das Papier dann zu mir. Ich verglich die Abdrücke mit denen auf dem Scheck und stellte fest, daß der Abdruck auf dem Scheck mit dem rechten Daumen auf dem Papier übereinstimmte, der mir übergeben worden war. Und natürlich nahm ich an, es sei Ralph Endicotts Abdruck. In der Zwischenzeit war Palmer unter dem Vorwand, uns etwas mixen zu wollen, in die Küche gegangen, wo er Gelegenheit hatte, jede Spur von Tinte an seinem rechten Daumen zu entfernen.«

»Mein Gott«, sagte Drake, »das war klug!«

»Das kann man wohl sagen«, gab Mason zu. »Palmer Endicott ist schlau. Er mußte die ganze Vorstellung improvisieren und dachte schnell und akkurat.

Als ich das Rätsel mit dem Daumenabdruck gelöst hatte, war der Rest leicht. Rose Keeling war Krankenschwester. Man würde kaum erwarten, daß ihr Bankkonto einen ungenutzten Betrag von über tausend Dollar aufwies. Aber wenn die Angaben stimmten, die in ihrem an Marilyn Marlow gerichteten Brief standen und die die Endicotts gemacht hatten, hätte ihr Bank-

konto einen sehr erheblichen Saldo aufweisen müssen, schon einige Zeit bevor der Brief geschrieben worden war.«
»Du meinst doch nicht, der Brief war eine Fälschung, oder?« fragte Drake.
»Nein, die Endicotts bestachen sie, den Brief zu schreiben. Sie gaben ihr tausend Dollar in bar, und sie schrieb eigenhändig den Brief. Die Endicotts nahmen natürlich an, Marilyn Marlow würde den Brief nicht publik machen. Deshalb ließen sie Rose Keeling mit einem Kugelfüllhalter schreiben, der eine klare Kohledurchschrift liefert. Den Durchschlag behielten sie zu ihrer eigenen Deckung.
Rose Keeling nahm die tausend Dollar, schrieb und unterzeichnete den Brief, gab ihn zur Post, händigte den Endicotts einen Durchschlag aus und zahlte dann bei der Bank die tausend Dollar ein. Aber als sie eine Nacht darüber geschlafen hatte, bekam sie Gewissensbisse. Sie rief die Endicotts an und teilte ihnen mit, sie würde das nicht durchhalten, sie sollten kommen und ihre tausend Dollar wieder abholen. Damit unterschrieb sie ihr Todesurteil.
Ralph Endicott ging daran, sich ein Alibi zu verschaffen. Palmer Endicott ging zu Rose Keeling. Er hätte zweifellos die tausend Dollar lieber in bar zurückerhalten, aber Rose Keeling bestand auf Zahlung per Scheck, da sie das Geld am Vortage bei der Bank einbezahlt hatte.«
»Aber warum zerstörte Palmer Endicott den Scheck nicht einfach?« wollte Drake wissen.
»Weil die Endicotts dazu nicht bemittelt genug waren. Sie konnten es sich einfach nicht erlauben, mir nichts dir nichts auf tausend Dollar zu verzichten. Palmer Endicotts erfinderischer Geist braute eine Geschichte zusammen, die allem gerecht wurde. Nach dieser Geschichte würde der Scheck, statt als Beweismittel gegen die Endicotts zu dienen, Marilyn Marlow belasten. Aber ein Scheck ist nach dem Tode des Ausstellers nicht viel wert, und Palmer Endicott wollte sichergehen, daß sie die tausend Dollar zurückbekämen. Deshalb verließ er Rose Keelings Wohnung mit dem Scheck, ging zu seinem Bruder Ralph und trug ihm auf, den Scheck einzulösen. Nachdem das geschehen war, sollte Palmer zurückkehren und Rose Keeling ermorden, ehe Rose Gelegenheit hatte, sich mit Marilyn Marlow in Verbindung zu setzen und ihr zu beichten, daß der Brief, den sie Marilyn geschrieben hatte, durch Bestechung zustande kam.

Du siehst, wie notwendig es für Palmer war, sich mit Ralph in Verbindung zu setzen, und wie notwendig für Ralph, ein Alibi zu haben, denn sie hatten vor zu beschwören, daß Ralph derjenige war, der Rose Keeling besucht hatte. Deshalb veranlaßte Palmer, daß Rose den Scheck auf Ralph zahlbar ausstellte. Es war daher notwendig, daß Ralph den Scheck auf der Rückseite zeichnete und persönlich bei der Bank vorlegte. Als die beiden sich trafen, ging Palmer wahrscheinlich so weit, seinen Füller herauszunehmen und ihn Ralph auszuhändigen, damit der Scheck richtig gezeichnet werden konnte, und bei der Gelegenheit geriet sein Daumenabdruck auf den Scheck.
Aber Ralph schlug vor, den Scheck einfach bestätigen zu lassen. Dann konnten sie ihn als Beweismaterial verwenden. Die Bestätigung des Schecks vor Rose Keelings Tod machte ihn genauso wertvoll wie Bargeld.
Deshalb ging Ralph zur Bank und ließ sich den Scheck bestätigen. Nachdem er eindeutig bestätigt war, ermordete Palmer Endicott Rose Keeling. Dabei hatte Palmer Glück. Er hatte es nicht nötig, zu läuten und Rose Keeling zu überreden, ihn einzulassen. Er fand die Tür offen.«
»Dolores Caddo hatte sie offengelassen?« rief Drake.
»Jawohl. Dolores war dort gewesen. Sie hatte eine Szene gemacht. Mit Tinte aus ihrem Füllhalter hatte sie Rose Keeling bespritzt. Rose war in den Baderaum gelaufen und hatte sich eingeschlossen; aber erst, als sie die Tinte auf dem Tennisdreß hatte, den sie bei der Tennispartie mit Marilyn tragen wollte, und erst, nachdem Dolores ihr den Tennisdreß halb zerrissen hatte.
Dann zog Dolores ab mit dem Bewußtsein, genug Schaden angerichtet zu haben, und ließ die Tür offen. Rose Keeling, die noch im verschlossenen Baderaum war, merkte, daß ihr unwillkommener Besuch gegangen war. Daher zog sie den zerrissenen, mit Tinte befleckten Tennisdreß aus, steckte ihn in die Wäschetruhe und stieg in die Badewanne, um die Tintenflecken von ihrem Körper zu reiben.
Palmer fand die Außentür offen. Er schloß sie, glitt die Treppe hinauf und entdeckte Rose Keeling im Bad. Er verbarg sich, um sie niederzustechen, sobald sie aus dem Baderaum käme. Etwa zu der Zeit begann das Telefon zu läuten. Es war der Anruf Della Streets in meinem Auftrag. Es paßte Palmer nicht in seinen Kram, daß das Telefon weiter läutete, weil Rose Keeling

deshalb vielleicht aus dem Bad geschossen kommen könnte, um den Hörer abzunehmen. Sie würde Palmer Endicott entdecken und zu schreien beginnen. Und wenn sie aus dem Bad gelaufen käme, würde Palmer sie nicht niederschlagen können, ehe sie ihn entdeckte.

Deshalb schritt Palmer ins Nebenzimmer, hob den Hörer ab, ging zurück und wartete auf Rose Keeling. Als Rose in ein Handtuch gehüllt aus dem Bad kam, trat Palmer vor. Wahrscheinlich ließ sie das Tuch fallen und sprang zur Seite, aber Palmer hieb ihr mit einem schweren Gegenstand auf den Kopf. Dann erstach er sie, zog das Messer wieder aus der Wunde und verließ die Wohnung. Dabei sorgte er dafür, daß die Außentür offenblieb, so wie er sie vorgefunden hatte.«

»Was war mit dem Brandfleck von der Zigarette?« fragte Drake.

»Als Dolores Caddo Rose Keeling besuchte, rauchte Rose eben eine Zigarette. Wahrscheinlich hatte sie sie gerade erst angesteckt. Sie fiel ihr aus dem Mund, als Dolores nach Rose Keelings Dreß griff und ihn zerriß. Die Zigarette lag unbeachtet auf dem Boden und brannte einen Fleck in den Boden. Später, als Palmer Endicott auftauchte, rauchte er eine Zigarre. Ein eingefleischter Zigarrenraucher muß seine Nerven mit einer guten Zigarre beruhigen, wenn er sich in ein besonders verzweifeltes Unternehmen einläßt. Aber als Palmer merkte, daß Rose Keeling im Bad war, und ihm klar wurde, daß er eine Gelegenheit hatte, sie unbemerkt zu überfallen, kam ihm der richtige Gedanke, daß der Zigarrenrauch ihn verraten könnte. Deshalb drückte er die Zigarre an seiner Schuhsohle aus und warf den ungerauchten Teil vermutlich aus dem Fenster, um sich nicht zu verraten.«

Drake, der gespannt zugehört hatte, nickte gedankenvoll.

»Du siehst also«, sagte Mason, »wenn du erst einmal die richtige Lösung hast, paßt das gesamte Beweismaterial zusammen. Oder, anders herum betrachtet, wenn das gesamte Material zueinanderpaßt, hast du die richtige Lösung.«

»Und Marilyn Marlows Anzeige?« fragte Drake.

Mason kicherte. »Das ist doch klar. Marilyn wußte ziemlich sicher, daß die Endicotts Rose Keeling bestachen. Sie wollte es genau wissen. Sie glaubte es am besten so zu schaffen, daß Rose Keeling sich in einen jungen Mann verliebte, der jedoch Marilyn gegenüber loyal wäre. Sie stellte es an wie eine Amateurin.

Sie hätte lieber einen Berufsdetektiv als Schnüffler nehmen sollen.«
»Allerdings«, meinte Drake überzeugt.
»Wahrscheinlich stellt sie sich heute abend auf einen ein. Sag Kenneth Barstow, er habe heute abend Dienst. Erzähl ihm nicht, was für ein Auftrag es ist.«
»Du bist ein Teufel«, meinte Drake. »Du bringst die beiden jungen Leute zusammen und besorgst ihnen gleich ein paar Aufpasser.«
»Du weißt es nicht besser, Paul. Aber Della und ich wollen heute abend das Geschäft vergessen. Wir werden sorglos und romantisch sein.«
Drake hievte sich aus dem großen Sessel.
»Okay«, meinte er. »Ich war ja auch mal jung. Ich werde währenddessen in meinem Büro sitzen und mir die Finger krumm schreiben.«
»Womit?« fragte Mason.
»Mit der Rechnung im Fall Marilyn Marlow«, gab Drake zur Antwort. »Im Laufe des Abends werden mir sicher eine Menge Unkosten einfallen. Schließlich ist das Mädchen eine Erbin, oder?«
»Jetzt bestimmt«, sagte Mason.